높은 곳에 오르다

登高

바람 세고 하늘 높은데 원숭이 울음소리 애절하고

강가 물 맑고 모래 흰데 새 맴돌며 난다

끝없이 나무들에선 낙엽이 우수수 떨어지고

그치지 않는 장강은 출렁출렁 밀려온다

風急天高猿嘯哀 渚淸沙白鳥飛廻

無邊落木蕭蕭下 不盡長江滾滾來

일도양단

일도양단 2

장영훈 新무협 판타지 소설

초판 1쇄 찍은 날 § 2005년 3월 29일
초판 1쇄 펴낸 날 § 2005년 4월 9일

지은이 § 장영훈
펴낸이 § 서경석

편집장 § 문혜영
편집책임 § 유경화
편집 § 장상수 · 김민정 · 이재권 · 최하나 · 한지윤

펴낸곳 § 도서출판 청어람
등록번호 § 제1081-1-89호
등록일자 § 1999. 5. 31
어람번호 § 제2-0562호

주소 § 경기도 부천시 원미구 심곡1동 350-1 남성B/D 3F (우) 420-011
전화 § 032-656-4452   팩스 § 032-656-4453
http://www.chungeoram.com
E-mail § eoram99@chollian.net

ⓒ 장영훈, 2005

ISBN 89-5831-486-9 04810
ISBN 89-5831-484-2 (세트)

일도양단

Fantastic Oriental Heroes

2

장영훈 新무협 판타지 소설

도
서
출
판

청어람

목차

제11화 용호철방 … 7

제12화 살막 … 29

제13화 적운조 … 69

제14화 화합 … 91

제15화 비원 … 125

제16화 천마 … 155

제17화 격돌 … 187

제18화 혈옥풍운 … 215

제19화 미행 … 249

제20화 작전 개시 … 279

第11章

용호철방

용
호
철
방

며칠 날이 풀리는가 싶더니 다시 추위가 기
승을 부리기 시작했다.

아침부터 날리던 눈발은 오후가 되어서도 그치지 않고 있었다.

섬서의 그 매서운 추위 속에서도 후끈한 열기가 뿜어져 나오는 곳은
용호철방이었다.

시뻘건 쇳물을 나르며 일에 열중이던 인부들이 모두 손길을 멈췄다.

"어서 오십시오, 소주(少主)."

작업장에 들어선 젊은이는 용호철방의 새로운 주인 천윤배(千尹培)
였다.

"수고들 많으십니다."

천윤배가 인부들을 격려하며 환하게 미소 지었다.

인부들은 그 인자하고 자애로운 젊은 새 주인의 격려에 모두 흐뭇한

미소를 지었다.

용호철방의 전 주인 천 노야가 죽은 지도 벌써 일 년이 지났다.

예순이 넘은 나이에도 정정함을 자랑하던 천 노야가 어느 날 갑자기 이유없는 죽음을 맞자 용호철방을 이어받은 것은 그의 아들 천윤배였다.

천윤배는 유달리 손이 귀했던 천 노야가 말년에 얻은 자식이었다.

그는 젊은 나이에 용호철방이란 큰 가업을 잘 이어갈 것인가에 대한 주위의 모든 우려의 목소리들을 기우(杞憂)로 만들며 지난 일 년간 더욱 군건하게 철방을 키워 나가고 있었다.

"일은 예정대로 진척되고 있습니까?"

천윤배의 물음에 주간의 작업반을 이끌고 있는 덕보가 공손하게 설명을 시작했다.

"천룡맹 섬서 지단에 납품할 검(劍) 이백 자루는 이미 제작이 끝난 상태입니다. 승무관(承武館)에서 주문한 일백 자루의 도(刀) 역시 이미 반 이상 작업이 끝난 상태지요. 내일 아침이면 모두 마칠 수 있으리라 생각됩니다."

덕보의 설명에 천윤배는 흡족한 표정을 지었다.

"좋소. 좀 더 분발해 주시오."

"네, 물론입니다."

천윤배가 작업장을 다시 나섰다.

"안녕히 가십시오, 소주!"

고개를 끄덕이며 그곳을 나서던 천윤배의 표정이 서서히 일그러졌다.

'소주라……. 아직도 소주인가?'

입 꼬리가 만들어내는 그것은 분명 비웃음과 닮아 있었고 눈빛에 흐르는 기운은 야비함과 다르지 않았다.

그때 다시 그를 향해 누군가 달려왔다.

마치 능숙한 배우의 얼굴처럼 그의 표정에 다시 따스한 인정이 넘쳤다.

"소주, 손님이 찾아왔습니다."

"손님?"

"네, 보검(寶劍)을 사겠다는 손님이랍니다. 지금 객청에 모셨습니다."

"알았소. 어서 갑시다."

천윤배가 달려온 사내의 뒤를 따라 서둘러 객청으로 향했다.

용호철방은 도검류를 대량으로 생산해 각 문파나 단체에 납품하는 일을 주 업무로 삼았다.

그것이 전체 수익의 칠 할을 차지하고 있었고, 나머지 삼 할이 명품무기(名品武器) 판매였다.

중원 각지의 개인 철방을 돌며 가끔씩 만들어지는 명검이나 보도 등을 원가로 사들여 다시 이익을 남기고 파는 것이었는데, 그 전체의 삼 할이란 수입은 결코 적은 액수가 아니었다.

객청에서 그를 기다리고 있는 사람은 두 명의 사내였다.

한 명의 사내는 준수하게 생긴 미공자(美公子)였고 또 다른 사내는 우람한 체격의 사내였다.

"어서 오십시오. 소인이 바로 이곳 철방의 주인인 천 아무개라 하오."

미공자는 한겨울임에도 부채까지 들고 한껏 멋을 부린 상태였다.

더구나 값비싼 비단 장삼에 달린 단추들은 모두 옥으로 만들어져 있어 한눈에 명문의 자제임을 알 수 있었다.

옆의 우람한 사내는 이 미공자의 보표임이 틀림없었다.

"용호철방의 명성은 익히 들었소만 이렇게 영민한 젊은 분이 주인이라곤 미처 생각을 못했구려."

미공자의 인사에 천윤배가 겸손하게 답했다.

"과찬의 말씀이십니다. 아직 어려 모르는 것이 많습니다."

"천 형이라 불러도 되겠소?"

"물론입니다. 공자님께서는?"

"난 백윤(百尹)이라 하오."

"아, 백 공자님이시군요."

천윤배는 백 공자의 거침없는 말투에서 과연 그가 제법 뼈대있는 가문의 자제란 것을 다시 한 번 확인했다.

"보검을 사시겠다구요?"

그러자 백 공자가 부채를 활짝 펼치며 제법 진지한 표정을 지었다.

"그렇소."

"보검에도 여러 종류가 있습니다만……."

"이곳에서 가장 비싼 것들을 보여주시오."

천윤배의 표정에 알 수 없는 미소가 드리워졌다.

무릇 검을 고를 때는 그 가격을 앞세워서는 안 되었다.

아무리 비싸고 좋은 검이라 해도 자신의 일신 무공과 신체 조건이 맞지 않는다면 오히려 해가 되었다.

빠름[快]을 기본으로 하는 무공의 소유자는 가벼운 경검(輕劍)을 선호했고 파괴력[强]을 중시하는 무공의 소유자는 무거운 중검(重劍)을 주로 찾았다.

대뜸 가장 비싼 것을 보여달라는 백 공자의 말은 '나 풋내기니 알아서 요리해 드시오'란 말과 다르지 않았던 것이다.

"가장 비싼 검이라……. 하나 아시다시피 보검이란 그 값이 천금을 헤아리는지라……."

슬그머니 눈치를 살피며 천윤배가 응수 타진을 하는 순간,

탁!

백 공자가 망설이지 않고 품 안에서 한 장의 전표(錢票)를 꺼내 탁자 위에 올려놓았다.

신용도가 확실하다는 대륙전장(大陸錢莊)의 일만 냥짜리 전표였다.

'헉!'

천윤배의 심장이 두근거리기 시작했다.

말이 보검이지 다른 검에 비해 조금 더 날카롭고 강도가 높은 검일 뿐 강호십대기물(江湖十大奇物)에 속하지 않는 이상 아무리 비싸다 해도 그 값은 삼, 사천 냥 정도였다.

그런데 눈앞의 세상 물정 모르는 철부지는 서슴없이 일만 냥을 꺼내 놓는 것이 아닌가?

순간 천윤배는 눈앞의 사내의 정체를 짐작할 수 있었다.

검 한 자루 사는 데 일만 냥을 서슴없이 꺼낼 수 있는 이는 강호에 실로 드물었다.

"혹 산동(山東)에서 오셨습니까?"

그러자 백 공자가 놀랐다는 표정으로 되물었다.

"어찌 아셨소?"

산동제일거부 백한구(百翰龜).

타고난 장사 수완으로 산동제일의 거부(巨富)이자 강호에서도 이름 높은 그에 대한 소문을 모를 리 없는 천윤배였다.

언제나 그 소문의 끝 자락에는 그의 망나니 외아들에 대한 이야기도 포함되어 있었다.

"하하하, 강호에 이토록 호탕한 공자님은 실로 드물지요."

천윤배의 속 보이는 아부에 백 공자가 어깨에 힘을 주며 거들먹거리기 시작했다.

"무릇 대장부란 아껴야 할 때와 쓸 때를 알아야 하는 법이지요. 으하하하!"

"과연 화통하십니다."

천윤배는 지난밤 꿈에 나타나 짖어대던 개새끼가 실로 개의 탈을 뒤집어쓴 용이었다는 생각이 들었다.

"그럼 검을 보러 가실까요?"

그때였다.

말없이 뒤에 서 있던 우람한 청년이 호통을 쳤다.

"이리로 가져오시오!"

일반 손님 같으면 그 무례에 호통을 쳐서 내쫓을 천윤배가 오히려 송구한 얼굴이 되었다. 과연 후레자식 망나니에 딱 어울리는 보표였다.

"아, 소인이 그만 실수를 했나 봅니다. 잠시만 기다리시면 검을 가져오겠습니다."

천윤배가 잠시 밖으로 나갔다.

도도한 얼굴로 발을 까닥거리던 백 공자의 오만한 표정이 헤벌쭉 풀어졌다.

"휴, 역시 이런 얼굴은 힘들어."

그러자 그때까지 뒤에 공손히 서 있던 보표가 툭 한마디 던졌다.

"그러게 내가 한댔잖아."

"이놈아, 제발. 네 얼굴로 이런 중후한 분위기가 나오것냐?"

"…좋은 건 지가 다 해먹고."

"넌 연기력이 떨어져서 안 돼."

"시켜줘야 연기가 늘지."

"포기해. 세상에는 분명 불가능한 일도 있어."

두 사람은 본격적으로 작전에 돌입한 곽철과 팔용이었다.

입을 삐죽 내밀던 팔용이 조금 걱정스런 얼굴이 되었다.

"가짜 전표가 들통나진 않겠지?"

"비영이 알아서 처리하겠지."

"어쨌든 다음에는 내가 할 거야."

"자꾸 그러면 안 재우는 수가 있어?"

"비겁해!"

"시끄러! 온다, 온다."

멀리서 들리는 인기척에 다시 두 사람의 표정이 원래대로 돌아갔다.

몇몇 무인들과 함께 천윤배가 다시 돌아왔다.

무인들의 손에는 커다란 상자가 하나 들려 있었다.

"바로 이것이 우리 용호철방이 자랑하는 최고의 명검 명월검(明月劍)입니다."

상자를 열자 과연 제법 그럴듯한 검이 모습을 드러냈다.

화려한 장식으로 꾸며진 검집은 한눈에 보아도 제법 그럴듯한 모습을 뽐내고 있었다.

곽철이 망설이지 않고 검을 뽑아 들었다.

"오, 과연 보검이란 명성이 아깝지 않소. 특히 검집의 문양이 맘에 드는구려."

그 말에 천윤배는 입술을 깨물며 가까스로 비웃음을 참았다.

"하하, 과연 백 공자님의 눈은 예리하십니다."

곽철이 검을 이리저리 휘둘러 보았다.

딴에는 제법 멋지게 휘두른다고 휘두르는 곽철의 동작은 그야말로 엉성하기 그지없었다.

그 순간 두 사람의 생각은 이러했다.

'멍청한 놈, 네놈 꼬라지를 보니 백가(百家)의 앞날이 훤히 보이는구나.'

'망할 놈, 이깟 쇠붙이를 보검이라 내놓다니. 이걸 그냥 일단 패고 봐?'

속마음이야 어쨌든 거래는 일사천리로 진행되었다.

"사겠소. 얼마면 되오?"

"원래 명월검은 일만 냥의 가치가 넘습니다만 멀리서 이곳까지 찾아 주신 걸음을 생각해서 구천 냥에 드리겠습니다."

원 가격의 세 배나 되는 바가지에 곽철은 흐뭇한 미소를 지었다.

"하하, 생각보다 싸구려."

그 말에 허허거리며 웃음 짓던 천윤배에게 한 이, 삼천 냥 더 부를 걸 그랬나 하는 후회가 밀려들었다.

다시 천윤배가 조심스럽게 말했다.

"그전에 한 가지 확인을 해볼 것이 있습니다."

"무엇이오?"

"이 전표를 일단 확인을 좀 해봐야겠습니다. 의례적인 절차이니 너무 노여워 마시기를."

"뭐, 그쯤이야 이해하오."

무인 하나가 전표를 받아 들고 밖으로 나섰다.

곽철이 자리에서 일어나 천윤배를 재촉했다.

"그사이에 우리 술이나 한잔합시다. 푼돈 돌려받는 것도 대장부의 모습이 아니니 내 남은 잔금으로 술이나 한잔 사겠소."

"흐흐, 제가 모시지요."

"난 번거로운 게 귀찮으니 기루 하나를 아예 통째로 빌립시다."

"과연 화통하십니다. 으하하하!"

두 사람이 손을 맞잡고 자리를 나섰다.

용호철방을 나와 그들이 향한 곳은 인근의 한 기루였다.

별관 하나를 통째로 빌린 그들은 '봉'이구나 하고 달려드는 기녀들에게 둘러싸여 술을 마셔대기 시작했다.

그 시간, 전표를 받아 든 무인이 향한 곳은 바로 항상 거래를 터왔던 대륙전장의 섬서 지부였다.

전장 입구를 지키는 무인들은 언제나처럼 철통같이 그 자리를 지키고 있었다.

강철 벽 너머 작은 구멍으로 언제나 보아오던 회계원 춘삼이 눈인사를 건넸다.

"이거 확인 좀 부탁하오."

무인이 들이민 전표를 이리저리 살펴보던 춘삼이 미소를 지으며 말했다.

"어떻게? 입금하실 텐가?"

"됐소."

다시 전표를 받아 든 무인이 사라졌다.

무인이 사라지자 그제야 춘삼의 이마에서 식은땀이 흘러내리기 시작했다.

아침을 잘못 먹은 것도 아니었고 한겨울 오한에 걸린 것도 아니었다.

자신을 향해 겨눠지고 있는 하나의 검.

바닥에 비스듬히 누워 자신의 가슴을 겨누고 있는 복면사내를 향해 춘삼이 떨리는 목소리로 말했다.

"시, 시키는 대로 했습니다요."

복면사내는 바로 비영이었다.

차가운 비영의 눈빛에 춘삼은 온몸이 부들부들 떨렸다.

전장의 입출금을 관리하는 자신의 방까지 쥐도 새도 모르게 침입해 온 상대였다.

귀신처럼 나타난 그가 처음 한 일은 무인들을 호출하는 두 개의 비상 신호를 없애는 것이었다.

그의 일검에 좌측에 매달린 줄과 책상 아래 마련된 작은 단추가 일시에 잘리고 망가졌다.

마치 한두 번 해본 일이 아니라는 듯 그의 행동은 빠르고 간결했다.

당연히 전표를 훔치러 왔으리란 춘삼의 예상을 깨고 복면인의 요구는 방금 전 용호방 무인이 가져온 가짜 전표에 대한 거짓 판별이었다.

제법 그럴듯하게 시킨 일을 마쳤음에도 아직 일이 남았는지 비영은 떠나지 않았다.

"계속 일 보도록."

공포에 떨던 춘삼의 표정이 일그러졌다.

무심한 비영은 아예 바닥에 드러누운 채 눈을 감아버렸지만 춘삼의 심장에 겨눠진 검은 여전히 빛을 발하고 있었다.

한편 곽철은 기녀들에게 마구 기분을 내고 있었다.

수백 냥짜리 전표들이 마치 흩날리는 눈송이처럼 술판 위를 날아다녔고, 흥분한 기녀들에게 가려 곽철의 모습은 보이지도 않았다.

반면 술을 홀짝이며 그의 기분을 맞춰주던 천윤배의 인상이 슬그머니 일그러졌다.

과연 망나니 파락호란 소문이 이 먼 섬서까지 흘러온 데는 이유가 있었다.

'썩을 놈!'

부모 잘 만나 호위호식하는 걸로 따지면 그나 자신이나 별다를 바 없었지만 이건 애초부터 급이 달랐다.

자신이 아무리 강호에 이름난 용호철방의 주인이라 하지만 기녀들에게 몇천 냥씩 뿌려댈 만큼은 분명 아니었다.

천윤배는 속이 뒤집히는 불쾌함에 치를 떨고 있었지만, 한편으로는 조금 더 머리를 굴려 돈을 뜯어낼 수도 있지 않을까 하는 기대감에 빠져 있었다.

그때 전표를 확인하러 갔던 사내가 들어왔다.

사내가 묵묵히 고개를 끄덕이며 전표를 내밀었다.

천윤배는 사내의 새삼스런 확인이 아니더라도 이미 곽철이 기녀들과 어울려 노는 모습에서 그가 진짜 백가의 망나리란 사실을 확신하고 있던 참이었다.

곽철은 확실히 놀아본 자였고, 그런 모습은 한순간에 만들어지는 것이 아니란 것을 천윤배는 잘 알고 있었다.

"으하하, 천 형도 한잔 더 받으시오."

천윤배는 그가 따라준 술을 단번에 마셨다.

"과연 천 형은 호탕하시오. 우리 의형제라도 맺는 것이 어떻겠소?"

이런 식으로 맺은 의형제가 얼마나 많을까? 아마 이 멍청한 놈을 뜯어먹고 사는 형과 아우들이 수십, 수백은 되리라.

속내를 감추며 천윤배가 호탕하게 웃으며 술을 권했다.

"백 공자와 그런 귀한 인연을 맺을 수 있다면 소인이야 영광이지요. 자, 형님, 이 동생의 술을 받으시지요."

나이는 분명 자신이 훨씬 많았지만 흔쾌히 동생을 자청하고 나선 천윤배였다.

"으하하! 좋네, 동생. 한잔 주시게."

과연 곽철은 후안무치한 철부지 역할을 훌륭하게 해내고 있었다.

그 모습에 저 멀리 말없이 지켜보던 팔용이 고개를 가로저었다.

형님, 동생 하며 주고받은 술잔이 오고 가는 속도를 더하기 시작했고, 이제 곽철은 거나하게 취한 상태였다.

과연 아니나 다를까, 또 다른 주사를 피우기 시작하는 곽철이었다.

와장창!

곽철이 탁자를 뒤집었다.

놀란 기녀들이 비명을 지르며 우르르 물러섰다.

"이년들아! 썩 꺼져라!"

그때까지 잘 놀다 갑자기 돌변한 곽철의 태도에 기녀들이 속으로 욕을 내뱉으며 모두 물러갔다.

"많이 취하셨습니다."

"동생, 내 이야기 좀 들어볼 텐가?"

"얼마든지 하십시오."

곽철이 고개를 숙인 채 혀 꼬부라진 소리를 하고 있었기에 천윤배는 마음껏 인상을 찌푸릴 수 있었다.

"자네도 내가 부모 잘 만나 개지랄 떠는 졸부의 망나니 아들로 보이나?"

"그럴 리가 있겠습니까, 형님? 그게 다 가지지 못한 자들의 시샘이고 심술이겠지요."

"그렇지?"

자신을 향해 애처로운 동의를 구하는 곽철의 눈빛은 이미 풀려 있었다.

"물론입니다, 형님. 너무 개의치 마십시오."

"과연 동생은 이 형의 심정을 이해하는구먼. 좋네. 내 돌아가면 아버님께 말씀드려 백가에서 취급하는 무기들을 동생의 철방에서 거래를 하도록 말씀드리겠네."

그 말에 천윤배의 표정이 확 밝아졌다.

산동제일거부인 그들이었다. 따라서 그들이 취급하는 무기의 양은 웬만한 거대 문파에 버금갈 것이다.

"감사합니다, 형님!"

곽철의 혀 꼬부라진 소리가 계속 이어졌다.

"망할 강호 놈들!"

갑자기 곽철이 강호인들에게 욕설을 퍼붓기 시작했다.

"그 개만도 못한 무식한 놈들은 어떻게든 우리 재산을 뜯어먹으려고 아귀(餓鬼)처럼 달려들지."

최근 가장 입을 크게 벌리고 달려들기 시작한 천 아무개 아귀가 속내를 감추며 맞장구를 쳤다.

"강호 놈들의 무식한 행태는 저도 잘 알고 있습니다."

"자네, 내가 왜 보검을 사러 온 줄 아는가?"

"무슨 연유입니까?"

"최근에 무서운 원수가 하나 생겼네."

천윤배가 호기심 가득한 눈빛으로 물었다.

"그게 누구입니까?"

"무서운 놈이지."

만취된 상태에서도 곽철이 부들부들 몸을 떨었다.

"자네 혹시 천리비마라고 들어봤나?"

그 나직막한 말에 천윤배가 흠칫 놀랐다.

"헉! 천리비마라면 강호이괴 중 하나인 그 마인 말씀이십니까?"

"그렇다네."

"어쩌다가 그런 무서운 자를 적으로 만드셨습니까?"

천윤배는 천리비마 단화경의 무서운 소문을 익히 듣고 있었다.

"내 본디 풍류를 좋아하다 보니 오는 여자 안 막고 가는 여자 안 붙잡는 호탕한 기질의 소유자 아닌가. 그런 연유로 어찌하다 보니 근래 여자 아이 하나와 사랑을 나눈 적이 있었네. 근데 그 여자 아이가 바로… 그자의 손녀딸이었네."

천윤배가 고개를 끄덕였다.

이 멍청한 놈이 천지도 모르고 설치다가 천리비마의 손녀딸을 건드린 것이 틀림없었다.

"그자는 풍류라곤 눈곱만치도 모르는 무식한 자네. 얼마 전부터 내 뒤를 쫓으며 나를 죽이려 들고 있다네."

그때였다.

꽈르릉!

한쪽 벽이 굉음을 내며 무너졌다.

"이 처죽일 놈아!"

부서진 벽 사이로 단화경과 서린이 모습을 드러냈다.

"으아아악!"

곽철이 비명을 지르며 탁자 밑으로 숨었다.

"감히 내 손녀딸을 건드리다니! 오늘 네놈들 제삿날인 줄 알아라!"

쩌렁쩌렁 울리는 단화경의 노기에 천윤배마저 사색이 되었다.

'네놈들이라니!'

한 옆에 서 있던 팔용이 몸을 날리며 소리쳤다.

"어서 피하십시오!"

곽철이 잽싸게 달아나기 시작했고, 그 뒤를 혹여 그 불똥에 튀어 죽을까 천윤배가 혼신의 힘을 다해 달렸다.

꽝!

무시무시한 폭음이 등 뒤에서 들려왔다.

"크아아악!"

분명 비명 소리의 주인공은 팔용이었다.

두 사람이 미친 듯이 달아나 사라지자 쓰러져 있던 팔용이 오뚝이처럼 벌떡 일어났다.

“진짜 때리는 게 어딨소?”

“흥! 나야 풍류도 모르는 무식한 놈 아니냐?”

자신이 맡은 역할이 악역이란 사실에 아직도 분이 안 풀린 단화경이었다.

서린이 환하게 웃으며 팔용의 가슴을 살짝 두드려 주었다.

그녀의 위로에 금세 팔용의 표정이 밝아졌다.

“자, 어서 갑시다. 일은 이제부터니까요.”

“망할 놈들! 일 끝나고 보자!”

그렇게 세 사람은 바람처럼 사라졌다.

한편 곽철과 천윤배는 다리가 보이지 않을 정도로 달리고 있었다.

천윤배는 결코 곽철의 뒤를 따라 달리고 싶지 않았다.

그 미친 천리비마의 기세로 봐서 옆에 함께 있었다는 이유만으로 일장에 쳐죽일 기세가 아니던가?

그럼에도 천윤배가 곽철의 뒤를 따를 수밖에 없는 이유는 곽철이 자신의 용호철방 쪽을 향해 달아난 때문이었다.

“형님, 멈추시오! 이제 안 따라오는 것 같소!”

그러자 곽철이 인적 드문 골목길에 주저앉아 숨을 몰아쉬었다.

“헉헉, 미친 늙은이 같으니라구.”

“형님의 보표는 죽은 것 같습니다.”

“그깟 무인들이야 얼마든지 살 수 있지만…….”

갑자기 곽철이 흐느끼기 시작했다.

“흑흑, 계집아이 하나 잘못 건드려 천만금을 다 써보지도 못하고 이렇게 죽어야 하다니.”

곽철이 서럽게 울기 시작했다.

그 모습을 말없이 내려다보던 천윤배의 얼굴 표정이 복잡해졌다.

뭔가 갈등하고 고민하는 모습이 역력했다.

이윽고 결심을 굳힌 천윤배가 넌지시 말했다.

"…방법이 하나 있긴 합니다만……."

곽철이 천윤배의 다리에 매달렸다.

"무엇인가? 내 목숨만 구할 수 있다면 무슨 일이든 하겠네."

천윤배의 눈빛에는 이미 그 본성의 사악함이 드러나고 있었다.

"그 천리비마란 자만 없어지면 되는 일 아니오?"

"물론이지. 하지만 어떻게? 내 듣기로 그자는 강호에서 알아주는 고수라고 하던데."

"고수라고 목숨이 두 개는 아니지요."

"동생, 나 좀 살려주게. 살려만 주면 뭐든 원하는 것은 다 들어주겠네."

곽철이 천윤배의 다리를 붙잡고 늘어졌다.

천윤배의 입가에 조소가 피어올랐다.

평생 캐 먹을 수 있는 노다지를 발견한 그런 표정을 그는 감추지 못하고 있었다.

"대신 돈이 좀 들지요."

"돈은 얼마든지 있네."

곽철이 품속에서 다시 일만 냥짜리 전표를 몇 장 꺼냈다.

천윤배가 고개를 가로저었다.

"이걸로는 부족하오."

"저, 전장에서 돈을 더 찾으면 되네. 얼마나 더 필요한가?"

잠시 천윤배가 고민을 하더니 나지막이 말했다.

"오십만 냥!"

"헉! 오십만 냥이나?"

"천리비마와 같은 거물을 상대하는 일이오. 목숨보다 그 돈이 귀하면 할 수 없지요."

곽철이 다시 냉정하게 돌아서려는 천윤배의 바짓가랑이를 붙잡고 늘어졌다.

"아니네. 가세. 지금 바로 찾으면 되네."

두 사람이 다시 조심스럽게 발길을 옮긴 곳은 바로 춘삼이 부들부들 떨며 일을 보고 있던 그 대륙전장의 섬서 지부였다.

곽철이 내민 명패와 필체를 한참이나 확인하던 춘삼이 떨리는 손으로 전표 다섯 장을 내밀었다.

모두 대륙전장이 보증하는 십만 냥짜리 전표였다.

물론 그것은 그때까지도 춘삼의 다리 밑에서 검을 겨누고 있던 비영이 전해준 가짜 전표였다.

전표를 받아 챙기는 곽철의 모습을 보며 천윤배가 고개를 절레절레 흔들었다.

돈이 얼마나 많으면 저토록 젊은 놈이 단숨에 오십만 냥이나 동원할 수 있단 말인가?

천윤배는 평생에 세 번쯤은 찾아온다는 기회가 드디어 자신을 찾아왔음을 느낄 수 있었다.

거머리처럼 쪽쪽 빨아 먹어주리라.

그게 지금 천윤배의 속마음이었다.

두 사람이 다시 전장을 나섰다.

"이, 이제 어떻게 하면 되는가?"

처음의 그 당당하던 모습은 이미 찾아볼 수 없는 곽철이었다.

주도권은 완전히 천윤배에게 넘어간 것이다.

"형님, 혹 강호에 더럽고 귀찮은 일을 깨끗하게 해결해 주는 사람들을 알고 있소?"

"모르네. 그게 누군가?"

"…바로 살수들이지요."

바야흐로 조심성 많은 너구리의 보금자리가 슬며시 모습을 드러내는 순간이었다.

그 너구리의 이름은 바로 살막이었다.

第12章

살막

살
막

이틀 후 자정. 살막의 은신처에서는 후끈
열기가 달아오르고 있었다.

탁자에 둘러앉은 이들은 모두 여섯이었다.

그 무서운 이름에 비해 제법 온화한 인상을 가진 살막주를 비롯해
다섯의 일급 살수들이 모두 모인 이번 회의는 실로 오랜만이었다.

그만큼 오늘의 사안이 중요하다는 것을 말해 주고 있었다.

"거절해야 합니다."

단호하게 자신의 의사를 밝힌 이는 바로 일급 살수 중 첫째인 일살
이었다.

살막의 일급 살수는 모두 다섯.

나이와 능력에 관계없이 살막에 영입된 순서로 일살부터 오살로 불
렸다. 각각의 능력은 이미 검증된 이들이었기에 그냥 들어온 순서대로

이름이 정해졌고 아무도 그에 이의를 달지 않았다. 어차피 살수들에게 이름이란 무의미한 것이었으니까.

모두 일살의 말에 고개를 끄덕였다.

천리비마 단화경.

한입에 삼키기에는 아무래도 그 덩치가 너무 컸다.

"하지만……."

고개를 끄덕이면서도 이살은 못내 아쉬운 모습이었다.

"무려 오십만 냥짜리 청부입니다. 살막이 탄생된 이래 가장 큰 청부입니다. 그냥 놓친다는 것은… 두고두고 후회할 일이 될 겁니다."

이번에도 모두 고개를 끄덕였다.

단 한순간의 판단으로 살수행의 승패는 물론 생사까지 좌우되는 그들이었다. 강호의 그 어떤 무림인들보다 판단력이 뛰어난 그들이 지금 부평초처럼 흔들리고 있는 것이다.

"청부자가 누구랬나?"

살막주가 그 온화한 표정과는 사뭇 동떨어진 스산한 목소리로 물었다.

"천윤배란 자입니다. 혹 기억하실지 모르겠습니다. 지난해 용호철방의 청부 건을."

그때 묵묵히 앉아 있던 삼살이 한마디 툭 내뱉었다.

"제 아비를 청부했던 쓰레기 자식."

"맞습니다. 바로 그자입니다."

그러자 사살이 고개를 갸웃했다.

"그자가 이런 큰 청부를 할 리가 있습니까?"

"뒤에 따로 청탁자가 있습니다. 산동백가의 자제입니다."

이살의 설명에 모두 알겠다는 표정을 지었다.

"아, 그 망나니 놈."

"놈이 천리비마의 손녀딸을 건드린 것 같습니다."

"초록동색(草綠同色)이라더니 정말 끼리끼리 잘 노는군."

문득 살막주가 조심스럽게 의문을 제기했다.

"천리비마에게 손녀가 있었던가?"

이살이 고개를 가로저으며 조심스럽게 말했다.

"그것까지는 아직 확인되지 않았습니다. 워낙 행적이 신출귀몰한데다가 지난 사 년간의 행적 역시 밝혀진 바 없습니다."

"뭔가 냄새가 나는군."

신중함을 잃지 않는 살막주였다.

"하지만 그냥 포기하기에는 너무 아까운 청부입니다."

"청부금은 확실한가?"

"확실합니다. 그들이 대륙전장에서 돈을 출금한 사실을 밝혀냈습니다. 또한 이곳 섬서 지역에 자신의 손녀딸과 함께 천리비마가 출현한 것 역시 사실입니다."

"흐음."

살막주가 눈을 감으며 뒤로 몸을 기대었다.

근래 비룡일대의 견제에 몸을 사리고 있던 그들이었다.

지금까지 피해라 해봤자 몇몇 삼급 살수가 붙잡혀 간 것에 불과했지만 자연 살행은 줄어들 수밖에 없었다. 덕분에 근 몇 년간 급속도로 확장된 조직의 운영에 큰 타격을 입고 있던 중이었다.

그런 상황에서 오십만 냥이란 거금은 실로 놓치기 아까운 금액이었다.

"거절할 이유가 전혀 없군."

"상황이 너무 완벽합니다. 예감이 좋지 않습니다."

일살의 반대만큼이나 이살 역시 자신의 의지가 확고했다.

"함정일 확률은 거의 없습니다. 비룡일대는 오십만 냥이란 거액의 자금 동원 능력이 없을뿐더러 과거부터 천리비마는 천룡맹과 가깝지 않았습니다. 그런 그가 그들을 도울 이유 역시 전무합니다."

살막주가 묵묵히 고개를 끄덕였다.

비룡일대의 대주 화무룡에 대해 누구보다 잘 알고 있는 살막주였다. 지난 사 년간 화무룡이 보여준 것은 무식하고 어리석은 지도력뿐이었다.

"혹 구파일방에서 장난치고 있는 건 아닌가?"

"근래 저희는 구파일방은 물론 마교, 사도연맹과 관련된 청부는 단한 건도 받지 않았습니다. 아시잖습니까, 그들의 성격을?"

물론 살막주는 잘 알고 있었다.

그들은 결코 자신을 건드리지 않는 한 애써 일을 만드는 이들이 아니었다. 더구나 자신들 위로 더욱 크고 강한 살수 집단이 십여 개나 더 있다는 사실은 명예를 중요시하는 그들의 첫 사냥 목표가 적어도 살막은 아닐 것이란 가설의 확실한 증거였다.

결국 개인적인 원한을 지지 않는 한 군이 자신들을 건드릴 이유가 없었다.

이살의 확신이 계속 이어졌다.

"게다가 백가 놈과 다리를 놓은 천윤배란 자 역시 뒤가 구릴 대로 구린 자입니다. 그자는 감히 우리에게 수작을 부릴 이유도 용기도 없습니다."

살막주의 마음이 서서히 기울어지기 시작했다.

"성공 확률은?"

"저희 중 하나가 가면 이 할, 셋이면 오 할, 다섯 모두가 가면 구 할의 승산이 있습니다."

"그대들 모두가 가도 구 할이라……."

살막주가 혀를 차며 고개를 가로저었다.

"상대는 천리비마입니다. 만약 첫 기습이 실패하면 그 확률은 다시 반으로 줄어들게 될 것입니다."

모두 신중한 표정들이었다.

"반면 성공했을 때 우리에게 돌아오는 이점은 비단 돈뿐만이 아닙니다. 단숨에 강호오대살수조직에 들어가는 것도 불가능한 일은 아닙니다. 강호의 살수 조직 최초로 십이천성의 암살에 성공하는 게 되니까요."

"그를 죽인 후의 부작용은?"

살막주의 조심스런 물음에 이살이 확신에 찬 목소리로 말했다.

"그 점이 이번 청부를 받아들여야 할 가장 중요한 이유입니다. 천리비마는 정사지간의 인물로 그 성격이 괴팍해서 강호에 친한 이들이 많지 않습니다. 가장 가깝다고 알려진 혈서시와도 근 십여 년간 왕래가 없는 것으로 알려져 있고, 그의 제자들 역시 이 년 전에 모두 행방불명되었습니다. 아마도 어떤 사건에 연루되어 모두 죽은 듯 보입니다. 따라서 십이천성 중 가장 보복의 위험이 적다고 볼 수 있습니다."

잠시 생각에 잠겨 있던 살막주가 눈을 번쩍 떴다.

"모두의 생각은?"

모두 잠시 고민하더니 이윽고 자신의 의사를 밝혔다.

"찬성입니다."

일살을 제외한 네 명의 살수가 손을 들었다.

"전 반대입니다."

끝내 일살은 반대 의사를 밝혔다.

살막주가 자리에서 일어났다.

다섯 살수가 모두 일어나 예를 갖췄다.

"이번 청부, 받아들인다."

"명을 받듭니다."

살막주가 은은한 살기를 내뿜으며 말했다.

"앞으로 십이천성은 십일천성으로 불리게 될 것이다."

살막 탄생 이래 최대의 살수행이 시작되는 순간이었다.

오 일 후, 용성객잔(龍城客棧).

단화경과 서린이 아침을 먹기 위해 객잔으로 내려왔다.

그들이 이곳 용성객잔의 이층에 마련된 객실에 묵은 지도 벌써 사흘째.

단화경과 서린은 주위의 이목을 피하지 않고 드러내 놓고 백윤, 즉 곽철을 찾아다녔다.

따라서 이곳 객잔에 그들이 묵고 있다는 사실은 이미 알 사람은 모두 알고 있었다.

이른 아침 시간임에도 불구하고 객잔에는 제법 많은 사람들이 자리하고 있었다.

창가 옆에 자리를 잡고 앉으며 단화경이 소리쳤다.

질풍조와 함께하는 자신의 첫 역할에 대한 불만을 엉뚱한 곳에 터뜨리는 단화경이었다.

"이놈아! 주문받아라!"

객잔을 쩌렁쩌렁 울리는 그의 성화에 모두의 시선이 단화경을 향했다.

단화경은 마치 '뭘 봐' 란 도도한 시선으로 모두를 노려보았다.

객잔에 앉아 있던 이들은 모두 네 무리였다.

우선 건너편 탁자에 자리한 다섯 명의 표사들.

그들 뒤에 세워진 표기에 '대륙(大陸)' 이란 글자로 보아 강호에 이름난 대륙표국의 표사들이 틀림없었다.

그들은 단화경의 시선을 가장 먼저 피하며 불필요한 마찰은 최대한 피하겠다는 의지를 밝혔다.

그들은 표행(鏢行)이 늦어지기라도 한 듯 묵묵히 식사에만 전념하고 있었다.

오히려 단화경의 큰 소리에 반응을 보인 것은 그들 뒤에 앉은 세 명의 뜨내기 무인들이었다.

이미 빈병이 되어 굴러다니는 예닐곱 병의 술병은 해장술치고는 과한 양이었다.

벌겋게 달아오른 얼굴로 무인 하나가 벌떡 자리에서 일어났다.

"아침부터 웬 늙……!"

술기운에 버럭 욕설을 내뱉으려던 털보무인의 입을 옆에 앉은 무인이 황급히 틀어막았다.

몇 마디 귓속말에 털보는 사색이 되어 슬그머니 자리에 앉았다.

그를 말리던 무인이 단화경을 알아본 모양이었다.

세 번째로 단화경의 탁자 바로 옆에 앉아 등을 돌린 채 국수를 먹고 있는 한 명의 중년 문사가 눈에 띄었다.

등에 짊어질 수 있게 만들어진 기다란 나무 책 상자를 옆 자리에 소중하게 보관한 그는 그야말로 평범하기 그지없는 글방 선생의 모습이었다.

끝으로 객잔의 가장 구석진 곳에 자리한 젊은 청년.

청년은 연신 주위를 둘러보며 눈치를 살폈는데, 그 의심스런 행색이 마치 누군가에게 쫓기고 있는 듯 보였다.

단화경의 성화에 점소이 하나가 허겁지겁 달려왔다.

"이놈, 장사를 하려는 게냐, 말려는 게냐?"

"어이쿠, 죄송합니다요."

"근데 네놈은 못 보던 면상이로다?"

"어제 새로 왔습니다요."

"이놈아, 새로 왔으면 더욱 부지런히 발을 놀려야지, 요즘 같은 불경기에 일자리를 잃고 싶은 게냐?"

"용서해 주십시오."

"이놈아, 자고로 젊은이에겐 패기와 부지런함이 생명이거늘 어찌 네놈은… 헉! 이놈! 그 손은 언제 씻은 것이냐? 객잔의 생명은 자고로 청결과 친절이 아니더냐? 내가 네놈 나이 때는 말이다!"

점소이는 단화경의 끊이지 않는 잔소리를 다 듣고 나서야 주문을 받을 수 있었다.

그렇게 점소이가 머리를 싸매고 주방으로 달려가자 그제야 객잔은 원래의 고요함을 되찾았다.

문득 단화경이 서린에게 전음을 보냈다.

"저들 중에 살막의 살수들이 있을 수 있단 말이지?"

서린이 살짝 미소를 지으며 고개를 끄덕였다.

다시 단화경이 입을 삐죽 내밀며 주위를 살폈다.

왠지 기풍한이 함께 있었더라면 '저놈이 살수요'라고 시원스레 대답해 줄 것 같았지만 지금은 기풍한도, 살수를 가려낼 눈썰미도 없는 상황이었다.

결국 두 손을 들고 만 단화경의 투정 섞인 전음이 이어졌다.

"망할, 그렇게 생각하고 보니 다 수상해 보이는구나. 점소이 놈까지 새로 왔다니."

지금까지 제대로 된 살수를 경험해 본 적이 없던 단화경이었다.

십오 년 전이던가?

우연히 길을 걷다 살행에 실패한 채 도주하던 얼뜨기 살수 놈 하나를 때려잡은 것이 그의 유일한 살수 경험이었다.

뭐, 그럼에도 요 며칠간 단화경은 여유만만이었다.

살수가 자신을 기습한다 해도 충분히 막아낼 자신이 있었기에 오히려 은근히 그들을 기다리던 차였다.

그러나 오늘, 오늘은 왠지 기분이 달랐다.

절정고수만이 느낄 수 있는 알 수 없는 불안감이 유독 강한 아침이었다.

서린 역시 무엇인가 불길함을 느꼈는지 그녀의 얼굴도 조금 굳어 있었다.

"내가 지켜줄 터이니 너무 걱정하지 마라."

단화경의 전음에 다시 서린이 활짝 웃었다.

잠시 후 점소이가 주문한 음식을 가지고 왔다.

돌아서 가려는 점소이를 향해 단화경이 나지막이 말했다.

"설마 잔소리 좀 했다고 음식에 독을 푼 것은 아니겠지?"

그 뼈있는 한마디에 점소이가 사색이 되어 머리를 조아렸다.

"어이쿠, 어르신, 그럴 리가 있겠습니까요? 정 의심스러우시다면 제가 먼저 먹어보겠습니다."

"이놈아, 농담도 못하느냐? 됐다."

점소이가 다시 울상을 지으며 돌아섰다.

그때 다시 몇 사람이 객잔 안으로 들어섰다.

관청의 포두(捕頭) 하나가 포교(捕校) 둘을 거느리고 들어선 것이다.

포두가 주위를 돌아보며 다소 고압적인 자세로 말했다.

"잠시 검문이 있겠소."

검문이란 말에 모두 잠시 긴장한 표정이 되었다.

특히 구석 자리에 있던 젊은 청년은 더욱 몸을 웅크렸다.

"무슨 일이시오?"

털보무인이 인상을 찌푸리며 묻자 포두가 간결하게 대답했다.

"어젯밤 화 대인 댁에 도적이 들었소. 모두 협조해 주시기를 바라오."

그 말에 표사들이 서로를 쳐다보며 난감한 표정을 지었다.

갈 길이 바쁜 와중에 엉뚱한 일로 발목이 잡힌 얼굴이었다.

표사 중 한 명이 앞으로 나서며 정중하게 사정했다.

"저희는 보시다시피 대륙표국의 사람들입니다. 지금 갈 길이 바빠 그러니 그냥 보내주시지요."

중년 표사의 말에 표두가 고개를 가로저었다.

"국법을 시행함에 예외는 없소."

포교 둘이 앞으로 나서 표사들의 짐을 수색하기 시작했다.

표사들의 짐을 대충 살펴본 포교들이 다시 구석에 앉은 청년에게 다가서려는 순간, 사색이 되어 떨고 있던 청년이 후닥닥 몸을 날렸다.

청년이 향한 곳은 바로 입구의 반대쪽에 달린 창을 향해서였고, 그 창 앞에는 공교롭게도 단화경과 서린이 앉아 있었다.

"저놈이다! 잡아라!"

포두의 찢어지는 목소리에 포교들이 동시에 몸을 날렸다.

청년이 바닥을 박차고 날아올라 단화경과 서린이 앉아 있는 탁자를 타고 넘었다.

주루룩.

단화경과 서린이 의자에 앉은 채로 뒤로 물러섰다.

일장을 휘둘러 그를 제압할 수도 있었지만 단화경은 그러지 않았다.

'이자다.'

그 청년이 자신을 노린 살막의 실수란 것을 직감한 것이다.

슈우욱!

아니나 다를까, 탁자 위를 지나쳐 날아가는 청년의 손에서 번쩍하는 빛과 함께 단화경을 향해 암기가 날아들었다.

"가소로운 놈!"

단화경이 장삼으로 바람을 일으켜 암기를 튕겨내며 연속으로 일장을 내질렀다.

펑!

"크악!"

단화경의 일장에 청년의 몸이 튕겨 날아갔다.

그 순간 청년의 뒤를 쫓던 포교 둘의 몽둥이 끝에서 날카로운 침이 발출되었다.

숙! 숙! 숙!

놀랍게도 그 목표는 청년이 아니라 바로 단화경이었다.

서린이 탁자를 발로 차 단화경을 향해 날렸다.

팍! 팍! 팍!

날아가던 침이 모두 탁자에 박혔다.

퍽!

동시에 의자에서 날아오른 서린의 발길질에 가장 먼저 달려들던 포교가 나가떨어졌다.

그의 몸이 뒤따르던 포교를 향해 날아갔다.

그러나 앞서의 포교에 비해 뒤따르던 포교는 차원이 달랐다.

오히려 날아오는 동료의 몸을 박차고 뛰어오르며 더욱 빠르게 단화경을 향해 돌진했다.

그는 바로 이급 살수들 속에 몸을 감추고 있던 이살이었다.

철컥!

몽둥이 끝에서 날카로운 검신이 튀어나와 짧은 단창으로 바뀌었다.

"어림없다!"

단화경이 달려드는 그를 향해 장력을 발출하려는 순간, 서린이 몸을 날려 단화경을 덮쳤다.

슈우욱!

동시에 단화경이 서 있던 바닥 아래에서 한 자루의 검이 무서운 속도로 뚫고 올라왔다.

아슬아슬하게 검을 피한 두 사람이 바닥을 굴렀다.

그 짧은 순간 단화경은 가슴이 철렁 내려앉았다.

만약 자신을 향해 날아드는 이살에게 계속 집중했다면 자신은 이미 저 검에 꼬치가 꿰이듯 찔렸을 것이다.

바닥에서 검을 찔러온 이는 바로 삼살이었다.

처음으로 실수를 대하는 단화경의 놀람에 비해 서린의 동작은 그야말로 전광석화처럼 빨랐다.

단화경과 함께 바닥을 구르던 그녀가 몸을 뒤집어 누운 자세에서 허공을 향해 일장을 날렸다.

펑!

그 놀랄 만큼 빠른 반격을 허공에서 날아들던 이살은 미처 피할 수 없었다.

꽈직!

어깨가 부서진 이살의 몸이 빙글빙글 돌며 바닥으로 추락했다.

그러나 서린과 단화경은 단 한숨도 돌릴 여유가 없었다.

슈우욱!

단화경이 누운 자리의 바닥을 뚫고 올라오는 삼살의 검.

데구르르.

단화경이 정신없이 바닥을 굴렀다.

숙! 숙!

어쩌나 정확하고 빠르게 공격해 오는지 단화경은 탁자 위로 몸을 날릴 여유조차 없었다.

공격이 단화경에게 집중된 그 찰나의 순간, 한 바퀴 공중제비를 하며 날아올랐던 서린이 바닥으로 내려서며 발을 굴렀다.

꽝!

그 위력적인 퇴법(腿法)에 바닥이 부서지며 가라앉았다.

쿠르릉.

놀랍게도 바닥 아래는 텅 비어 있었고, 검을 찔러오던 삼살의 모습이 드러났다.

자신의 모습이 드러나자 삼살이 바닥에 미리 뚫어진 굴 속으로 도주하기 시작했다.

서린이 망설이지 않고 바닥으로 뛰어내려 그를 뒤쫓았다.

홀로 남은 단화경이 낭패한 얼굴로 숨을 몰아쉬며 주위를 돌아보았다.

방금 전 서린이 아니었다면 큰 부상을 당했을 터였다.

그때 홀로 남은 포두가 몸을 돌려 도망가기 시작했다.

"이놈!"

단화경이 그를 향해 일장을 날리는 순간 장내에 있던 표사들이 일제히 암기를 꺼내 들었다.

놀랍게도 그들 역시 살막의 살수들이었던 것이다.

도망가던 포두는 미끼에 불과했던 것이다.

단화경의 신경이 그에게 향하는 그 짧은 순간 그들이 본색을 드러낸 것이다.

달아나던 포두는 이미 장력을 맞고 쓰러졌지만 수십 개의 암기가 단화경을 향해 날아들고 있었다.

슈우욱!

설마 그들까지 살수들이라고는 상상도 하지 못한 단화경이었다.

단화경이 최대한 호신강기를 일으키며 몸을 날렸다.

펑!

그때까지 단화경의 옆 자리에서 부들부들 떨고 있던 중년 문사의 책상자가 폭발하듯 터졌다.

그 속에서 모습을 드러내는 선풍검.

중년 문사로 분장한 이는 바로 비영이었다.

암기의 속도도 빨랐지만 비영은 그보다 더 빨랐다.

따다다당!

허공을 가르던 암기들 대다수가 비영의 검에 튕겨 나갔다.

"크악!"

튕겨 나간 자신의 암기에 표사 둘이 비명을 지르며 쓰러졌다.

암기를 튕겨낸 비영의 검에서 검기가 일었다.

샤아앙!

"으악!"

다시 표사로 위장한 이급 살수 둘이 쓰러졌다.

그러나 비영의 검기를 가까스로 피한 나머지 표사 하나.

바로 사살이었다.

'함정!'

비영이 나서자 그제야 함정임을 깨달은 사살이었다.

단화경이야 원래 강하다는 것을 알고 있었지만 생각보다 너무 고강한 무공을 지닌 그의 손녀딸의 모습에서 커다란 의혹을 가지고 있던 그였다.

하지만 이제 중년 문사가 나서서 자신들을 막자 함정에 빠졌다는 것을 확신한 것이다.

펑!

동시에 사살의 손에서 강맹한 장력이 쏟아졌다.

비영이 몸을 틀어 장력을 피했다.

폭음과 함께 천장에 구멍이 나면서 먼지와 함께 기와가 쏟아져 내렸다.

그 반탄력으로 사살이 객잔 밖으로 날아갔다.

꽈앙!

단화경이 뒤늦게 날린 장력이 그의 몸을 아슬아슬하게 스치고 지나가며 한쪽 벽을 강타했다.

사살이 무사히 객잔 밖으로 몸을 빼내는 그 순간,

빠악!

그의 얼굴을 거대한 도신이 강타했다.

그 불시의 일격에 얼굴을 강타당한 사살이 바닥을 뒹굴며 쓰러졌다.

객잔 입구로 팔용이 들어선 것이다.

그 순간 멀뚱하게 서 있던 점소이가 부서진 천장을 향해 몸을 날렸다.

점소이는 바로 오살이었다.

이미 일이 틀어진 것을 직감한 그의 필사적인 도주였다.

빡!

허공으로 날아올라 가던 오살의 턱이 돌아가며 그대로 추락했다.

그의 얼굴을 강타하며 천장에서 날아 내려오는 한 사람, 바로 기풍한이었다.

장내를 돌아보며 기풍한이 소리쳤다.

"모두 동작 그만! 지금부터 손끝 하나 까닥해도 죽는다!"

기풍한의 호령에 술이 얼큰하게 취해 있던 세 무인의 얼굴이 굳어졌다.

서로를 마주 보며 고개를 끄덕이는가 싶더니 품 안에서 일제히 하나의 구슬을 꺼내 들었다.

휙. 휙. 휙.

구슬은 모두 단화경을 향해 던져졌다.

다시 기겁을 하며 당황한 단화경이 소맷자락을 휘둘러 그것을 튕겨 내려는 순간,

"안 되오!"

기풍한의 외침에 순간 단화경이 내력을 거둬들였다.

동시에 비영의 몸이 바닥에 미끄러지며 세 개의 구슬을 모두 받아냈다.

그 모습을 보는 순간 세 사내가 일제히 입에서 피를 내뿜으며 쓰러졌다.

입 안의 독단을 깨물어 모두 자결한 것이다.

그 모습에 단화경이 떨리는 목소리로 물었다.

"그게 무엇이냐?"

"진천뢰(震天雷)라 불리는 폭약이오. 충격을 받게 되면 반경 삼 장은 잿더미가 되오."

기풍한의 설명에 단화경이 한숨을 내쉬었다.

말로만 듣던 살수의 무서움과 지독함에 소름이 돋기 시작했다.

오늘 객잔의 손님 모두가 살수들이었단 사실 또한 너무나 섬뜩한 일이었다.

만약 서린을 비롯해 기풍한 일행이 없었다면 틀림없이 자신은 죽었으리란 생각이 들었다.

이것이 바로 작전에 들어가기 전, 몇 번이나 기풍한이 자신에게 주

의를 주었던 실수들의 무서움인가 하는 새삼스런 생각에 단화경은 다리에 힘이 풀렸다.

"상황 끝났습니다."

팔용이 쓰러진 실수들을 살피며 일급 실수들을 가려냈다.

"하나."

서린의 일장에 어깨가 부서진 포교로 위장했던 이살.

"둘."

자신의 도신에 얻어맞고 정신을 잃은 표사로 위장했던 사살.

"셋."

천장으로 도주하려다 기풍한에게 일격을 당한 점소이 오살.

그때였다.

쿵!

부서진 바닥에서 무엇인가 날아올라 왔다.

바로 등에 일장을 얻어맞고 정신을 잃은 삼살이었다.

그 뒤로 서린이 가볍게 몸을 날려 올라왔다.

"넷."

팔용이 돌아가며 입 안의 독단을 제거한 후 전신 혈도를 제압했다.

정신을 차린 후 자결을 막기 위함이었다.

한편 객잔의 맞은편 건물에서 그 모습을 지켜보던 한 사내가 조용히 그 자리를 떠나고 있었다.

그럴 리는 없었지만 혹 객잔 안의 살행이 실패했을 경우 마음 놓고 밖으로 나서는 단화경을 처리하기 위해 대기하던 일살이었다.

묵묵히 자리를 뜨는 일살의 얼굴은 무섭게 굳어 있었다.

이번 청부는 완전 실패였다.

객잔에 잠입한 일급 살수 넷과 이급 살수 열 명 중 단 한 명도 빠져나오지 못한 것이다.

그가 향하는 곳은 살막의 은신처가 아니었다.

청부가 실패했을 경우 결코 은거지로 돌아가서는 안 되는 절대 원칙 때문만은 아니었다.

"감히 우릴 상대로 함정을 파다니."

일살이 이를 갈며 향하는 곳은 바로 용호철방이었다.

이윽고 그가 완전히 사라졌다.

그제야 기풍한의 시선이 방금 전 일살이 숨어 있던 객잔 밖 건너편 건물로 향했다.

그 분노의 끝 자락을 향해 기풍한이 나지막이 말했다.

"다섯."

"그들이 해낼 수 있을까? 혹 실패한다면? 내 돈 오십만 냥은 그냥 날리게 되는 것인가?"

지난 며칠간 용호철방의 대문 밖을 단 한 발짝도 나가지 않은 채 꽁꽁 숨어 있던 곽철과 천윤배였다.

곽철의 끊이지 않는 걱정에 오히려 천윤배는 흐뭇함을 감추지 못하고 있었다.

"그들은 실패하지 않을 겁니다."

"그래야지. 암, 절대 그런 일은 없어야 하네."

곽철이 머리를 싸맨 채 이리저리 정신없이 객청 안을 헤매고 다녔다.

그러다 문득 불안한 마음으로 천윤배를 돌아봤다.

"혹 성공한다 하더라도 후환이 있는 것은 아니겠지?"

"흐흐, 벌써 같은 질문을 일곱 번이나 하고 계십니다."

다시 곽철이 한 옆에 차려진 술상에 앉아 술을 벌컥벌컥 마셔댔다.

"걱정 마시오, 형님. 그런 일은 결코 없을 테니까."

물론 그의 말대로 살막의 후환은 없을 것이다.

적어도 살막은 청부자의 돈이나 뜯어내는 파락호 집단은 아니었으니까.

다만 천윤배라는 더욱 야비한 후환이 기다리고 있을 뿐.

확실한 약점을 잡은 이상 자신의 용호철방은 바야흐로 제이의 전성기를 맞게 될 것이다.

곽철이 두려움에 몸을 떨며 홀로 술을 홀짝였다.

가진 것이 많은 이일수록 목숨에 대한 미련이 많은 법이란 것을 곽철은 그야말로 훌륭하게 보여주고 있었다.

"이 동생만 믿으시오."

천윤배의 호언에 곽철이 연신 고개를 끄덕였다.

"궁금한 게 하나 있네."

"무엇이오?"

"그 살수란 자들 말일세. 자네는 어떻게 알게 되었나?"

그 말에 천윤배가 흠칫 놀랐다.

"그건 왜 물으시오?"

동시에 천윤배의 머리 속을 스쳐 지나가는 한 노인의 얼굴.

'망할 늙은이.'

용호철방의 후계자 자리를 하나밖에 없는 아들이 아닌 다른 곳에서 찾던 미친 늙은이.

용호철방이 강호제일의 철방이 되기 위해서는 진정한 능력을 갖춘 이가 필요하다며 물이 피보다 진함을 보여준 궤변론자.

그래서 결국 아들을 패륜아로 만들어 버린 답답한 늙은이.

그게 천윤배가 기억하는 아버지에 대한 모든 것이었다.

굳어진 천윤배의 표정을 조심스럽게 살피며 곽철이 힘없이 말했다.

"그냥 궁금해서 물어본 것이니 너무 개의치 말게."

"모르시는 게 나을 거요."

"알겠네."

곽철이 안절부절못하며 방 안을 서성이다 이번에는 창가로 다가섰다.

혹여 무엇이라도 날아들까 조심스럽게 창밖을 살폈다.

불어오는 한줄기 바람에 담긴 살기.

그 순간 곽철의 눈빛이 반짝였다.

두려움에 흔들리던 눈동자가 제자리를 찾았다.

백 공자에서 곽철로 바뀌는 순간이었다.

"후회하지 않나?"

"……?"

진중하게 바뀐 곽철의 목소리는 왠지 천윤배에게 낯선 느낌을 주고 있었다.

창밖을 내다보는 그의 등은 겁먹은 개망나니의 그것이 아니었다.

"…무슨 뜻이오?"

천윤배의 목소리에 잔뜩 긴장이 감돌았다.

"후회하지 않느냐고 묻고 있네."

또다시 반복되는 곽철의 물음.

"무슨 말씀인지 모르겠소."

"그래, 그렇겠지."

곽철이 천윤배를 향해 돌아섰다.

그의 진지한 얼굴을 보는 순간 천윤배는 알지 못할 불길한 예감에 휩싸였다.

"미안하네."

곽철의 한마디에 천윤배의 두 눈이 휘둥그레 커졌다.

"그, 그게 무슨 말씀이시오?"

그러자 곽철이 가만히 눈을 감으며 대답했다.

"잠시 망설이고 있었다, 너를 구해줄까 말까를. 만약 네가 거짓일지언정 후회한다고 대답했다면 어쩌면 너를 구해줬을지도 모르겠다. 그래서 작전이 꼬여 나중에 조장님께 혼이 난다 하더라도 말이다."

"떠그럴! 그게 다 무슨 말이냐니까!"

천윤배의 목소리는 무섭게 떨리고 있었다.

"자네 뒤의 그에게 물어보게."

"……?"

푹!

다음 순간 천윤배가 본 것은 자신의 가슴을 꿰뚫은 한 자루의 검이었다.

"어?"

그 단 한 마디 말이 그가 이 세상에 남긴 마지막 말이 되었다.

천윤배가 쿵 하고 쓰러졌다.

쓰러진 천윤배의 뒤에는 어느 틈엔가 일살이 서 있었다.

일살이 검에 묻은 피를 털어내며 물었다.

일살은 쓰러진 천윤배는 거들떠도 보지 않았다.

"너희는 누구냐?"

곽철을 노려보는 일살의 두 눈에서 살기가 피어올랐다.

스르륵.

곽철의 소맷자락에서 감추어진 질풍봉이 미끄러져 내려왔다.

"강호에 실수 따윈 필요없다고 믿는 사람들."

일살의 살기가 더욱 짙어졌다.

"감히 살막을 상대로 함정을 파다니."

"그러게 청부는 가려서 받아야지. 저런 녀석이랑 노니까 판이 깨지지."

"누구냐고 묻고 있다."

"어차피 서로 칼밥 먹는 처지에 굳이 알 필요 있겠나?"

일살은 더 이상 말이 필요없다는 것을 깨달았다.

상대의 눈빛은 자신과 다르지 않았다.

어떠한 고문과 협박에도 결코 굴복하지 않을 강인함이 담긴 눈빛.

그런 눈빛을 가진 자가 말하지 않기로 마음을 먹었다면…….

그렇다면 남은 일은 하나뿐이었다.

슉슉!

일살의 검이 허공을 가로질렀다.

곽철이 검을 피하며 허공으로 날아올랐다.

부우웅!

바람처럼 휘둘러지는 질풍봉이 일살의 머리통을 스쳐 지나갔다.

슉! 슉!

'고수다!'

간담이 서늘해진 일살의 검이 더욱 빨라졌다.

몇 차례의 검과 봉이 오가면서 두 사람의 동작이 보이지 않을 정도로 빨라졌다.

일살의 검이 곽철의 심장을 가르는 순간, 곽철이 몸을 비틀며 벼락처럼 봉을 휘둘러 검을 내려쳤다.

따당!

질풍봉에 일살의 검이 부러졌다.

부웅!

다시 곽철의 질풍봉이 일살의 어깨를 부숴놓기 위해 날아들었다.

그 순간, 창문 쪽으로 몸을 날리던 일살이 무엇인가를 곽철의 발 아래로 집어 던졌다.

펑!

순간 바닥에서 피어오르는 노란색의 연기.

"독!"

미처 그 독연을 피하지 못한 곽철의 신형이 연기 속에서 흔들렸다.

이미 일살은 창문 밖으로 몸을 날린 상태였다.

쿵!

비틀거리며 몇 발짝 옮기던 곽철이 그 자리에서 쓰러졌다.

'감히 살막을 우습게 여기다니!'

상대를 처치했음에도 일살의 표정은 밝아지지 않았다.

독을 사용하지 않았다면 결코 상대할 수 없는 고수.

그런 자들이 자신들을 노리고 있는 것이다.

일살이 날렵하게 담을 넘어 사라졌다.

독연이 가득 찬 방에 쓰러진 곽철은 꼼짝도 하지 않았다.

얼마나 지났을까?

창문 밖에서 안으로 무엇인가가 날아들었다.

펑!

또 다른 연기가 장내에 피어올랐다.

이번에는 푸른색의 연기였다.

푸른색 연기가 기존의 노란 연기를 빨아들이듯 합쳐지면서 이내 서서히 사라졌다.

그러자 그것이 신호인 양 쓰러져 있던 곽철이 벌떡 일어났다.

곽철이 멀쩡하게 창문 밖으로 몸을 날렸다.

창문 밖에는 어느새 화노가 서 있었다.

"괜찮으냐?"

화노의 물음에 곽철이 입에서 무엇인가 툭 내뱉었다.

한 알의 작은 구슬.

그것은 바로 입에 물고만 있어도 독을 피할 수 있다는 피독주(避毒珠)였다.

"괜찮겠소, 놈의 시령탄(屍靈彈)을 이깟 구슬 하나로 버텼는데?"

투덜거리면서도 곽철은 일살이 사라진 곳을 향해 달려가고 있었다.

휙!

"이거나 처먹고 가, 나중에 머리 아프다고 울지 말고!"

화노가 하나의 단약을 던져 주었다.

곽철이 돌아보지도 않은 채 그것을 받아 들고 담을 넘었다.

화노가 곽철이 사라진 담벼락을 바라보며 나지막이 말했다.

"이제 곧 끝이 나겠군."

한편 곽철이란 보이지 않는 꼬리표를 매단 채 숲을 가로질러 달리는 일살의 표정은 굳어 있었다.

일살은 산을 향해 올라가고 있었다.

한참을 쉬지 않고 달리던 일살이 멈춘 곳은 산 정상 부근이었다.

나뭇잎 등으로 가려진 그곳에는 작은 돌화로가 숨겨져 있었다.

잠시 일살이 망설였다.

한참을 고민하던 일살이 드디어 결심을 굳혔다.

화르르르!

화로에서 붉은 연기가 무럭무럭 피어올랐다.

살막 전체 살수를 집합시키는 소집령을 발동한 것이다.

'어떤 놈들인지… 반드시 다 쓸어버린다!'

산을 내려가는 일살의 눈빛에는 살기만이 가득했다.

그날 자정, 이화장(梨花莊).

섬서 지역에 이름 높은 신흥 명문가(名門家)인 이화장은 해마다 좋은 일을 많이 하기로 유명했다.

특히 이 년 전 돌림병으로 발생한 수많은 이재민들을 위해 거금을 내놓으면서 강호에 알려지기 시작했다.

자애롭기로 소문난 이화장주는 지나치는 거지 하나도 그냥 보내지 않는다고 알려진 인물이었고, 그에 대한 칭송은 날이면 날마다 끊이지 않았다.

그 이화장주가 오늘 특별한 손님을 맞이하고 있었다.

어둠을 틈타 이화장의 담을 넘기 시작한 수많은 복면인들.

그들의 숫자는 정확히 이백오십 명이었다.

좀 더 정확하게 말하자면 살막의 이급 살수 오십과 삼급 살수 이백이 그 손님들이었다.

그 속에는 산을 내려온 유일한 일급 살수 일살도 포함되어 있었다.

복면인들은 누가 시키지도 않았건만 장원에 일렬로 도열하기 시작했다.

이윽고 일살이 이화장주 앞에 무릎을 꿇었다.

"도대체 어떻게 된 것이냐?"

이화장주는 어느새 살막주의 그 차가운 얼굴로 바뀌어 있었다.

일살의 목소리는 분노와 두려움에 떨리고 있었다.

"청부는 실패했습니다."

"그걸 물은 것이 아니다."

살막주는 이미 낮에 피어오른 붉은 연기로 그 결과를 짐작하고 있던 바였다.

살막의 비상 소집령의 권한을 가진 이들은 자신을 비롯해 일급 살수들만이 가능했다.

그 일급 살수 모두가 동원된 오늘의 청부였다.

그들이 귀환하지 않자 실패를 예감하고 잠적하려던 차에 붉은 연기가 피어올랐다.

조직의 사활이 걸린 긴급한 상황에만 피워 올리게 되어 있는 신호.

붉은 연기가 피어올랐다는 것은 생존자가 있다는 뜻. 그가 바로 일살인 것이다.

"이번 청부는 함정이었습니다."

살막주의 표정에는 아무 감정도 담겨 있지 않았다.

"함께 간 이들은?"

"…죄송합니다."

"아이들을 모두 소집해야 할 정도이냐?"

"놈들은 그냥 일반 고수들이 아닙니다."

"……?"

"전문가들입니다."

살막주의 얼굴이 무섭게 굳어졌다.

일살의 담담한 목소리가 이어졌다.

"어차피 그들은 우리를 목표로 함정을 파놓았습니다. 이미 은밀히 움직이기는 틀렸습니다. 힘으로 버티는 수밖에 없다고 판단했습니다. 이미 전쟁은 시작되었습니다."

"뒤따른 이는?"

"없다고 생각합니다만, 장담할 수는 없습니다."

일살이 꼬리를 달고 이곳까지 올 만큼 어리석은 이가 아니란 것을 누구보다 잘 알고 있는 그였다.

그 치밀한 일살이 의심하고 있었다.

그만큼 상대가 무서운 자들이리라.

"일단 용호철방의 그자는 제거했습니다."

"그놈 짓이 아니다."

일살이 고개를 끄덕였다.

"백가란 자가 가짜였습니다."

"그자는?"

"그자 역시 제거했습니다."

"정체를 밝혀냈느냐?"

일살은 고개를 푹 숙인 채 아무 말이 없었다.

그때였다.

어디선가 들려오는 한숨 소리.

"휴, 힘들다, 힘들어. 이제 다 모였냐?"

깜짝 놀란 살막주와 일살, 그리고 이백오십 살수들의 시선이 한곳으로 집중되었다.

그들이 바라본 곳은 바로 이화장의 담벼락 위였다.

"헉, 네놈은!"

일살이 자리에서 벌떡 일어났다.

담 위에 걸터앉은 이는 바로 곽철이었다.

곽철은 환하게 웃으며 훌쩍 담에서 뛰어내렸다.

좌악!

도열한 살수들이 좌우로 갈라지며 곽철을 포위했다.

그 사이를 곽철이 여유롭게 건들거리며 걸어왔다.

빡! 빡!

무심코 그의 앞을 가로막던 살수 둘이 그대로 고꾸라졌다.

곽철이 질풍봉을 빙글빙글 돌리며 말했다.

"솔직히 말해. 나 무섭지?"

일살의 얼굴 살가죽이 무섭게 떨리고 있었다.

"저자는 누구냐?"

애써 침착함을 유지하면서 살막주가 나직이 물었다.

"저자가 바로 가짜 백가입니다. 분명 시령탄에 죽었는데……."

앞으로 나서려는 일살을 막아서며 살막주가 나섰다.

"네놈은 누구냐?"

곽철이 피식 웃으며 말했다.

"네 머리 위에 계신 분께 여쭤봐. 그분은 나랑 달라서 거짓말 같은 거 잘 안 하니까."

그 말에 깜짝 놀란 살막주와 일살이 지붕 위를 쳐다보았다.

지붕 위에서 팔짱을 낀 채 그들을 내려다보는 한 사내.

바로 기풍한이었다.

장내에 기풍한의 차가운 목소리가 울려 퍼졌다.

"살막주 외 이백오십 명. 불법 조직 운영 및 일급 살인죄로 전원 체포한다!"

모두 어이없는 얼굴로, 또 한편으론 두려운 마음으로 아무 말도 할 수 없었다.

"크하하하!"

크게 웃음을 터뜨린 것은 살막주였다.

"고작 네놈 둘이 말이냐?"

수하들의 사기를 생각해 큰소리를 치고 있는 살막주였지만 사태가 심상치 않다는 것을 직감한 그였다.

강호에서의 여유란 곧 실력의 다른 말이니까.

그때 곽철이 고개를 내저었다.

"아, 오해하지 마."

곽철이 윗옷을 벗어 던지며 말했다.

"나 혼자 할 거야."

어둠 속에서 백풍비가 무섭게 번뜩이기 시작했다.

"너희 정도에 우리가 다 나선다는 것도 자존심 상하는 일이지. 게다가 제법 칼질 좀 하는 놈들은 이미 다 때려잡은 것 같으니까. 나머지 동료들은 네놈들 때문에 놀란 늙은이 달래준다고 술 마시고 있어. 자자, 빨리 끝내고 나도 목 좀 축이게 좀 도와주라."

곽철의 입에서는 농담처럼 들리는 말들이 줄줄 이어져 나왔지만 아무도 웃지 못했다.

차아앙!

일제히 살수들이 검을 뽑아 들었다.

이백오십 개의 검이 일제히 곽철을 향해 겨눠졌다.

그 살기만으로도 숨이 막힐 지경이었다.

살기의 숲 가운데서 곽철이 제자리에서 폴짝폴짝 뛰며 몸을 풀기 시작했다.

갑자기 곽철이 일살을 손가락으로 가리켰다.

"너!"

일살의 표정이 흉측하게 일그러졌다.

"또 독 쓰면 죽는다!"

"이 찢어 죽일 놈이!"

"그래도 쓰겠지?"

곽철이 품 안에서 다시 피독주를 꺼내 들었다.

"얼마든지 써봐, 이 개자식들아!"

곽철이 그것을 입 안에 물며 살수들을 향해 돌진했다.

퍽! 퍽! 퍽!

순식간에 비명 소리가 이어지며 앞쪽에 서 있던 살수 서넛이 한 수에 몸을 뒤집으며 쓰러졌다.

퍽! 퍽!

곽철의 질풍봉은 정확히 상대의 관절만을 노리고 있었다.

마치 양 떼에 뛰어든 한 마리 늑대처럼 곽철의 신형이 그들 속을 헤집으며 달리기 시작했다.

"으악!"

"큭!"

곽철의 봉이 한 번 움직일 때마다 서너 명의 살수가 쓰러졌다.

숨 한 번 내쉴 시간에 스무 명의 살수가 쓰러졌다.

어차피 한 사람을 공격할 수 있는 숫자에는 한계가 있었다.

이백오십 명이 일제히 달려들 수 있는 기적 같은 합격술(合擊術)을 연마했다면 모를까. 그들은 그저 기습 공격에 능한 살수들이었다.

픽! 픽!

살수들의 비명 소리가 쉬지 않고 이어졌다.

슉! 슉! 슉!

당황한 살수들이 암기를 날리기 시작했다.

"으악!"

암기에 쓰러지는 이들은 모두 동료 살수들이었다.

이백오십 명이 좁은 공간에 뒤섞인 상황에서의 암기는 그야말로 자살 행위였다. 더구나 신법이라면 누구보다 빠른 곽철이 아닌가?

진형을 갖추기 위해 이십여 명의 살수가 담장 위로 날아올라 갔다.

그 순간 곽철의 몸에서 번쩍 섬광이 피어올랐다.

슈앙!

이십여 명의 살수가 동시에 비명을 지르며 꼬꾸라졌다.

백풍비가 발출된 것이다.

그들이 일수에 쓰러지자 장내는 공포의 도가니였다.

"어서 피하십시오!"

돌아가는 상황이 심상치 않음을 직감한 일살이 소리치며 곽철을 향해 날아갔다.

자신을 향해 날아드는 일살을 향해 곽철이 몸을 날렸다.

슈우욱!

일살의 검이 곽철의 귓가를 스치고 지나갔지만 질풍봉은 그저 스치고 지나가는 자비를 베풀지 않았다.

빡!

일살이 얼굴을 감싸 쥐고 바닥을 뒹굴었다.

픽!

다시 곽철의 발길질에 일살의 몸이 끊어진 연처럼 허공을 날아 담벼락에 부딪쳤다.

정신을 잃는 순간 일살은 곽철이 아까 보여준 실력은 본신 내력의 채 반의 반도 되지 않는다는 것을 깨달았다.

남은 이백여 명의 살수들이 우르르 한 옆으로 몰렸다.

뒷걸음질치다 동료의 검에 찔리는 이들까지 발생했다.

픽! 픽!

선두에 선 살수들은 속절없이 쓰러지고 있었다.

그때였다.

"크윽!"

살수들 몇이 피를 토하며 쓰러졌다.

도저히 상대가 되지 않음을 직감한 그들이 입에 물고 있던 독단을 깨문 것이다.

마치 막을 수 없는 전염병처럼 다시 몇 명의 살수들이 독단을 깨물었다.

"크아악!"

무서움에 떨며 실수들은 어찌할 바를 몰라 했다.

한편 살막주는 몸을 빼라는 일살의 말을 그대로 따를 수가 없었다.

그의 앞을 기풍한이 막아선 것이다.

살막주가 혼신의 힘을 다해 두 손을 내질렀다.

펑!

기풍한이 가볍게 도를 들어 그의 장력을 막아냈다.

바위를 부수고 사람을 가루로 만드는 그 위력적인 장력은 그렇게 무기력하게 해소되고 말았다.

살막주의 얼굴에 경악과 함께 절망이 피어올랐다.

뻐각!

어깨가 부서지는 고통과 함께 살막주의 무릎이 접혔다.

기풍한이 번개처럼 달려들어 도의 손잡이로 그의 어깨를 내리찍은 것이다.

"크아아악!"

기풍한이 재빨리 살막주의 입 안을 억지로 벌렸다.

순간 기풍한의 인상이 굳어졌다.

"넌 독단이 없군."

혹 살막주가 자결을 할까 독단부터 제거하려던 기풍한이었다.

빡!

다시 살막주의 머리통에 기풍한의 질풍봉이 작렬했다.

"왜 넌 없지?"

차가운 기풍한의 물음에 살막주는 그저 비명만을 질러댈 뿐이었다.

"수하들은 저렇게 독을 깨물고 죽어가는데 넌 왜 없지?"

빡! 빡!

"제발 그만!"

기풍한의 매질에 견디지 못한 살막주가 머리를 움켜쥐고 소리쳤다.

"난 살수가 아니니까!"

장내를 울리는 살막주의 울부짖음.

그 말에 발악하며 검을 휘두르던 모든 살수들의 동작이 딱 멈추었다.

생각지도 못한 말이 살막주의 입에서 터져 나온 것이다.

그들을 때려잡던 곽철마저 어리둥절한 표정이 되어 공격을 멈추었다.

"그럼 넌 뭐냐?"

얼굴이 피투성이가 된 채 살막주가 힘없이 말했다.

"살막은 그저 돈을 벌기 위한 사업일 뿐… 난 살수가 아니다."

기풍한은 물론 모든 살수들의 얼굴이 일그러졌다.

"새로운 문파를 만들려면… 돈이 필요했다. 어차피 몇 해만 하고 그만둘 생각이었지."

"저들이 그 새 문파에 함께할 이들이냐?"

"……."

살막주가 애처로운 얼굴로 기풍한을 올려다보며 애원했다.

"살려주게."

그를 내려다보던 기풍한이 싸늘하게 말했다.

"네 사업은 끝났다."

퍽!

살막주의 머리통이 부서지며 그대로 쓰러졌다.

기풍한이 살수들을 돌아보며 소리쳤다.

"이 개자식의 사업에 아직도 동참하고 싶은 멍청한 놈 남았나? 독단

깨물 놈은 지금 당장 깨물어!"

무시무시한 살기가 기풍한의 몸에서 쏟아져 나왔다.

아무도 독단을 깨물지 못했다.

오히려 복면 속의 그들의 눈빛은 주인에 대한 배신감과 증오로 불타 오르고 있었다.

기풍한의 살기 서린 목소리가 다시 이어졌다.

"살고 싶은 놈은 모두 무릎 꿇어!"

숨 막히는 정적이 흘렀다.

살수들은 서로를 돌아보며 망설이고 있었다.

그때 살수들 중 하나가 살막주의 시체를 향해 침을 뱉었다.

그리고 묵묵히 무릎을 꿇었다.

턱!

또다시 누군가가 무릎을 꿇었다.

턱턱턱!

마치 파도가 이어지듯 이백여 살수들의 무릎이 일제히 접히기 시작 했다.

이제 서 있는 사람은 기풍한과 곽철뿐이었다.

기풍한이 묵묵히 그들을 돌아보았다.

그의 눈빛에는 임무를 완수했다는 후련함이나 상대를 굴복시켰다는 통쾌함 따윈 전혀 없었다.

가끔씩 보이던 그의 쓸쓸한 눈빛이 떠올랐다.

다시 그 서글픈 시선이 향한 곳은 밤하늘의 별들이었다.

그를 말없이 바라보던 곽철이 짤막한 한숨을 내쉬었다.

곽철이 무릎을 꿇은 살수들 사이에 쪼그리고 앉았다.

그 옆에 무릎을 꿇은 실수가 머리통에서 피를 줄줄 흘리며 힐끔 곽철의 눈치를 살폈다.

곽철이 품 안에서 금창약을 꺼내 그에게 불쑥 내밀었다.

당혹스런 얼굴로 사내가 그것을 받아 들었다.

"피 나네. 발라라."

곽철이 바닥의 흙을 만지작거리며 중얼거렸다.

"출옥하면 새출발해라."

사내는 금창약을 움켜쥔 채 다시 고개를 푹 숙였다.

톡톡.

그때 무엇인가가 그들의 어깨 위로 사뿐히 내려앉기 시작했다.

바람에 흩날리며 모두의 어깨 위를 하얗게 덮기 시작한 그것은 눈이었다.

무릎을 꿇고 앉은 모든 실수들의 시선이 하늘로 향했다.

마치 지난 일은 하얗게 덮어버리자는 듯 하늘이 보내준 순백의 선물을 기풍한이, 곽철이, 그리고 실수들이 말없이 올려다보고 있었다.

第13章

적운조

적
운
조

기풍한과 곽철이 하늘을 올려다보던 그 시
각, 그곳 섬서에서 일만 리도 더 떨어진 하북(河北) 땅에서도 누군가가
하늘을 올려다보고 있었다.

하얀색 무복을 깔끔하게 차려입은 이십대 후반쯤 되어 보이는 한 여
인.

무복의 가슴에 새겨진 한 글자.

운(雲).

짧은 단발머리에 서늘한 눈매.

그 아름다운 두 눈에는 어지간한 남자 무인들도 보여주지 못하는 강
단이 깃들어 있었다.

그런 그녀의 눈빛이 오늘따라 왠지 서글퍼 보였다.

하얀 눈송이가 그녀의 얼굴에 떨어졌다 이내 작은 물방울이 되어 사

라졌다.

그녀가 앉아 있는 곳은 숲 속의 한 시냇가 옆이었다.

퐁퐁퐁.

그녀가 던진 작은 돌멩이 하나가 징검다리를 만들며 물 위를 건너뛰었다.

그때 누군가가 그녀 옆으로 다가왔다.

"조장님."

역시 그녀와 같은 무복을 입은 사내였는데 여인과 비슷한 또래이거나 한두 살 많아 보였다.

사내가 매우 정중한 태도로 말했다.

"모든 준비가 다 끝났습니다."

여인의 시선은 여전히 시냇물을 따라 흐르고 있었다.

"정아."

정이라 불린 사내의 이름은 심무정(沈無情), 여인의 이름은 이현(李賢)이었다.

"네."

"윤이 녀석이 몇 살이랬지?"

"고 녀석, 벌써 학당에 들어갔습니다."

"많이 컸겠구나."

심무정의 그 강인한 얼굴에 의지로서는 막을 수 없는 기쁨이 들어섰다.

"정아."

"네."

"내 밑에 들어온 지 몇 년째지?"

"조장님이 적운조(赤雲組) 조장으로 부임하신 해에 들어왔으니 올해로 딱 팔 년째입니다."

"팔 년이라……."

적운조.

사도맹 최고의 특수공작조(特殊工作組).

사도맹주 용천악이 사도일통이라는 대업을 완수하는 그 배경에는 적운조가 있었다.

천룡맹에 질풍조가 있다면 사도맹에는 적운조가 있는 것이다.

이현은 다음 말을 하지 않은 채 묵묵히 흐르는 물만을 바라보고 있었다.

그 쓸쓸해 보이는 등을 바라보던 심무정이 조심스럽게 입을 열었다.

"조장님."

"……."

"혹시 그 사람 생각하시는 겁니까?"

피식.

이현의 웃음은 부정도 긍정도 아닌 애매한 것이었다.

"잊으셔야 합니다."

"…그가 아니었으면 나도 너도 그날 죽었겠지."

"하지만 그는 천룡맹 사람입니다. 언젠가는 적으로 만나야 할."

"그래, 그렇겠지."

"그리고……."

잠시 심무정이 망설였다.

"…그는 이미 죽었을지도 모릅니다."

그녀의 쓸쓸한 미소가 더욱 짙어졌다.

"…그래."

"죄송합니다."

"하지만 무정아."

"네."

"넌 그를 잊을 수 있니?"

퐁퐁퐁.

"그날을 잊을 수 있니?"

그 말에 심무정이 긴 한숨을 내쉬었다.

그녀가 추억하는 사람은 그 역시도 잊을 수 없는 사람이었다.

강철 같은, 그래서 자신이 가장 존경하는 조장을 가끔 이렇게 여인으로 보이게 만든 사람.

단 한 번의 만남이었다.

육 년 전 천룡맹과 보이지 않는 암투가 극에 달하던 그 즈음 적운조는 그해 가장 큰 작전에 돌입했다.

당시 정사 중립(正邪中立)을 선언한 채 당당히 홀로 세력을 키워 나가던 남해도문(南海刀門)이 천룡맹과 손을 잡았다는 정보가 입수되었다.

사도맹 측은 한 달여의 고심 끝에 한 가지 결정을 내리게 되었다.

바로 남해도문 문주 암살이었다.

그리고 언제나 그렇듯이 그 작전의 수행은 바로 적운조가 맡았다.

그날의 작전.

그 뜨거웠던 태양.

무심하게 흐르는 시냇물은 육 년 전 그 여름 날로 거슬러 가기 시작했다.

참방참방.

이현과 심무정 두 사람은 얕은 시냇물을 건너 숲을 헤치며 달리고 있었다.

그들의 백의 무복은 이미 누군가의 피로 젖어 홍의로 바뀌어 있었다.

앞서 달리던 이현이 소리쳤다.

"다른 애들은?"

"모두 흩어진 후 연락이 두절되었습니다."

"망할."

무정의 다급한 보고에 이현이 어금니를 악물었다.

적운조 작전 이래 최악의 상황이었다.

남해도문에서 흘러나온 정보는 함정이었다.

그들의 수뇌부는 이미 마교에 의해 장악된 상태였고 사도맹이 입수한 정보는 마교 측에서 천룡맹과 사도맹 양측에 의도적으로 흘린 정보였다.

아마도 천룡맹에 들어간 정보는 남해도문이 사도맹과 손을 잡았다는 정보였으리라.

사도맹을 비롯한 천룡맹의 현장 작전조들을 일시에 제거하기 위한 거대한 함정.

이미 남해도문이 위치한 해남성(海南省)의 여모봉(釐母峰) 주위는 마교의 북풍혈마대의 천라지망이 두 겹, 세 겹 펼쳐진 상태였다.

뒤를 돌아보며 달리던 심무정이 다급하게 소리쳤다.

"놈들이 바짝 따라붙었습니다!"

"이대로 북쪽 산기슭을 타고 탈출한다!"

얼마나 달렸을까?

정신없이 달리던 그녀가 서서히 후미로 빠지기 시작했다.

정신없이 내달리던 심무정은 그녀의 그러한 이탈을 눈치채지 못한 채 앞만 보고 달리고 있었다.

멀어져 가는 무정을 보며 이현이 미소를 지었다.

"반드시 살아남아야 한다."

이현이 자신이 달려온 방향으로 뒤돌아 달리기 시작했다.

순간 그녀의 신형이 딱 멈춰 섰다.

그들을 추격하던 마인들을 먼저 발견한 것이다.

그녀가 잽싸게 나무 뒤로 몸을 감추었다.

세 명의 마인이 무서운 속도로 달려오고 있었다.

그들이 나무 옆을 스쳐 지나가는 순간,

슈욱!

한줄기 검기가 그들을 갈랐다.

"크악!"

그 기습에 두 명의 마인이 그 자리에 쓰러져 즉사했고 나머지 한 명의 마인은 몸을 날려 피했다.

슈우욱!

두 줄기 검기가 허공을 스쳐 지나갔다.

쿵!

마인이 그 자리에 쓰러졌다.

그녀의 어깨에서 뿜어져 나오는 핏물이 옆구리를 뜨근하게 달구며 흘러내렸다.

"휴."

그녀가 검을 바닥에 꽂았다.

그리고 그 옆에 두 다리를 쭉 펴고 앉았다.

삼인일조(三人一助)로 움직이는 북풍혈마대였기에 잠시의 여유는 벌 수 있었다.

하지만 그건 말 그대로 아주 잠깐의 여유뿐일 것이다.

그녀가 문득 하늘을 올려다보았다.

나뭇잎 사이로 내리쬐는 눈부신 태양 빛을 그녀가 손을 들어 가렸다.

언젠가 이렇게 죽게 될 줄 그녀는 알고 있었다.

다행히 제법 멋을 부리며 죽을 기회를 준 하늘에 그녀는 감사하고 있었다.

"별로 멋 없습니다."

어느새 되돌아온 심무정이 그녀의 검 옆에 나란히 자신의 검을 박으며 씩 웃었다.

"뭐 하는 짓이냐?"

"……."

"명령이다! 돌아가라!"

"…조장님만 두고 갈 수 없습니다."

"멍청한 놈! 날 수하들을 모두 죽게 만든 무능한 조장으로 만들 셈이냐?"

"절 조장님도 지키지 못한 무능한 수하로 만드실 생각입니까?"

"이, 이 바보 같은 놈! 네가 이런다고……!"

"압니다. 좋아할 성격 아니란 거. 하지만 어쩌겠습니다. 제 심보가 고약해……."

"쉿!"

순간 이현이 심무정의 입을 틀어막았다.

두 사람의 동작이 그림처럼 멈추었다.

고요한 정적.

그 적막 속에 들려오기 시작한 한 소리.

차앙! 차앙!

분명 병기 부딪치는 소리였다.

이현이 소리 내지 않고 수풀 사이로 기어갔다.

그 뒤를 심무정이 은밀히 뒤따랐다.

바닥에 바짝 엎드린 상태로 전방을 조심스럽게 살피는 이현.

저 멀리 바닥에 널브러진 네 명의 북풍혈마대의 마인들의 시체가 보였다.

'네 명?'

그들을 해치운 것이 살아남은 적운조의 수하들이 아닐까 하는 기대감과 두 명의 마인이 살아남아 있을지도 모른다는 긴장감이 동시에 그녀를 찾아들었다.

두 사람이 조심스럽게 몸을 일으켜 세우는 순간,

스윽.

그녀의 목에 겨눠지는 한 자루의 도.

그녀의 가슴이 철렁 내려앉았다.

놀란 심무정이 반사적으로 검을 뽑아 들려는 순간, 그녀의 목에 도를 겨눈 사내가 재빨리 손을 들어 그를 제지했다.

그리고는 다시 조용히 손을 입가로 가져가 조용히 하라는 신호를 보냈다.

숨 막히는 정적이 흘렀다.

사각사각.

주위에서 들려오는 미세한 기척.

사내가 그녀의 몸을 서서히 자신에게로 돌렸다.

황금빛 풍 자 아래의 서늘한 눈빛.

사내는 바로 기풍한이었다.

그녀와 심무정 역시 단번에 상대를 알아보았다.

'천룡맹… 질풍조!'

그녀의 심장이 뛰기 시작했다.

북풍혈마대의 천라지망 속에서 천룡맹 무인과 마주친 것이다.

기풍한이 발소리를 내지 않으며 조심스럽게 뒤로 물러섰다.

이현과 심무정은 숨을 죽인 채 기풍한의 행동을 주시했다.

자신들을 죽이려고 들었으면 벌써 죽일 기회가 있었을 터.

일단 상대는 지금 당장 자신들을 죽일 생각이 없어 보였다.

기풍한이 도를 들어 두 군데를 가리켰다.

좌측의 나무 위와 우측의 수풀이었다.

기풍한의 눈빛을 바라보던 이현이 가만히 고개를 끄덕였다.

그 행동이 무엇인지 모를 만큼 그들은 어리석지 않았다.

기풍한의 고갯짓이 세 번째가 되는 순간,

파앗!

기풍한이 좌측 나무 위로 날아올랐다. 동시에 이현과 무정이 우측의
숲을 향해 몸을 날렸다.

푹. 푹.

정확히 목을 찔려 두 마인이 목숨을 잃었고, 다행히 비명 소리는 나지 않았다.

나무 위에서 주위를 살펴 근처에 아무도 없음을 확인한 기풍한이 홀쩍 뛰어내렸다.

이현은 마인의 피가 뚝뚝 떨어지는 검을 기풍한에게 겨누었다.

기풍한은 그녀의 행동을 무시한 채 묵묵히 자신의 일을 시작했다.

부욱.

기풍한이 자신의 옷을 찢었다.

품 안에서 꺼낸 금창약으로 대충 옆구리 검상(劍傷)에 바른 기풍한이 다시 상처를 질끈 동여맸다.

휙.

기풍한이 들고 있던 금창약을 이현에게로 던졌다.

놀란 얼굴로 기풍한을 쳐다보던 그녀.

말을 하지 않고 있다 뿐이지 마치 같은 동료에게 행하는 그러한 자연스런 행동이었다.

이현과 심무정의 눈빛이 교차했다.

심무정이 눈빛으로 묻고 있었다. 어떻게 해야 할지.

그녀 역시 판단이 서지 않기는 매한가지였다.

마교의 천라지망 안에서 만난 천룡맹의 질풍조 무인.

지금의 상황에서 도대체 어떻게 해야 한단 말인가?

기풍한이 자리에서 일어났다.

가타부타 한마디 말도 없이 기풍한이 숲을 향해 발걸음을 옮겼다.

"멈춰."

이현의 나지막한 말에 기풍한이 발걸음을 멈췄다.

그의 등을 바라보며 그녀가 차갑게 물었다.

"왜 우리를 죽이지 않았지?"

그러자 담담하게 들려오는 차분한 목소리.

"그대 적운조는 이유없이 사람을 죽이나?"

"뭐?"

그녀의 말문이 턱 막혔다.

뭐라 한마디 반박하고 싶었지만 그녀는 아무 말도 하지 못했다.

그대는 천룡맹의 무인이고 우린 사도맹의 무인이 아니냐란, 그래서 그 더러운 숙명에 따라 서로를 죽일 수밖에 없지 않느냐란 말은 왠지 눈앞의 사내가 보여주는 행동에 너무나 어울리지 않는 말이었던 것이다.

기풍한이 자신들에게 보여주고 있는 독특한 감정.

동정도, 협의도, 그렇다고 상대에 대한 우월감도 아닌 어떤 것.

기풍한이 다시 숲을 향해 걸어갔다.

묵묵히 그 뒷모습을 응시하던 그녀의 입에서 전혀 예상치 못한 말이 흘러나왔다.

"우릴 살려줘."

옆에 서 있던 심무정으로서는 정말이지, 상상조차 할 수 없는 날벼락 같은 말이었다.

이현은 갈기갈기 찢겨 죽는 한이 있어도 이러한 구차한 부탁을 하는 이가 결코 아니란 것을 누구보다 잘 아는 그였다. 그것도 천룡맹의 무인에게.

"조장님?"

심무정이 자신도 모르게 조장이란 호칭으로 그녀를 불렀다.

"그대가 적운조 조장인가?"

돌아서는 기풍한의 눈빛이 이채를 발했다.

심무정은 아차 하는 마음에 검을 쥔 손에 힘을 주었다.

상대는 천룡맹의 무인이었고, 혹여 조장이란 말에 그녀를 해치지나 않을까 하는 두려운 마음이 든 것이다.

그에 비해 이현은 매우 담담한 얼굴이었다.

그녀가 묵묵히 고개를 끄덕였다.

잠시 그녀를 응시하던 기풍한이 조용히 물었다.

"살고 싶나?"

"…솔직히 말하면 아니야."

"그런데 왜?"

이현의 시선이 심무정을 향했다.

"여기 이 멍청이는 살아야 하니까. 나 혼자 버려두고는 혼자서는 안 산다니까. 그러니까 같이 살려줘."

"조장님!"

"닥쳐!"

"저자는 천룡맹 무……!"

짝!

순간 심무정의 뺨이 돌아갔다.

이현의 눈빛이 무섭게 이글거리고 있었다.

"닥치라고 했다."

"조장님!"

짝!

뺨을 맞는 것은 문제가 아니었다.

"시발, 조장 너, 왜 이래!"

짝!

"같이 죽어도 돼! 조장이랑 같이 죽는 거 후회 안 해! 안 무서워!"

"그건 내가 싫어! 난 널 반드시 살려야겠어!"

"조장! 조장! 조장님!"

이현이 심무정의 멱살을 쥐며 소리쳤다.

"그래, 넌 이렇게 뒈진다고 치자. 그럼 네 새끼는? 이제 돌 지난 네 새끼는 어쩌구? 맨날 네놈이 입이 부르트도록 자랑하는 그 예쁜 마누라는 어쩌구?"

잠시 무정의 눈빛이 흔들렸다.

"뭐, 강호에 과부가 한둘입니까? 강한 여자라 혼자서도 잘 키울 겁니다. 그리고……."

이현이 심무정을 밀쳐 내며 기풍한을 향해 말했다.

"이 새끼, 나 못 죽여. 부탁한다."

참으로 어이없는 억지였다.

하지만 그녀는 자신의 인생 최초이자 마지막이 될 그 억지를 처음 만난 사내에게 하고 있었다.

왜 그랬을까?

반드시 상대가 자신들을 살려줄 것 같은 그 어처구니없는 믿음은 과연 어디서 나왔던 것일까?

마음속을 들여다보는 것 같은 그의 맑은 눈빛. 그것 때문이었을까?

기풍한이 묵묵히 걸음을 옮겼다.

"따라와."

이현이 기풍한의 뒤를 따르자 심무정이 한숨을 내쉬며 그 뒤를 따랐다.

기풍한이 그들을 데려간 곳은 여모봉의 정상이었다.

가는 동안 네 무리의 마인들을 베어 넘기는 중에도 기풍한은 아무 말이 없었다.

이현과 심무정은 그저 묵묵히 그의 지시에 따라 마인들을 베어 넘길 뿐 그들 역시 아무 말도 하지 않았다.

이윽고 정상 부근의 가파른 절벽가에 다다른 그들이었다.

만장절벽 위에 그들을 기다리고 있던 것은 바로 하나의 거대한 연이었다.

"타라. 두 사람 무게 정도는 충분히 견뎌낼 것이다."

그 말에 이현과 무정이 깜짝 놀랐다.

"넌?"

연은 하나뿐이었다.

"걱정 마."

"잘난 척 그만 해! 넌 어떻게 할 거야?"

그녀의 목소리가 떨리고 있었다.

"날 믿으니까… 부탁한 것 아니었나?"

이현의 눈빛이 깊어졌다.

"…오늘 재수 더럽지?"

기풍한의 복면 입가가 흔들렸다.

그들을 만난 이후 처음으로 기풍한이 웃고 있는 것이다.

이현이 고개를 돌려 연에 올라탔다.

더 이상 그 환한 웃음을 보고 있을 염치도 뻔뻔함도 그녀에게 남아 있지 않았다.

"촌스럽게 이름 따윈 안 물을게. 가르쳐 주지도 않겠지만."

돌아선 그녀의 마지막 말이었다.

"조장님!"

"타."

그렇게 두 사람이 연에 올라탔다.

그들이 허공으로 날아올랐다.

잠시 후 이현과 무정으로서는 너무나도 보기 싫은 광경이 자연스레 눈에 들어왔다.

산 정상을 향해 개미 떼처럼 기어오르고 있는 수백 명의 북풍혈마대의 마인들을.

그 정상에 기풍한이 홀로 서서 하늘을 올려다보고 있었다.

무심한 바람을 타고 연은 하늘을 시원하게 날아가기 시작했다.

그때 심무정은 처음으로 볼 수 있었다.

그녀의 볼을 가르는 한줄기 눈물을.

그리고 들을 수 있었다. 그에겐 하지 않았던, 그러나 끝없이 되뇌어지는 말을.

"죽지 마. 죽어도 죽지 마, 다시 만날 때까지."

퐁! 퐁! 퐁!

마지막 남은 돌멩이를 시냇가로 던진 이현이 자리에서 일어났다.

다시 그녀가 하늘을 올려다보았다.

하늘을 올려다보는 것은 그날 이후 그녀에게 생긴 버릇이었다.

눈은 이제 서서히 그치고 있었다.

그녀가 걸음을 옮기기 시작했고, 그 뒤를 무정이 따랐다.

시냇가를 빠져나오자 다시 한 옆에 대기하고 있던 삼십여 명의 적운조 무인들이 절도있게 좌우로 벌어져 그녀를 뒤따랐다.

기다란 철조망을 따라 반 각쯤 걷자 거대한 화원이 그들 앞에 펼쳐졌다.

화원 입구에서 적운조 무인들이 모두 멈춰 섰고, 이현이 홀로 그곳을 향해 걸어 들어갔다.

발걸음을 옮기는 그녀의 움직임이 신중해졌다.

대라멸겁진(大羅滅劫陳)이 펼쳐진 화원이었다.

정해진 바닥을 조금이라도 빗나가게 된다면 다음 발걸음이 내디뎌지는 발판의 이름은 죽음이었다.

진을 정확히 알지 못한다면 천 갑자의 내공을 가진 자라 할지라도 결코 빠져나올 수 없다고 알려진 진법.

대라멸겁진은 바로 그러한 죽음의 진법이었다.

그녀가 무사히 화원을 지나 다시 기다란 통로에 이르렀다.

각기 일백 명씩 좌우로 도열한 무인들은 모두 등을 돌린 채 서 있었다.

마치 석상처럼 미동도 하지 않는 그들은 모두 눈을 감고 있었다.

명령이 떨어지기 전에는 검에 찔려 죽는 상황이 오더라도 결코 눈을 뜨거나 등을 돌리지 않는다고 알려진 그들은 바로 사도맹주의 수호위인 녹수단(綠水團)이었다.

장강수로채와 녹림칠십이채에서 가려 뽑은 최정예 고수들이 바로 그들이었다.

그들이 그렇게 등을 돌리고 눈을 감고 있는 것은 바로 사도맹주를 찾는 손님들의 비밀을 지켜주기 위함이었다.

녹수단이 만든 길을 이현이 묵묵히 걸음을 옮겼다.

그 길의 끝에 누군가 서 있었다.

녹수단의 단주 추백(秋栢)이었다.

그가 그녀를 향해 정중하게 인사를 건네왔다.

이현이 마찬가지로 정중하게 인사를 건넸다.

직급으로 따지면 단주와 일개 조장의 관계였지만 적운조만은 예외였다.

그만큼 그들은 위험한 일을 도맡아왔던 것이다.

다시 그녀 앞에 또 다른 화원이 펼쳐졌다.

저 멀리 그녀를 기다리고 있던 사람은 용포를 입은 중년인이었는데 허리를 숙인 채 화초를 매만지고 있었다.

그가 바로 사도맹주 용천악(龍天岳)이었다.

한눈에 보아도 절대강자의 강인함이 그대로 드러나는 전형적인 무인의 얼굴.

이현이 용천악을 향해 정중하게 예를 올렸다.

"맹주님을 뵈옵니다."

"이 약초 이름을 아는가?"

용천악이 인사 대신 독특하게 생긴 약초를 바라보며 물었다.

"모르옵니다."

"귀령초(鬼靈草)라 불리는 것이네."

그녀로서는 단 한 번도 들어보지 못한 이름이었다.

"여름에 씨를 뿌리면 가을, 겨울 동안 자라 봄에 수확을 하는 희귀한 약초지. 올해 드디어 재배에 성공했네."

이현이 묵묵히 귀령초를 내려다보았다.

"우리 사도맹의 마지막 희망이지."

문득 용천악의 눈빛에 조금 서글픔이 흘러내렸다.

"이깟 약초 따위가 우리 사도맹의 마지막 희망이라니… 웃긴 일이지. 하지만… 그게 현실이라네."

이현은 묵묵히 용천악의 말을 듣고만 있었다.

용천악은 평소와 많이 달랐다.

"이번 임무는 조금 힘들지도 모르겠네."

"각오하고 있습니다."

"혈번과 법왕이 뒤에서 도울 것이네."

"그들은……."

무엇인가 말을 꺼내려던 이현이 다시 입을 닫았다.

용천악이 미소를 지으며 말했다.

"믿을 수 없는 이들이라는 말이겠지?"

"네."

"그래서 이번 일이 중요하지."

잠시 침묵이 흘렀다.

"이런 일을 맡기게 돼서… 미안하네."

오히려 이현이 미소를 지었다.

두두둑.

그녀가 자신의 가슴에 붙은 '운(雲)'이란 글자를 뜯어냈다.

그리고 공손히 용천악에게 건넸다.

그것을 받아 드는 용천악의 표정에는 아쉬움이 가득했다.

"부디 대업을 이루시기를."

그녀가 묵묵히 그곳을 빠져나갔다.

"이 조장."

그녀의 발걸음이 멈추어졌지만 돌아보지는 않았다.

살아서 귀환하지 않겠다는 의지가 담긴 등을 향해 용천악이 말했다.

"…새로운 강호에서 만날 수 있기를 바라네."

第14章

화합

화
합

　　　며칠째 하루도 빠짐없이 연화의 집무실에
들르던 화무룡이 오늘도 어김없이 그녀의 집무실을 찾았다.

　　화무룡은 마치 제대로 약을 올릴 대상을 찾았다는 그런 얼굴이었다.

　　창문 밖으로 고개를 내밀어 찬 공기를 들이마시던 화무룡이 또다시
연화의 속을 긁어대기 시작했다.

　　"이 추운 날씨에 벌거벗고 뛰려면 힘들겠구려."

　　"전 추위를 잘 타지 않습니다."

　　연화는 찻잔을 손으로 감싼 채 묵묵히 차 향을 음미하고 있었다.

　　"으하하하!"

　　화무룡의 신나는 웃음에 연화의 반격.

　　"목청을 아끼셔야지요. 곧 쓰셔야 할 곳이 있으실 텐데."

　　더욱 웃음소리를 높이던 화무룡이 다시 날짜를 헤아리기 시작했다.

"그대의 질풍조가 출맹한 지도 벌써 보름이 다됐구려."

질풍조란 이름을 언급하면서도 화무룡은 정말 기가 막혔다.

그 이름에 대해 현 맹주가 얼마나 좋지 않은 감정을 가지고 있는지는 맹에서 키우는 강아지새끼들도 다 알고 있는 사실이었다. '질풍질풍' 짖었다가는 당장 어미 개에게 귀를 깨물릴 것이다.

그런데 보란 듯이 질풍조란 이름을 사용하다니.

순진한 것인지 철이 없는 것인지.

하긴 좋게 생각하면 그건 용기라고 볼 수도 있으리라.

문득 화무룡은 자신도 한때 저런 철없고 패기만만했던 시기가 있었으리란 생각에 조금 연화에 대한 감정이 누그러졌다.

"단주께서는 설마 그들이 살막주를 잡아오리라 여기시는 것은 아니겠지요?"

"글쎄요."

"참으로 순진하시오. 뜨내기 무인 몇이 그런 큰일을 해낼 수 있으리라 여기시다니."

화무룡이 혀까지 차며 고개를 가로저었다.

"전 비룡일대의 일백 무인보다 그들이 더 믿음이 가는군요."

"다시 드리는 말씀이오만 살막은 그리 호락호락한 단체가 아니오."

"그런가요?"

"비록 그들이 강호제일의 살수 집단이라는 묵혼사(墨魂死)나 사망곡(死亡谷)에 비해 다소 손색이 있다고는 하나 그들 역시 강호의 열 손가락 안에 드는 살수 집단이오. 단주는 도대체 강호에서 열 손가락 안에 든다는 의미를 알고 계시기나 한 것이오?"

연화는 묵묵히 찻잔만 기울일 뿐이었다.

화무룡의 말처럼 그녀는 모르는 것이 너무 많았다.

강호에서 열 손가락 안에 드는 살수들이 어떠한 경지인지 몰랐고 그 날 밤 질풍조원들이 보여준 놀랄 만한 한 수가 과연 어느 정도인지 그 녀는 알지 못했다.

하지만 그녀는 믿고 있었다.

그것은 분명 그들이 아버지의 천룡패를 보여줬기 때문만은 아니었다.

알 수 없는 믿음. 그들에게는 그런 무엇인가가 있었다.

그 순간 문이 살그머니 열렸다.

그리고 그 알 수 없는 믿음 중 가장 경솔해 보이는 믿음 하나가 열려진 문 사이로 고개를 들이밀었다.

"안녕, 미녀 단주님?"

바로 곽철이었다.

예상치 못한 곽철의 등장에 깜짝 놀란 연화가 벌떡 자리에서 일어났다.

"당신은?"

"헤헤, 저희들 돌아왔습니다."

어리둥절하기는 화무룡도 마찬가지였다.

출맹한 지 채 보름도 지나지 않아 그들이 돌아온 것이다.

"나머지 분들은?"

"지금 밖에 있습니다요. 제가 먼저 인사드리려고 달려왔지요."

"임무는 어떻게 되었습니까?"

연화의 긴장한 얼굴이 떨리고 있었다.

화무룡 역시 설마 하는 얼굴로 긴장을 풀지 않았다.

이내 곽철의 표정이 어두워졌다.

"…죄송합니다."

"아!"

연화의 신형이 크게 휘청거렸다.

어쩌면 당연한 결과일지도 모를 일이었다. 그럼에도 연화는 극심한 절망감에 온몸이 떨려오기 시작했다.

망쳐 버린 시험에 끝가지 희망을 걸었다 당연하다는 듯 찾아온 탈락 소식을 듣는 순간의 그런 좌절.

연화가 그 자리에 주저앉았다.

화무룡이 걸껄 웃으며 말했다.

"으하하, 수고했네. 그나마 아무도 다치지 않고 돌아온 것 같아 다행이네."

그러자 곽철이 눈을 멀뚱히 뜨며 말했다.

"당신은 누구요?"

"이놈! 당신이라니? 네놈들이 아무리 무식한 놈들이라도 비룡일대주를 몰라본단 말이냐?"

"아!"

그제야 곽철이 고개를 끄덕였다.

"그 내기를 했다는 분이시구려. 아, 우리 불쌍한 단주님, 그냥 한번 봐주시구려."

마치 객잔에서 오가다 만난 술친구처럼 곽철의 말은 예의를 잃고 있었지만 그들이 실패했다는 사실에 화무룡은 모든 것을 용서할 수 있었다.

"네깟 놈이 상관할 일이 아니다."

고개를 푹 숙이고 있던 연화가 자리에서 벌떡 일어났다.

"나가시지요. 약속을 지켜야지요."

검을 챙겨 드는 연화의 표정은 무섭게 굳어 있었다.

그 뒤를 화무룡이 의기양양하게 뒤따랐다.

그때 복도 끝에서 용백이 허겁지겁 달려오고 있었다.

"단주님!"

용백은 숨을 헐떡이며 웬일로 연화부터 찾고 있었다.

연화는 아무 대꾸도 없이 묵묵히 발걸음을 옮겼다.

숨넘어가는 용백의 두 손을 잡아끌며 화무룡이 껄껄댔다.

"부단주도 갑시다. 좋은 구경거리를 놓치실 순 없지요."

"화 대주, 그게 아니라……."

"으하하!"

화무룡의 손에 이끌려 가는 용백은 거의 사색이 되어 있었다.

그렇게 네 사람이 연무장으로 들어서는 순간이었다.

"아!"

모두 약속이나 한 듯 제자리에 딱 멈춰 섰다.

그 너른 연무장은 사람들로 꽉 채워져 있었다.

무릎을 꿇고 앉은 이백여 명의 살수들은 모두 포박당한 채 고개를 푹 숙이고 있었다.

그들 앞에 다시 따로 무릎을 꿇은 일급 살수 다섯.

그리고 가장 앞쪽에는 살막주의 시체가 놓여 있었다.

그들 앞에 도열하고 선 곽철을 제외한 여섯 명의 질풍조원들.

단화경은 제법 그들 속에서 어울리는 그림을 연출하고 있었다.

연화는 입을 벌린 채 아무 말도 하지 못했다.

소식을 듣고 달려나온 섬서 지단의 모든 무인들 역시 멍하니 선 채 그 모습을 바라볼 뿐이었다.

화무룡은 너무 놀라 머리 속이 텅 비어버렸다.

눈앞에 펼쳐진 그 거짓말 같은 장면에 그저 아무 생각도 들지 않았다.

놀란 얼굴로 연화가 곽철을 돌아보며 물었다.

"어떻게 된 일이죠? 실패한 것이 아니었나요?"

"제가 언제 그랬나요?"

"그럼 왜 죄송하다는 말을?"

"아, 살박주를 생포하지 못했다는 의미로 그런 것이지요."

곽철이 히죽 웃으며 자신의 장난에 나름의 명분을 댔다.

연화의 심장이 뛰기 시작했다.

곽철이 기풍한을 힐끔 쳐다보며 너스레를 떨었다.

"저 양반이 그만 사고를 쳐버려서…… 하여튼 무지 잘 참을 것 같으면서도 가끔 그 믿음에 비수를 꽂는다니까요."

곽철이 총총히 일행에 합류했다.

그러자 기풍한이 한 발 앞으로 나서서 연화를 올려다보았다.

자신을 올려다보는 그들의 믿음직한 눈빛들.

계단 위의 연화는 떨리는 마음을 주체하지 못하며 간신히 서 있었다.

"질풍조, 임무 완수하고 귀환했습니다."

기풍한의 보고에 연화의 맑은 두 눈에 다시 한 방울 눈물이 찾아들었다.

"수고하셨습니다."

"와아아아!"

정문위사들을 비롯한 일반 무인들이 함성을 내질렀다.

반면 비룡일대의 무인들은 여전히 놀라고 어리둥절한 얼굴들이었다.

그때 누군가가 소리쳤다.

"이건 말도 안 돼!"

바로 반쯤 넋이 나간 화무룡이었다.

화무룡이 달려나가 살막주의 시체를 번쩍 일으켜 세웠다.

"이깟 놈이 그 지독한 살막주라고? 그걸 나보고 믿으란 말이냐?"

털썩.

시체를 아무렇게나 내던져 버린 화무룡이 다시 무릎을 꿇고 있는 일살의 멱살을 흔들며 소리쳤다.

"네놈은 도대체 누구냐?"

큰 부상을 당했던 일살이 힘겹게 눈을 뜨며 피식 웃었다.

그것은 분명 비웃음이었다.

"이 새끼! 너! 네깟 놈들이 살막의 실수일 리가 없다!"

일살이 고개를 삐딱하게 기울인 채 나지막이 말했다.

"우릴 다시 풀어주면 반나절 안에 널 죽여주지."

순간 화무룡의 얼굴이 시뻘겋게 달아올랐다.

퍽!

화무룡의 주먹에 일살이 그대로 쓰러졌다.

내력이 실리지 않은 주먹질이었지만 일살은 그대로 쓰러져 정신을 잃었다.

"이건 조작이다!"

노기에 찬 화무룡의 목소리만 쩌렁쩌렁 연무장에 울려 퍼졌다.

마치 이제 막 그분을 머리 속에 모신 파릇파릇한 광인처럼 화무룡은 이리 뛰고 저리 뛰며 난장을 부려댔다.

다시 화무룡이 소리쳤다.

"비룡일대 모두 집합! 비상이다!"

갑자기 화무룡이 비룡일대를 집합시키기 시작하자 모든 무인들이 웅성거리기 시작했다.

"이 새끼들아! 빨리 모이란 말이다!"

일조장 군백을 포함한 몇 명의 조장이 엉거주춤 달려오고 그 뒤로 어리둥절한 얼굴로 비룡일대의 무인들이 따라나섰다.

연화와 질풍조원들은 그저 묵묵히 화무룡의 발악을 지켜보고만 있었다.

화무룡이 질풍조를 향해 소리쳤다.

"저자들을 모두 체포해라!"

"네?"

놀란 일조장 군백이 다시 되물었다.

"무, 무슨 죄목으로 체포합니까?"

퍽!

화무룡이 사정없이 그의 배를 후려찼다.

"컥!"

군백이 배를 부여 쥐고 바닥을 뒹굴었다.

화무룡은 마치 상처 입은 야수처럼 흉흉한 기세를 멈추지 않았다.

"이 개자식아, 명령이다! 내 명령! 거기에 무슨 이유 따위가 필요하냐?"

비룡일대의 무인들은 반쯤 정신이 나가 버린 화무룡의 눈치를 살피며 어쩔 줄을 몰라 했다.

돌아가는 상황은 누가 보아도 화무룡이 억지를 부린다는 것을 알 수 있었다.

몇 명의 비룡일대원들이 앞으로 나서자 멀리서 지켜보고 있던 정문 위사들이 소리쳤다.

"반란이다! 비룡일대가 반란을 일으켰다!"

그 말에 비룡일대원들이 제자리에 딱 멈춰 섰다.

반란죄로 걸려들면 무림 공적으로 몰리게 된다는 것을 모르는 이는 아무도 없었다.

또한 무림 공적으로 몰리면 혹 기적적으로 살아남게 된다 해도 영원히 강호에 얼굴을 내밀 수 없다는 것 또한 모두 잘 알고 있었다.

순간 장내에 무서운 정적이 흘렀다.

그때 들려오는 담담한 연화의 목소리.

"무엇이 그토록 그대를 화나게 하나요?"

그녀를 노려보는 화무룡의 두 눈은 붉게 충혈되어 있었다.

"당신이 해내지 못한 일에 대한 열등감 때문인가요, 아니면 내기에 졌다는 사실 때문인가요?"

차분한 그녀의 말에 모두의 시선이 화무룡에게 집중되었다.

열등감 때문이든 패배감 때문이든 그건 지금 중요하지 않았다.

수하들이 보는 앞에서 벌거벗고 개처럼 짖으며 연무장을 돌아야 한다는, 자신의 일이 될 리도 없었고 결코 되어서는 안 될 그 치욕적인 일이 현실로 다가서자 자존심 하나로 살아온 그는 미쳐 버리기 직전이었다.

"난, 난 인정할 수 없다!"

"무엇을 말인가요?"

"……."

"그대가 천룡맹에 입맹한 이유가 무엇인가요? 맹을 위해 충성하고 강호의 정의를 지키기 위함이 아니었던가요? 고작 계집아이와의 약속 때문에 스스로 무너지는 모습을 보이는 건가요?"

"난, 난!"

자신을 바라보는 싸늘한 눈빛에는 이미 자신의 비룡일대의 무인들도 다수 포함되어 있었다.

그때 화무룡에게 얻어터져 바닥을 뒹굴던 일조장 군백이 비틀거리며 일어섰다.

"제, 제가 대신하겠습니다."

"……!"

군백이 연화를 올려다보며 간곡하게 말했다.

"무슨 일이 있어도 대주님은 저희 상관이십니다. 대주님 대신 제가 하게 해주십시오."

그가 나서리라곤 아무도 상상을 못했기에 모두 깜짝 놀라고 있었다.

"대주님이 없으면 저희 비룡일대도 없습니다."

연화의 허락도 구하지 않고 군백이 옷을 벗기 시작했다.

모두 숨을 죽이고 그 모습을 바라보고만 있었다.

순간 화무룡이 번뜩 정신을 차렸다.

"멈춰라!"

화무룡이 버럭 소리쳤다.

자신을 바라보는 군백의 눈빛에는 충성이 가득 담겨 있었다.

"바보 같은 놈!"

낭인 출신인 자신을 은근히 무시한다고 생각하던 수하들이었다.

그래서 더욱 혹독하게 그들을 대한 자신이었다.

때리고 구박하고, 가차없이 내몰고.

그들 중에서도 일조장이란 이유로 가장 많이 자신에게 얻어터진 군백이었다.

방금 전에도 모질게 얻어터지지 않았던가?

그놈이 지금 자신을 대신하려고 옷을 벗고 있는 것이다.

화무룡의 떨리고 흥분되던 몸이 차츰 진정되기 시작했다.

그가 말없이 군백을 응시했다.

"…멍청한 놈!"

화무룡이 서서히 옷을 벗기 시작했다.

"대주님!"

묵묵히 그가 옷을 벗기 시작하자 모두 침조차 삼키지 못한 채 그를 바라볼 뿐이었다.

그가 상체를 드러내 놓던 그 순간이었다.

"멈추세요!"

이번에는 연화가 소리쳤다.

"명령입니다!"

잠시 화무룡과 연화의 눈빛이 마주쳤다.

풋내기로만 보이던 연화의 눈빛이 빛나고 있었다.

"…아마 제가 졌다 해도 화 대주는 제게 내기의 결과를 강요하지 않았을 것이라 믿어요. 그러니 이만 멈추세요."

화무룡의 눈빛이 흔들렸다.

잠시 눈을 감았다 뜬 화무룡이 피식 웃었다.

"내기에 이겼다면 난 분명 강요했을 것이오."

"…화 대주."

"이번 명령은 거부하겠소. 난 원래 무식한 낭인 출신 아니오."

화무룡이 바지까지 훌훌 벗어 던졌다.

연화가 놀라 고개를 돌렸다.

"멍멍!"

그리고 정말 약속대로 개 짖는 소리를 내며 달리기 시작했다.

"그만 하세요! 명령입니다!"

고개를 돌린 연화가 악을 쓰듯 소리쳤다.

그러나 화무룡은 더욱 크게 짖어대며 달리기 시작했다.

모두 얼어붙은 채 멍하니 그 모습을 바라보고 있었다.

그 모습을 바라보던 곽철의 눈빛이 깊어졌다.

곽철이 한바탕 웃음을 터뜨리며 앞으로 나섰다.

"으하하하!! 재미있겠다!"

그의 목소리가 연무장을 쩌렁쩌렁 울렸다.

모두의 시선이 그에게 집중되었건만 그는 망설임없이 옷을 훌훌 벗어 던지기 시작했다.

상의를 벗은 곽철이 옆에 서 있던 서린의 볼살을 잡아당겼다.

"요 녀석, 훔쳐보지 마! 안 그럼 나한테 시집와야 해!"

그리고는 벗은 옷을 서린의 얼굴 위로 내던지기 시작했다.

마치 게으른 홀아비 집의 옷걸이처럼 서린의 머리 위로 곽철의 옷이 아무렇게나 쌓이기 시작했다.

옷가지 사이로 빼꼼히 얼굴을 내밀며 혀를 쏙 내밀던 서린이 화들짝 놀라 눈을 감았다.

이미 벌거벗은 곽철이 연무장을 향해 달려나가고 있었던 것이다.

"으하하하! 대주 아저씨, 나랑 시합합시다! 멍멍!"

"…미친 새끼."

화무룡이 인상을 쓰며 속도를 더욱 냈다.

그러자 서린 옆에 서 있던 팔용이 나지막이 으르렁거렸다.

"으으, 재미있는 건 꼭 저놈이 먼저 하네."

그 말에 차마 연무장을 보지 못하고 팔용을 바라보던 서린이 미소를 지었다.

재미있는 일이 아니란 것은 그녀도, 곽철도, 팔용도 알고 있었다.

다시 팔용이 크게 소리쳤다.

"이놈아! 나도 간다!"

순박한 눈을 반짝이며 팔용이 시원스레 옷을 벗어 던졌다.

곽철의 뒤를 따라 벌거숭이가 되어 달리기 시작한 팔용.

비영이 그 모습을 보며 한마디 툭 내뱉었다.

"바보들!"

말은 그러했지만 돌아서 별관 숙소로 향하는 그는 분명 미소 짓고 있었다.

이어서 일조장 군백이 벗던 옷을 마저 벗어 던지고 그 뒤를 달렸다.

"대주님!"

그러자 비룡일대의 군백조원 몇이 옷을 벗어 던지기 시작했다.

"조장님, 저희도 함께 뛰겠습니다!"

화무룡은 미워도 군백은 자신들이 가장 좋아하는 조장이었다.

그 모습에 다른 조장들이 난감한 표정을 지었다.

어떤 이는 피식 웃었고 어떤 이는 고개를 가로저었다.

살수들 주위로 벌거벗은 십여 명의 무인들이 달리기 시작했다.

포승줄에 묶인 살수들이 어이없는 얼굴로 그들을 바라보았다.

"아무래도 우리… 잘못 잡혀온 것 같다."

누군가의 중얼거림에 모두 고개를 끄덕였다.

한편, 벌거벗고 자신의 뒤를 따르는 곽철과 팔용, 그리고 수하들을 보자 화무룡은 마음이 격동함을 느꼈다.

저 멀리 고개를 푹 숙인 연화의 모습도 들어왔다.

그녀의 얼굴 어디에도 내기에 이겼다는 통쾌함은 보이지 않았다.

오히려 안타깝고 미안함만이 가득했다.

'…완패군.'

화무룡은 오히려 마음이 후련해지는 기분이 들었다.

내기에 이겨서 연화가 달리는 것을 봤다면 이렇게까지 후련하고 통쾌했을까?

아마 아닐 것이다.

내기에 지고도 기쁠 수 있다는 사실.

그것은 낭인 출신이란 열등감을 감추기 위해 버둥거리며 살아온 그가 단 한 번도 느껴보지 못한 희열이었다.

"대주님! 멍멍!"

그렇게 얻어터지고도 뭐가 그리 좋은지 군백이 자신을 부르며 열심히 뒤따르고 있었다.

'망할 놈, 쪽팔리게.'

화무룡이 다시 달리는 속도를 높였다.

연화 앞을 지나 달리던 화무룡이 소리쳤다.

"혹시라도 착각하지 마시오! 앞으로 난 단주님을 더욱 괴롭힐 것이오!"

자신도 모르게 처음으로 단주님이란 호칭을 쓴 것도 모른 채 화무룡이 인상을 팍팍 썼다.

그러나 분명 처음보다 가볍고 경쾌했다.

연화는 시선을 둘 곳을 찾지 못해 고개를 푹 숙인 채 얼굴이 시뻘겋게 달아올랐다.

'이것이 남자들의 세계? 이것이 강호인가?'

문득 연화는 자신도 함께하고 싶다는, 아니, 함께해야 한다는 생각이 들었다.

'내가 할 수 있을까?'

그녀의 떨리는 손이 서서히 무복의 단추로 향하는 순간이었다.

누군가 그녀의 손을 붙잡았다.

고개를 들어보니 기풍한이 그녀 앞에서 미소 짓고 있었다.

"단주님까지 벗으면 큰 사고 납니다."

한마디 농담과 함께 기풍한이 연화를 번쩍 안아 허공으로 날아올랐다.

휘리리릭!

"자, 잠깐만요!"

연화의 만류에도 기풍한은 멈추지 않았다.

기풍한이 날아오른 곳은 연무장 한 옆에 세워진 거목이었다.

갑작스런 그의 행동에 그녀는 깜짝 놀랐지만 억지로 그 품 안을 벗어나려 하진 않았다.

왠지 그의 품 안이 포근하다는 생각이 들었다.

연무장의 풍경이 작아지면서 이윽고 두 사람은 고목의 가장 높은 나뭇가지 위로 날아올라 갔다.

우우웅!

기풍한의 손이 그녀의 허리를 감싸자 한줄기 내력이 그녀의 몸속으로 들어왔다.

그러자 놀랍게도 그녀 역시 가는 나뭇가지 위에 설 수 있었다.

허리를 감싼 기풍한의 손길에 그녀의 볼이 발그스름하게 달아올랐다.

"이게 무슨 짓인……."

뭐라고 따지려던 연화가 말을 멈추었다.

연무장을 향하는 기풍한의 서늘한 눈빛에는 그 어떤 무례나 욕망도 담겨 있지 않았다.

아래를 내려다보며 기풍한이 말했다.

"잘 보십시오. 앞으로 단주님과 함께 걸어갈 동료들입니다."

벌거벗은 채 연무장을 돌고 있는 무인들은 이미 그 숫자가 수십 명이 넘고 있었다.

"멍멍!"

"왈왈!"

그들은 이제 곽철의 선창에 따라 목소리까지 맞춰 합창을 하고 있었다.

연화는 그 모습이 흉하게 느껴지지 않았다.

"저들 중에는 미운 사람도 있을 것이고 고운 사람도 있겠지요."

기풍한이 담담한 어조로 물었다.

"좋은 동료를 가지고 싶다고 하셨습니까?"

"…네."

"처음부터 좋은 동료가 있을까요?"

"……!"

"일단 동료를 가지는 게 우선이겠지요. 좋은 동료이든 나쁜 동료이든. 그리고 그들이 끝내 어떤 동료로 남게 되는가는… 바로 단주님에게 달려 있겠지요."

연화의 마음속으로 한줄기 바람이 불어왔다.

강호에 다시 한 발짝 더 다가선 느낌.

연화가 물끄러미 기풍한의 옆모습을 바라보았다.

맑은 두 눈 속에는 왠지 모를 쓸쓸함이 담겨 있었다.

'알 수 없는 사내.'

만난 지 얼마 되지 않았지만 그와 함께 있으면 마음이 푸근해지고 따뜻해졌다. 무섭게만 여겨지던 강호가 설렘으로 다가섰다.

"…제가 할 수 있을까요?"

"강해지십시오. 그래서 그저 주먹 크기가 클수록 큰소리치는 강호에 작은 주먹도 강할 수 있다는 것을 보여주십시오."

연화의 가슴이 뛰기 시작했다.

말을 마친 기풍한이 그녀를 향해 미소를 지었다.

그 미소에 화들짝 놀란 연화가 황급히 시선을 돌렸다.

콩닥콩닥.

자신의 의지와는 상관없이 그녀의 심장 박동 수가 끝없이 높아지기 시작했다.

문득 그녀는 지금의 떨림이 낯설지 않다는 느낌이 들었다.

'아!'

순간 그녀에게 떠오른 하나의 기억.

어렸을 때 복면오라버니의 품에서 바라보던 천룡맹의 야경이 떠올랐다.

그때는 복면오라버니가 그녀와 함께 있었다.

그때의 그 야경보다 지금의 벌거벗은 광경이 더욱 아름답게 느껴진다는 생각에 연화는 공연히 복면오라버니에게 미안한 마음이 들었다.

문득 연화의 시선이 서서히 기풍한을 향했다.

'혹시?'

하지만 이내 연화는 고개를 가로저었다.

복면오라버니가 자신을 미워하고 있으리란 어린 시절의 오해는 열아홉이 된 그녀의 잠재의식을 지배하고 있었다.

이제는 더 이상 만날 수 없는 사람이었고, 잊어야 할 추억이었다.

그녀의 동요를 느낀 기풍한은 잠시 고민했다.

'기억하고 있었구나.'

과연 그녀는 총명한 여인이었고, 그 어린 시절 빛바랜 추억 한 자락으로 젊은 날의 기풍한 자신을 떠올리고 있음이 틀림없었다.

그녀에게 신분을 밝히는 것이 옳을까?

기풍한은 그 반가운 재회를 잠시 미루기로 마음먹었다.

지금의 연화에게 있어 자신의 존재는 이제 막 다져지기 시작한 그녀의 의지를 약하게 만들 것이기에. 때로는 모르는 것이 득이 될 때가 있는 것이다.

한편, 거목 아래에서 그 괴이한 달리기를 바라보던 화노가 옆에 멀뚱히 서 있는 단화경에게 넌지시 말했다.

"한번 끼어보실라우?"

"일없소."

"……"

"저놈은 아예 흉기를 달고 다니는군."

"약 한 첩 지어드릴까?"

"일없소."

"나 생사신의요."

"일없소."

"……"

"얼마요?"

그렇게 두 늙은이의 질투 섞인 한숨은 젊은 청춘들의 개 짖는 소리를 타고 하늘 높이 날아올라 갔다.

나뭇가지 위의 기풍한과 연화를 스쳐 끝없이 올라간 그것은 이내 두둥실 떠다니는 뭉게구름에 실려 어디론가 흘러가기 시작했다.

다음날 섬서 지단에는 또다시 새로운 바람이 불기 시작했다.

그것은 화합의 바람이었다.

사람의 본성이 어찌 하루 사이에 바뀔까마는 서로 고리눈을 뜨며 노려보던 눈빛들은 많이 누그러져 있었다.

일반 무인들을 철저히 무시했던 비룡일대의 무인들이 제법 담담한 눈빛을 보내기 시작했고 일부 왕래가 있었던 이들끼리는 터놓고 농담까지 주고받았다.

그 화합에 가장 큰 역할을 하고 있는 이는 바로 곽 아무개라는 허풍

쟁이였다.

"살막주가 날리는 어검술을 바로 이 봉으로 쳐냈지."

연무장 구석에 이십여 명의 무인이 동그랗게 원을 그리고 쪼그리고 앉아 곽철의 이야기에 귀를 기울이고 있었다.

원래 교대 시간을 기다리던 일반 무인 몇이 모여 시작된 그 모험담은 지나가던 비룡일대의 무인들 서넛이 곽철에게 억지로 이끌려 합류하면서 제법 규모가 커진 상태였다.

"설마!"

"예끼, 이 사람아! 어검술이 무슨 새로 나온 술[酒] 이름인가?"

"그냥 단순한 비도술(飛刀術)이었겠지. 암."

모두 돌아가며 곽철의 다리를 걸고 넘어졌다.

"거참, 의심 많소. 여기 긁힌 흔적 보이시오? 이게 그놈 어검술을 쳐내면서 생긴 흠집이라니까."

곽철의 이어지는 허풍신공에도 옹기종기 모인 무인들은 여전히 의심의 눈빛을 거두지 않았다.

물론 질풍조가 살막을 박살 내면서 그들에 대한 소문과 평가는 하늘까지 다다를 정도였다. 그들이 십이천성의 제자들이라는 소문부터 특수한 목적을 띠고 섬서 지단으로 파견 나온 구파일방의 제자들이란 소문까지 별의별 소문이 다 돌았다.

어쨌든 같은 이야기를 비영이 했다면 그들은 반신반의했을지도 모를 일이었다.

하지만 상대는 얼굴 가득 장난기가 가득한 곽철이었다.

그러자 곽철이 한술 더 뜨기 시작했다.

"그놈 어검술을 피하니까 살수 놈들이 딱 알아봅디다. 저놈이 제일

고수구나! 역시 잘생긴 놈이 무공도 강하구나! 아, 그때부터 암기가 비오듯 쏟아지기 시작하는데 내가 검을 번개처럼 휘둘러 검막(劍幕)을 펼치지 않았다면……."

"자네, 검도 쓰나? 근데 왜 검을 안 차고 있나?"

"……!"

물론 처음부터 그들은 믿지 않았다.

하지만 그들은 곽철과 입씨름하는 것이 재미있었고 그 이야기를 그저 상상하는 것만으로도 충분히 즐거웠다.

어검술이니 검막이니, 그저 꿈에서라도 한 번 펼쳐 보고 싶은 그런 경지가 아니던가?

"캬, 어쨌든 죽여줬겠구먼. 우린 언제 그런 전투 한번 치러보나."

일반 무인들의 탄식에 비룡일대원 하나가 피식 웃으며 말했다.

예전 같으면 어림없는 일이었지만 무르익을 대로 무르익은 분위기는 드디어 비룡일대와 일반 무인들 사이에 의사 소통이란 놀랄 만한 일을 만들어내기 시작했다.

"그런 말 말게. 우린 솔직히 자네들이 부럽다네. 결코 자네들을 무시해서 하는 말이 아니라 보통 작전 나가면 돌격조가 있지. 재수없이 그 조에 포함되면 나 죽었다 해야 하지. 보통 일렬로 늘어서 돌진하는데 반대쪽에서 우리 몇 배쯤 되는 숫자가 쫙 달려나오면 정말 무섭지."

"그런가? 하긴 자네들도 참 고생이 많네."

옆에 있던 또 다른 비룡일대원 하나가 몸서리를 쳤다.

"지금은 그나마 강호가 평화로워서 잔챙이들이나 상대하니 다행이지 만약 정사대전(正邪大戰)이라도 나게 되면 고향에 있는 우리 마누라는 불쌍해서 어쩌누."

그러자 처음 말을 꺼냈던 일반 무인이 안타까운 얼굴로 말했다.

"그때 되면 미리 서찰이라도 몇 자 적어주게. 내 살아남으면 꼭 들러 전해주겠네."

"고맙네, 고마워."

그들의 대화를 들으며 곽철이 미소를 지었다.

인간관계만큼 참으로 오묘하면서도 단순한 것이 있을까.

갈라선 두 사람 사이를 바꿔놓는 것은 상대에 대한 배려니 이해니 하는 거창한 것들이 아닐지도 모를 일이었다. 그저 아주 작은 계기 하나면 충분하리라.

곽철이 박수를 치며 주위를 환기시켰다.

"자, 자, 우리 그런 의미로 주사위나 한번 굴립시다. 용돈이나 좀 벌게."

노름 이야기가 나오자 무인들의 눈이 반짝거렸다.

"좋지, 좋아. 근데 자네, 주사위 좀 하나?"

"어휴, 팔자 좋게 주사위 굴릴 시간이 어딨겠소? 소싯적에 좀 굴려본 정도지요."

"흐흐, 근데 밑천은 있나?"

"이번 임무로 공돈이 좀 들어왔지요."

곽철의 돈주머니가 짤랑짤랑 노래를 불렀다.

"하하, 그럼 한번 굴려보시게. 내가 한 수 가르쳐 주지. 대신 돈 잃고 돌려 달라 울면 안 되네. 다 잃으면서 배우는 거네."

가장 노름에 자신있는 한 무인의 말에 곽철이 그의 손을 맞잡으며 히죽 웃었다.

"암요. 그런 놈이 세상에서 제일 치사한 놈이지요. 으하하하!"

그렇게 단체로 곽철의 미끼를 물려고 요동치는 물고기들 옆을 지나가던 팔용이 고개를 가로저었다.

그때 팔용의 옷자락을 넌지시 끌어당기는 사람이 있었다.

바로 새로운 낚시꾼 단화경이었다.

"선배님이시구려. 왜 그러시오?"

질풍조원들 중 가장 자신에게 예의를 갖추는 팔용이었다.

단화경이 사람 좋은 미소를 지으며 넌지시 말했다.

"자네, 술 좋아하는가?"

술이란 말에 팔용의 얼굴에 화색이 돌았다.

"물론입니다."

"내가 아껴둔 술이 몇 병 있는데 같이 한잔할 텐가?"

"하하, 좋지요. 좋습니다요."

껄껄거리는 팔용을 보며 단화경이 내심 미소를 지었다.

'흥! 음모가 별거 있나?'

단화경은 팔용에게 술을 먹여 넌지시 기풍한과 질풍조의 내력에 대해 알아볼 심산이었던 것이다.

팔용이 지단 뒤편의 작은 뜰로 단화경의 손에 이끌려 갔다.

"오!"

팔용의 입이 다시 헤벌쭉 벌어졌다.

평평한 바위 위에 준비된 만찬.

이른 새벽부터 인근 객잔을 돌아 구해다 놓은 소흥주(紹興酒) 다섯 병과 구운 오리 세 마리.

과연 제법 철두철미한 안배를 마친 단화경이었다.

"캬, 좋다."

자리에 앉자마자 벌컥벌컥 술을 마신 팔용이 오리 다리를 쭉쭉 찢어 대기 시작했다. 이미 식어버린 오리였지만 팔용은 그 덩치에 너무나 잘 어울리는 식욕을 과시했다.

"어때? 입맛에 맞나?"

"아주 좋습니다요. 선배님도 좀 드시지요."

"흐흐, 자네나 많이 마시게."

단화경의 작전은 간단했다.

어떻게든 팔용을 취하게 만드는 것이었는데 마치 게눈 감추듯 술을 들이붓는 팔용이었기에 준비된 권주가(勸酒歌), 즉 고민을 털어놓아 분위기를 무겁게 가져간다거나 뭔가 팔용이 슬퍼할 만한 추억을 끄집어 내게 한다거나 하는 노래는 애초부터 부를 필요조차 없었다.

"벌컥벌컥, 우걱우걱."

슬슬 팔용이 취기가 오르기 시작하자 단화경이 본색을 드러내기 시작했다.

"자네, 뭐 하나 물어봐도 되겠나?"

"네, 그러세유."

말꼬리가 늘어지면서 팔용의 혀가 꼬이기 시작했다.

"자네, 질풍조에 들어온 지 얼마나 됐나?"

"음, 올해로 십 년째구먼유."

"오호, 꽤 어렸을 때 들어왔구먼."

"그렇지유."

팔용은 대답을 하면서도 쉬지 않고 술을 들이켰다.

단화경이 조심스럽게 이야기를 꺼냈다.

"기 조장 말로는 자네들이 묵룡천가와 망산귀도를 해치웠다고 하던데……."

"우리야 그때 훈련조로 참가했지유."

"훈련조라? 그럼 다른 질풍조원들이 있었단 말인가?"

"선배님들이 계셨지유."

"선배들? 그때도 기 조장이 조장이었나?"

"네, 질풍육조가 생긴 이래 최연소 조장이었다고 하더만유."

"오호!"

그렇다면 질풍육조는 제법 역사를 가지고 있다는 말.

단화경이 침을 꿀꺽 삼키며 물었다.

"그럼 그들은 모두 몇 명인가? 그리고 그들은 지금 어디에 있나?"

"……."

"설마 다 죽은 겐가?"

"비밀이에유."

술술 말을 할 것 같던 팔용이 슬그머니 말문을 닫았다.

애가 탄 단화경이 다시 살살 구슬리기 시작했다.

"이 사람아, 나도 이제 자네들과 한식구가 아닌가? 식구끼리 비밀이 어디 있나?"

"선배님."

"그래, 어서 말해 보게."

"제가 우리 조원들 중에 제일 어리숙해 보이지유?"

"엉? 아냐. 절대 아니네."

"그래서 살살 꼬시면 금방 넘어올 것 같지유? 비밀이고 뭐고 죄다 불어 책 한 권 쓰실 것 같지유?"

"무, 무슨 말을 그렇게 하나?"

"그게 바로 선입견이란 거유. 덩치 큰 사람은 머리가 나쁠 것이라는."

"컥!"

"사실 나 머리 좋아유."

"아네, 알아."

"뭘유?"

"컥!"

단화경이 애써 수습을 위해 안간힘을 쓰기 시작했다.

"자네가 머리 좋다는 거 말이네."

"정말유?"

"그럼. 난 자네를 처음 보는 순간부터 그렇게 느꼈다네."

"고마워유. 흑흑, 선배뿐이구먼유."

팔용이 버럭 단화경을 껴안았다.

그 갑작스런 행동에 단화경이 난처한 듯 얼굴이 붉어졌다.

"이 사람아, 이거 좀 놓고 얘기하세."

"흑흑, 이제야 저의 진가를 알아주시는 분을 만났구먼유."

단화경은 자신의 품 안에서 울부짖는 팔용을 내칠 수도 없어 팔용의 등을 토닥거려 줄 뿐이었다.

다시 품 안을 벗어난 팔용이 술병째로 술을 들이켰다.

똑똑.

"어? 다 마셨네?"

갑자기 팔용의 그 눈물이 글썽대던 눈동자가 가늘어졌다.

입맛을 쩝쩝 다시던 팔용의 표정이 순식간에 이제 볼일 다 봤네 하는 표정으로 바뀌기 시작했다.

팔용이 망설이지 않고 자리에서 벌떡 일어났다.

"잘 먹었습니다, 선배님."

"……?"

언제 혀가 꼬였나 싶을 만큼 정상을 되찾은 목소리.

"으하하, 다음에도 잘 부탁드립니다. 오늘은 양이 좀 모자라네요."

황당한 표정의 단화경을 돌아보며 팔용이 덧붙였다.

"참, 사실 우리 중에 제가 머리 제일 나쁜 거 맞습니다요. 다른 사람 꼬실 때 참고하시라고. 으하하!"

총총히 떠나가는 팔용의 웃음소리.

이제 남은 것은 비어버린 술병과 바닥에 널린 뼈다귀들, 그리고 멍한 얼굴의 단화경뿐이었다.

휘이잉.

그곳으로 한줄기 썰렁한 바람이 스쳐 지나갔다.

다시 그 바람이 불어간 곳은 기풍한과 비영이 앉아 있는 연무장 한 구석 자리였다.

묵묵히 연무장을 오가는 무인들을 바라보는 두 사람은 한동안 말이 없었다. 그것은 또한 기풍한과 비영의 그들만의 대화이기도 했다.

그때 저 멀리 연무장 한 옆에서 때 아닌 소동이 벌어졌다.

"잠깐! 멈춰!"

십여 명의 무인이 연무장을 가로지르며 달리고 있었고 그 뒤를 한 사내가 추격하고 있었다.

바로 주사위 놀이를 하던 무인들과 곽철이었다.

요 근래 별일이 다 일어나는 섬서 지단인지라 번을 서던 무인들도 그저 고개를 내저을 뿐이었다.

그 장난스럽고 신나는 모습을 바라보던 비영이 담담히 말했다.

"녀석, 요즘 조금 힘든가 봅니다."

"아, 그리고 보니 이번 달이……."

"아!"

두 사람이 마주 보며 고개를 끄덕였다.

한편 도망치던 무인들을 앞질러 두 팔을 벌리고 곽철이 막아섰다.

"한 판만."

주사위 놀이를 하며 최대한 살살 조절을 한다는 것이 그만 그들의 돈을 다 털어 먹어버린 것이다.

도박장의 노름쟁이들만 상대하다 보니 하급 무인들의 가벼운 주머니 사정을 미처 생각지 못한 실수였다.

그러자 무인들이 입을 모아 소리쳤다.

"사기꾼!"

결국 곽철이 울상을 지으며 힘없이 말했다.

"내가 술 사겠소."

무인들의 표정이 조금 풀렸다.

"딴 돈도 다 토해내고."

무인들의 표정이 환하게 밝아졌다.

"그러니 재미로 몇 판 더……."

다시 무인들의 표정이 일제히 굳어졌다.

결국 곽철이 두 손을 번쩍 들며 항복 선언을 했다.

"하하, 이 사람아, 다음에 놀자구. 우리도 일을 해야 주사위를 굴리든 술병을 굴리든 할 것 아닌가?"

무인들이 한바탕 재미있는 놀이를 했다는 얼굴로 다시 제각기 흩어졌다.

질풍조가 입맹한 이후 섬서 지단의 분위기는 점차 활기로 가득 차고 있었다. 물론 그 중심에는 허풍 구 갑자에 유쾌, 발랄 십 갑자인 곽철이 있었기에 가능했다.

곽철이 다시 건들거리며 연무장을 거닐다 담벼락 옆 화단에 엉덩이를 걸쳤다.

"아, 심심하다."

눈물이 나올 만큼 입을 크게 벌리고 하품을 한 곽철이 주사위를 꺼내 들었다.

톡톡.

손바닥 위에서 주사위가 춤을 추기 시작했다.

일(一), 이(二), 삼(三)…….

세 개의 주사위는 언제나 곽철이 원하는 답을 내놓고 있었다.

주사위를 내려다보던 곽철의 눈빛에 서글픔이 담겼다.

그때 누군가가 햇빛을 가리며 다가섰다.

"오랜만에 나랑 한판할까?"

기풍한이 그를 내려다보며 웃고 있었다.

곽철이 피식 웃으며 고개를 저었다.

"싫습니다."

"녀석, 질까 두려우냐?"

그 어이없는 도발에 웬일인지 곽철이 순순히 시인했다.

"네, 두렵습니다. 조장님이 이기려고 마음먹는다면 어떤 수를 써서라도 이기실 테니까요."

"철아."

잠시 진지하게 기풍한을 바라보던 곽철의 표정에 금방 장난기가 돌아왔다.

"으하하, 하지만 제아무리 집념 강하고 머리가 좋다 해도 꼬마 아이가 나무 막대기를 들고 나한진(羅漢陣)을 깨뜨릴 수는 없지요."

"이놈아, 자만하지 마라. 너 저번에 나에게 한 번 졌지 않느냐?"

"헉! 이런이런."

갑자기 곽철이 머리를 감싸 쥐었다.

"또 생각나네. 안 돼! 머리야, 생각하지 마! 그 표정! 열다섯 번 연속으로 지고 난 조장님의 그 가련 불쌍한 표정! 으악!"

"하하하!"

곽철의 너스레에 기풍한은 결국 웃음을 터뜨리고 말았다.

두 사람은 마주 보며 한참을 그렇게 웃었다.

"철아."

"오늘 웬일이실까, 우리 무뚝뚝한 조장님께서?"

"철아."

다시 곽철의 표정이 진지해졌다.

"기억하셨군요."

"그래."

"걱정하지 않으셔도 됩니다. 모두 잊었습니다."

"일부러 너무 애쓰지 않아도 된다."

"……"

그때 저 멀리 용백이 사색이 되어 뛰어가는 모습이 보였다.

곽철이 자연스럽게 그쪽으로 화제를 돌렸다.

"밉상 부단주 아저씨, 오늘따라 꽤 바빠 보이네요."

그리고 채 일각도 지나지 않아 용백이 들어갔던 건물에서 연화가 다급한 얼굴로 달려나오고 있었다.

第15章

비원

"*새*로운 임무가 내려왔습니다."

천룡관에 질풍조를 모두 집합시킨 연화의 얼굴은 상기되어 있었다.

살막에 대한 보고가 올라가자마자 그날로 다시 날아온 전서구였다.

맹에서 내려온 전갈은 이러했다.

살막주의 체포로 새로운 조의 설립을 인정한다는 것과 비룡일대는 해체할 수 없다는 조금 애매한 답변이었다.

그 말은 곧 두 개의 조직을 모두 인정한다는 말.

물론 비룡일대의 해체는 이미 그녀 스스로 나서서 막고 싶은 일이었다.

하지만 그녀는 조를 인정하자마자 보란 듯이 새로운 임무를 내려보낸 숙부의 마음을 이해할 수 없었다.

숙부는 분명 의아하게 생각할 것이다.

연화로서는 절대 할 수 없는 임무를 완수한 것에 대해 따로 사람을 보내 알아볼 법도 하였건만 숙부는 마치 기다렸다는 듯 새로운 임무를 내려보냈다.

"성질도 급하네. 여태껏 우리 없이 강호는 누가 지켰나?"

곽철의 장난 섞인 말에 모두 미소를 지었다.

"그래, 이번에는 무슨 임무요?"

화노의 물음에 연화가 조금 난감한 표정을 지었다.

"그게… 신도(神盜) 막후(莫猴)를 체포하라는 명령입니다."

그 말에 모두의 표정이 변했는데 그것은 몇 가지 유형으로 나타났다.

우선 듣는 순간 반사적으로 인상이 굳어진 기풍한류, 대충 언젠가 들어본 적이 있다는 단화경류, 도통 모르겠고 관심없다는 곽철류, 그리고 끝으로 어이없다는 팔용류로 나누어졌다.

"그 좀도둑 놈?"

팔용이 막후를 기억해 내자 곽철이 하품을 하며 말했다.

"막후가 누구냐?"

"그 왜 있잖아? 작달막해 가지고 눈이 요렇게 째진 도둑놈. 질풍오조가 끝내 못 잡아서 우리가 몰래 잡아줬잖아. 이놈이, 지가 잡아놓고선."

"내가 잡았었나?"

곽철이 머리를 긁적이다 문득 생각이 났는지 손뼉을 쳤다.

"아, 그 술 좋아하던 쥐새끼 놈? 으하하, 생각난다, 생각나! 그놈 정말 튀는 솜씨 하난 끝내주는 놈이었지."

"그래, 맞다. 너 아니었음 잡지도 못했을 거다."

"근데 벌써 출옥했나? 잡아넣은 지 얼마 안 된 것 같은데."

"그러게. 아직 나왔을 리가 없는데."

과연 이들은 천룡패의 믿음만큼이나 분명히 과거에도 천룡맹을 위해 일했던 것이 틀림없었다. 이들의 진정한 정체에 대해서는 어차피 언젠가 모두 알게 될 것이다. 지금은 그저 눈앞의 일에 충실하는 게 최선이리라.

곽철과 팔용의 대화를 듣고 있던 연화가 끼어들었다.

"한 달 전 탈옥했답니다."

"엥! 탈옥? 그럴 리가?"

깜짝 놀란 곽철에게 팔용이 넌지시 말했다.

"철옥이야, 철옥. 놈, 그렇게 설쳐 대도 용케 살인은 하지 않았잖아."

"아!"

그제야 곽철이 알겠다는 표정을 지었다.

매번 혈옥에 잡아넣을 이들만을 상대했기에 잠시 착각한 것이다.

신도가 아니라 귀신이라 해도 혈옥을 탈옥하는 것은 불가능할 테니까.

어쨌든 그들의 대화를 듣자니 신도 막후는 저녁 찬거리도 되지 않아 보였는데 화노의 풍운록에 담긴 기록은 제법 뼈대가 있었다.

화노가 막후에 대한 기본 정보를 줄줄 읽어 내려갔다.

"신도 막후. 강호삼대대도(江湖三大大盜) 중 일인. 십 년 전 강호 출도 이후 칠십여 차례의 도적 행각. 무공 수위는 중하(中下)로 보잘것없지만 요요보(遙遙步)라는 절세의 신법 소유. 황궁 무고를 터는 데 성공하면서 강호에 이름을 떨침. 대표적인 사건으로는 소림의 장경각(藏經

閣)에 침입, 달마신공(達摩神功)의 비급을 훔치려다 실패. 이후 소림승을 피해 강호를 떠돌다가 질풍조에 의해 체포. 철옥에 수감. 참고 사항. 술에 대단한 집착을 보임. 뭐, 대충 이 정도가 놈에 대한 기록일세."

"헉! 이런 자를 과거에 잡으셨단 말인가요?"

연화의 놀람에도 곽철은 대수롭지 않은 듯 보였다.

"사실 그때 고생 좀 했지요. 망할 놈이 한주먹거리도 안 되는데 눈치와 신법 하난 거의 십이천성 수준이지요."

팔용 역시 전적으로 공감한다는 얼굴이었다.

"놈, 결국 그 장경각 사건 때문에 천룡맹의 표적이 되었었지."

"망할 놈이 애서 땀 흘려 잡아넣었더니 탈옥을 했다 이 말이지? 제가 당장 가서 잡아오겠습니다."

당장에라도 달려나갈 것 같은 곽철의 자신감에도 여전히 연화는 못 미더운 얼굴이었다.

그러자 곽철이 건들건들 설명하기 시작했다.

"예를 들자면 말입니다."

곽철이 휑하리만치 너른 실내를 둘러보았다.

"마교를 상대하는 일이 이 객청 크기만큼의 어려움이라면."

다시 곽철이 팔용의 머리통을 통통 두드렸다.

"요 크기가 살막."

이어 자신의 주먹을 내밀었다.

"이게 그 좀도둑입니다요."

"아!"

다시 연화의 간이 무럭무럭 커지고 있는 순간이었다.

대도 막후가 곽철의 손바닥 위에서 놀고 있는 이상 피할 수 없는 부작용이었다.

한편 그들의 대화를 듣고 있던 내내 기풍한은 어떤 생각에 빠져 있었다.

그의 표정에 담긴 신중함이 서서히 모두에게 전해졌다.

기풍한이 이러한 표정을 짓는다는 것은 이번 일이 그렇게 단순한 체포 작전이 아니란 것을 말해 주는 것이었다.

이윽고 기풍한이 긴 침묵을 깼다.

"이번 임무는 일급 작전으로 처리한다."

일급 작전이라면 일급 음모.

앞서의 살막주 체포는 오랜만에 호흡을 맞춘다는 이유로 이급 작전에 속하는 임무임에도 모두가 참여하였다.

반면 이번 일은 제법 까다롭긴 해도 막후의 무공 수위가 낮은 이상 곽철 혼자 해결할 수 있을 만큼 쉬운 일이었다.

그것을 모를 리 없는 기풍한이었기에 모두 신중해질 수밖에 없었다.

"혹 짚이는 일이라도 있으신 겁니까?"

곽철의 물음에 기풍한이 고개를 끄덕였다.

"예감이 좋지 않다."

그 한마디로 충분했다. 지금까지 보여왔던 기풍한의 예감은 단순한 기분 문제만이 아니란 것을 모두 잘 알고 있었다.

분명 기풍한은 여러 전후 상황을 고려해 봤을 것이고 결국 뭔가 걸리는 바가 있었으리라.

그때까지 간질간질 요동을 치려던 입을 억지로 닫고 있던 단화경의 조급증에 드디어 발동이 걸렸다.

"근데 그 막훈지 하는 놈을 어디서 찾는단 말이냐? 한 달 전에 탈옥을 했다면 어디 꼭꼭 숨어 있지 않겠느냐? 이 넓은 중원 땅에서 어디 가서 놈을 찾는단 말이냐?"

단화경이 가장 궁금하게 여기는 부분이었다.

"그렇기 때문에 그자의 행방을 추측할 수 있소."

"엥? 그게 무슨 말이냐?"

단화경의 눈이 동그랗게 커질 수밖에 없는 기풍한의 대답.

"그럼 지금 그자는 어디에 있단 말이냐?"

"그자는 산서성(山西省) 태원(太原) 인근에 숨어 있을 것이오."

기풍한의 확신에 단화경이 더욱 의아한 얼굴이 되었다.

"그것을 어떻게 아느냐? 거기가 혹시 놈의 고향이냐? 아님 숨겨둔 자식새끼라도 그곳에 살고 있는 것이냐?"

기풍한이 고개를 가로저으며 말했다.

"그 추측에는 두 가지 이유가 있소."

"이놈아, 속 터진다!"

"선배는 혹시 비원(秘園)이라는 말을 들어보셨소?"

"비원? 뭐냐, 그게?"

고개를 갸웃거리는 단화경도, 옆에 멀뚱히 서 있던 연화도 금시초문인 말이었다.

비원.

혈옥과 마찬가지로 일반 강호인들은 잘 알지 못하는 곳이었다.

비원은 강호의 도둑들이 훔친 물건을 처리할 때 이용하는 일종의 장물 거래소(贓物去來所)였다.

비원에서는 그 장물을 원래 가치의 반값으로 사들였다.

엄청난 폭리(暴利)를 취하는 듯 보였지만 비원을 이용하는 도둑들은 생각보다 그 수가 많았다.

위험을 무릅 쓰고 직접 물건을 처리하기보다는 손쉽고 빠르게 현금으로 바꿀 수 있는 비원은 분명 매력적인 유혹임에 틀림없었다.

과거 질풍육조에서는 비원의 정확한 위치를 알고 있었음에도 그들을 소탕하지 않았다.

비원은 그 이름만큼이나 거창한 곳이 아니었다. 소재가 파악되고 마음만 제대로 먹는다면 과거의 질풍오조나 현재의 비룡일대만으로도 충분히 제거가 가능한 수준이었다.

비원의 힘이 그 역할에 비해 미약한 이유는 간단했다.

그들이 주로 상대하는 이들이 바로 강호의 도둑들이었고 도둑치고 무공이 뛰어난 이는 매우 드물었다.

더구나 비밀 유지가 생명인 그들로서는 판을 엎으려는 심보 고약한 도둑놈들을 살며시 매만져 줄 정도의 힘을 가지면 될 뿐 오히려 조직이 방대하게 커져 주위의 이목을 받는 것이 더욱 위험했던 것이다.

위기가 닥치면 튀고, 잠수하고, 그리고 다시 재기하면 그뿐.

어쩌면 비원의 그러한 점이 강호의 그 어떤 단체보다 더욱 강인한 생명력을 부여하고 있을지도 모를 일이었다.

어쨌든 질풍육조가 그들을 그냥 방치한 이유는 그들을 필요악(必要惡)이라 여긴 때문이었다.

어차피 비원과 같은 곳은 강호에 도둑이 존재하는 한 어디서나 생겨날 수밖에 없었고, 차라리 소재가 파악된 그곳을 주시하며 적절하게 이용하는 것이 더 낫다는 결론을 내렸던 것이다.

팔용의 간단한 설명에 단화경과 연화는 그제야 비원에 대해 이해할 수 있었다.

"오호, 그런 곳이 있었다니. 혹 그 비원이란 곳이 태원에 있는 것이냐?"

단화경의 빠른 눈치에 기풍한이 미소를 지었다.

"그렇소."

"그렇다고 해도 놈이 그곳에 있다는 보장은 없지 않느냐?"

"물론 그렇소. 하지만 비원은 강호의 모든 도적들의 정보가 오고 가는 곳. 분명 막후는 자신이 철옥에 갇혀 있던 지난 몇 년간의 강호 정세에 대해 매우 궁금해할 것이오."

그럴듯한 기풍한의 설명에 단화경이 고개를 끄덕였다.

"그럼 두 번째 이유는 무엇이냐?"

"그건 그자의 약점 때문이오."

"약점? 막후란 놈에게 어떤 약점이 있단 말이냐?"

"바로 술이오."

"술?"

아까 곽철의 말이나 화노의 설명으로 막후란 놈이 술을 꽤나 좋아하는 것을 짐작할 수 있었다.

하지만 그것과 그자가 그곳에 숨은 것과 무슨 관련이 있단 말인가?

기풍한이 다시 단화경에게 질문을 던졌다.

"선배는 혹시 산서 땅의 행화촌(杏花村)에 대해 들어보셨소?"

산서 지역의 작은 마을 이름 따월 알 리 없는 단화경이었다.

"행화촌은 대대로 좋은 술을 만들어내는 고장으로 유명하오. 강호팔대명주(江湖八大名酒) 중 죽엽청주(竹葉淸酒)와 분주(汾酒)가 바로 산서 행화촌에서 생산되오. 술을 미치도록 좋아하는 도적놈이 몇 년이나 감옥에 갇혔다가 세상 구경을 하면 어디로 가겠소?"

"옳거니! 그래서 비원과 행화촌이 함께 있는 산서 지역에 숨어 있다는 말이구나?"

단화경과 연화의 고개가 동시에 끄덕여졌다.

과연 기풍한의 말은 일리가 있었다.

"그렇다면 놈이 행화촌에 있지 않고 태원에 있다는 말은?"

"행화촌은 작은 고을이지요. 외인이 들어가면 금방 눈에 띄는 곳에는 결코 행적을 드러내지 않을 것이오. 그게 바로 도적들의 본성이지요."

기풍한의 거침없는 설명에 단화경은 온몸이 섬뜩해짐을 느꼈다.

단화경의 입장에서 기풍한은 이제 '볼수록 무서운 놈'이란 평가를 넘어 '같은 편이 된 것에 안도'하는 지경에 이르고 있었다.

그에게 목표가 된 이상 그 누구도 달아날 수 없을 것 같은 두려움.

다시 확인된 기풍한의 무서움에 단화경은 고개를 가로저었다.

잠시 생각에 잠겨 있던 기풍한이 이번에는 연화를 향해 말했다.

"이번 작전에는 비룡일대의 도움이 필요할 것 같습니다."

"네?"

갑자기 비룡일대를 언급하자 연화가 깜짝 놀랐다.

"할 수 있겠습니까?"

연화는 기풍한이 무엇을 요구하는지 알 것 같았다.

화무룡과의 완벽한 화해.

어차피 앞으로의 숱한 작전에 그들을 제외시킬 수는 없는 노릇이었다.

그날의 화무룡의 태도라면 분명 도움을 줄 것이라는 예감.

"네."

기풍한의 서늘한 눈빛을 바라보던 연화가 확고한 의지를 밝혔다.

반드시 화무룡을 설득해 내리라.

"난 무슨 역할을 맡으면 되느냐? 이번에는 좀 괜찮은 역할을 부탁한다. 흠흠, 풍류공자 같은 것은… 완전히 자신있다."

슬그머니 끼어든 단화경은 나들이를 떠나기 전날 어린아이의 기대감에 부푼 얼굴이었다.

"이번 작전에 선배와 전 빠집니다."

나들이 날 아침, 쏟아지기 시작한 빗속에서 단화경이 목에 핏대를 세워 울부짖었다.

"싫다! 일없다, 이놈아! 이번 일이 위험할지도 모른다면서? 예감이 안 좋다며? 일급 작전이라며? 그럼 나도 끼련다!"

"그렇기 때문에 선배와 전 따로 알아볼 것이 있소."

기풍한의 등 뒤에서 혀를 날름거리며 기어코 단화경을 놀리고 만 곽철이 크게 기지개를 켜며 말했다.

"자, 그럼 우린 요 위험한 쥐새끼 놈을 꼬셔낼 작전을 짜볼까?"

그렇게 질풍조의 새로운 작전이 시작되었다.

칠 일 후, 산서 행화촌.

행화촌의 술도가 중 가장 솜씨 좋기로 이름난 송씨주가(宋氏酒家)에 이른 아침부터 사람들이 모여들고 있었다.

그들은 인근 산서 지방의 객잔 주인들이었는데 몇몇은 멀리 하북(河北)이나 하남(河南)에서 온 사람들도 있었다.

오늘은 송씨주가에서 달마다 한 번 인근 객잔에 술을 판매하는 날이었다. 일반 술도가야 주문만 하면 그때그때 알아서 배달을 해주곤 했지만 송씨주가는 달랐다.

워낙 술맛이 좋기로 이름난 송씨주가의 술은 이렇게 새벽잠을 설치고 직접 나서지 않고는 구경조차 하기 힘들었다.

더구나 오늘은 일 년에 한 번 특별히 빚는다는 수분주(秀汾酒)를 판매하는 날이었다.

송씨주가의 창고 앞에는 객잔 주인을 따라온 점소이들이 수레를 일렬로 세우고 창고가 열리기만을 기다리고 있었다.

송씨주가의 작은 아들 송임(宋林)의 주위에 객잔 주인들이 모여 이런 저런 잡담들을 나누고 있었다.

"이보게, 이번 술은 어떤가?"

"아주 잘 빚어졌습니다. 기대하셔도 될 것입니다."

송임은 자신만만한 얼굴이었다.

"드디어 올해 빚은 수분주는 우리가 받아갈 차례네."

"부럽네, 부러워. 우리 차례가 오려면 아직 삼 년이나 더 기다려야 하는데. 휴."

"그나저나 내달부터는 양을 늘려줄 수 없겠나?"

객잔 주인들의 원성에 송임은 뿌듯함을 감추지 못하며 그들을 달랬다.

"잘 아시다시피 아버님께서는 언제나 정해진 양의 술만 빚으시지요. 여러 어르신들께서 양해해 주시길 바랍니다."

"어르신의 그 고집스런 장인 정신이야 우리도 잘 아네만… 그래도 자네 집에서 받은 분주는 며칠이 지나지 않아 동이 나버리니 하는 말일세."

"우린 아예 단골 손님에게만 내놓는다네."

"그야 우리도 그렇네만, 그래도 턱없이 부족하지."

모두 송씨주가의 술맛에 대해 칭찬들을 늘어놓았다.

그때 인부 하나가 사색이 되어 달려왔다.

"크, 큰일났습니다!"

"웬 소란이냐?"

"술, 술, 술이……!"

숨넘어가는 인부의 말이 채 끝나기도 전에 송임이 창고로 달려갔다. 그 뒤로 객잔 주인들이 우르르 몰려갔다.

"이럴 수가! 몽땅 다 털렸다!"

텅 빈 창고 앞에서 송임은 그대로 졸도하고 말았다.

다음날 아침, 송씨 일가와 객잔 주인들은 물론이고 산서 지방 모든 애주가(愛酒家)들의 한숨을 자아내게 만든 그 도난당한 술은 태원 구룡표국(九龍鏢局)의 문턱을 넘고 있었다.

태원 구룡표국.

아홉 마리의 용이 뒤엉켜 자웅(雌雄)을 겨루는 표기(標旗)의 기세만큼 사실 그들의 사업은 번창하고 있지는 않았다.

태원에 자리잡은 표국만도 십여 개가 넘었는데 그중 대륙표국의 태원 지부가 가장 큰 위세를 자랑하며 전체 표물의 절반을 차지했고 나머지 십여 개의 중소 표국이 나머지를 나누어 가졌다.

구룡표국도 그런 영세한 표국 중 하나였다.

덜컹덜컹.

한적한 구룡표국의 마당으로 나귀가 끄는 작은 수레 하나가 들어왔다.

나귀를 끌고 들어온 사내는 바로 곽철이었다.

수레에 가득 실린 물건은 바로 송씨주가의 창고에 보관되어 있던 분주였다.

어젯밤 그곳을 턴 이들은 바로 질풍조였던 것이다.

물론 그 술이 도둑맞았다는 소문이 어느 정도 퍼진 그날 밤, 화노가 다시 그곳을 방문해 전후 사정을 설명했고 사과와 함께 그에 합당한 보상을 치른 상태였다. 송씨일가 역시 도적을 잡기 위한 천룡맹의 비밀 작전이란 설명에 모든 사정을 이해해 주었다.

한 옆에서 물품 목록을 기록하던 표사 하나가 곽철에게 다가왔다.

"어떻게 오셨습니까?"

"물건을 좀 맡기러 왔소."

"목적지가 어딥니까?"

"장백산(長白山)이오."

순간 표사의 표정이 신중하게 바뀌었다.

"무슨 물건이오?"

"중원을 영원히 떠날 물건이오."

다시 표사가 곽철의 행색을 유심히 살폈다.

그리고 이내 고개를 끄덕이며 건물 뒤편을 가리켰다.

"후원(後園) 쪽으로 가시오."

곽철이 다시 수레를 끌고 후원으로 향했다.

건물 뒤편의 작은 화원에서 비질을 하던 늙은이 하나가 다짜고짜 물었다.

"어디로 가시오?"

"군자(君子)들이 사는 화원으로 가오."

또다시 곽철과 노인 사이에 알지 못할 말들이 오고 갔다.

그러자 노인이 한 옆에 세워진 석등(石燈)을 조작했다.

그르르릉.

놀랍게도 한쪽 담장이 열리면서 마차 한 대가 지나다닐 만한 작은 길이 생겨났다.

바로 구룡표국이란 간판으로 위장된 비원으로 향하는 길이었다.

앞서의 군자들이 사는 화원이란 밀어(密語)는 양상군자(梁上君子), 즉 도둑들의 보금자리 비원을 가리키는 말이었다.

곽철이 수레를 끌고 다시 그 길을 지나갔다.

한참을 걸어가자 또 다른 후원이 하나 나왔고, 그 앞에는 몇 명의 표사가 입구를 지키고 있었다.

정문에 있던 표사들이 꽤나 밝은 표정으로 손님들을 맞이하던 것과는 달리 이곳의 표사들은 인상이 험상궂은 이들이었다.

잠시 그들의 감시를 받으며 기다리자 후원의 건물 안에서 한 사내가 걸어나왔다.

날카로운 눈매며 툭 튀어나온 광대뼈까지 차가운 첫인상을 지닌 사내였다.

"처음 보는 얼굴이군."

"절강(浙江) 흑호(黑虎) 형님 소개로 왔소."

고개를 삐딱하게 기울인 곽철에게서 불량기가 풀풀 풍겨져 나왔다.

사내의 굳어진 인상이 조금 부드러워졌다.

"오, 흑호 소개로 왔군."

혈랑과 흑호는 제법 친분이 두터운 것으로 알려져 있었다.

"그래, 그 친구는 요즘 잘 있나? 요즘 고향에서 새 사업을 시작했다고 하던데."

곽철이 잠시 사내를 노려보다 버럭 소리를 내질렀다.

"뭔 헛소리야! 흑호 형님 철옥에서 나오려면 아직 육 년이나 남았는데! 게다가 내가 출옥하기 며칠 전, 옆방 백웅(白熊)이란 놈과 붙었다 깨져 개박살 났는데. 새 사업? 시발! 이거 날 물로 보는 거야, 뭐야!"

곽철이 당장 소동을 부릴 듯 설쳐 대자 사내가 비로소 의심을 거뒀다.

흑호가 백웅이란 놈에게 깨졌는지 아닌지는 모를 일이지만 적어도 그가 철옥에 갇혀 있다는 것은 이미 알고 있던 사내였다.

"흐흐, 미안하네. 요즘 이래저래 함정 수사가 많아서 말이지. 흑호 소개라면 확실하겠군. 난 혈랑(血狼)이라 부르면 되네."

그 말에 기세등등하던 곽철이 깜짝 놀라 자세를 바로잡았다.

"혈랑이라면… 혹시 과거 혈혈단신으로 흑룡성 목란파(木蘭派)를 아작 내셨던 그 혈랑 형님이십니까?"

그러자 사내가 조금 거만한 미소를 지었다.

"맞네. 바로 내가 그 혈랑이네."

혈랑은 바로 비원주(秘園主)의 오른팔로 불리는 비원의 제이인자였다.

곽철이 화들짝 놀라 포권을 하며 몇 번이나 고개를 숙였다.

"형님 명성을 듣고 언젠가 꼭 한 번 뵙고 싶었습니다. 존경합니다, 형님!"

혈랑은 곽철의 태도에 슬그머니 기분이 좋아졌다.

이미 오래전 일이었음에도 이렇게 강호의 후배들이 자신을 기억해

준다는 사실에 절로 흡족한 마음이 들었던 것이다.

"그래, 후배를 뭐라 부르면 되는가?"

"그게……."

곽철이 얼굴을 붉히며 잠시 망설였다.

"…무적백풍비라고… 합니다."

"푸하하하!"

곽철의 말을 듣자마자 혈랑이 웃음부터 터뜨렸다.

흑도 방파의 삼류 무인들이 주로 사용하는 별호들은 주로 흑견(黑犬)이라거나 백사(白蛇), 철응(鐵鷹) 따위였다.

그런데 무적백풍비라니?

그 거창한 별호에 어이가 없어 오히려 웃음이 나온 것이었다.

"부끄럽습니다, 형님!"

곽철이 넙죽 바닥에 엎드렸다.

혈랑이 곽철을 억지로 일으켰다. 그의 표정에서 불쾌함은 찾아볼 수 없었다. 오히려 매우 유쾌한 얼굴이었다.

"그래, 그냥 풍비 동생이라 부르지."

"영광입니다, 형님!"

혈랑은 눈앞의 이 가소로운 녀석이 마음에 들기 시작했다.

서글서글한 얼굴하며 선배에 대한 깍듯한 예의하며, 게다가 제법 빨라 보이는 눈치까지. 옆에 두고 키우면 좋겠다는 생각이 들 정도였다.

"그래, 가져온 물건은 뭔가?"

"그게… 술입니다요."

"술? 어제 털렸다는 행화촌 분주?"

"호호, 역시 소식 또한 빠르십니다."

사내가 다시 껄껄거리기 시작했다.

고작 술도가 창고나 터는 녀석의 별호가 무적백풍비라니! 다시 생각하니 또 웃음이 나왔다.

그때 후원으로 또 다른 사내가 들어왔다.

그야말로 냉기를 풀풀 풍기며 삭막한 얼굴로 들어선 이는 바로 비영이었다.

사내의 얼굴에서 웃음기가 사라지며 나지막이 곽철에게 말했다.

"동생은 잠시 기다리게."

"알겠습니다."

비영이 혈랑 앞에 도도한 얼굴로 멈춰 섰다.

"물건을 팔러 왔소."

대뜸 용건부터 꺼내는 비영의 태도에 혈랑의 표정이 조금 굳어졌다. 방금 전 자신을 향해 온몸을 던져 존경을 표하던 곽철 때문인지 비영의 태도는 영 마음에 들지 않았다.

비영이 품 안에서 하나의 물건을 꺼내려는 순간이었다.

"잠깐!"

곽철이 소리치며 앞으로 나섰다.

"형씨, 혹시 예전에 나 본 적 없소?"

곽철이 자신을 기억하자 비영의 표정에 당혹감이 깃들었다.

그런 비영의 표정 변화를 혈랑은 놓치지 않았다.

"초면이오."

비영의 부정에도 곽철은 연신 고개를 갸웃거렸다.

"이상한데. 분명 어디서 본 얼굴인데⋯⋯."

비영이 황급히 곽철에게서 몸을 돌려 혈랑을 향했다.

"거래할 거요, 말 거요?"

"해야지. 당연히 해야지."

혈랑이 느물거리며 슬쩍 말문을 돌렸다.

"여기서 거래는 처음인가?"

"그렇소."

"누구 소개로 왔나?"

"절강 흑호 형님 소개로 왔소."

그 순간 혈랑은 물론 곽철과 주위의 표사 차림 사내들의 표정이 굳어졌다.

잠시 어색한 침묵이 흘렀다.

"그래, 요즘 흑호는 잘 있나?"

"흑호 형님은 지금 철옥에 계시오."

"자네도 출옥한 지 얼마 안 되었군."

"그렇소."

"그래, 오래전부터 견원지간(犬猿之間)이던 백웅과 그곳에서 화해를 했다던데……."

"백웅 형님과는 잘 지내고 있소."

"그래, 잘 지낸다 이 말이지?"

주위의 사내들이 서서히 비영을 포위하기 시작했다.

그때 곽철이 소리쳤다.

"앗! 생각났다! 형님! 저놈은 비룡대 무인입니다!"

픽!

곽철의 외침에 비영이 옆에 있던 사내를 몸통으로 후려치며 몸을 날렸다.

"저 새끼, 잡아!"

사내들이 일제히 검을 뽑아 비영을 향해 달려들었다.

빡!

앞서 검을 휘두르며 달려든 사내의 얼굴을 팔꿈치로 찍으며 비영이 소리쳤다.

"모두 체포해!"

그 말을 신호로 담 밖에 미리 잠복해 있던 수십 명의 비룡대 무인들이 일제히 담을 넘기 시작했다.

"비룡대 놈들이다! 비상!"

장내는 일순간에 아수라장이 되었다.

챵! 챵! 챵!

건물에서 달려나온 비원의 무인들과 비룡일대 무인들 사이에 일대 격전이 벌어졌다.

그 혼전의 와중에 비영이 혈랑을 향해 달려들었다.

챵! 챵!

두 사람의 검이 허공에서 불꽃을 일으켰다.

쉭! 쉭!

혈랑의 검을 아슬아슬하게 피하며 비영이 바닥을 굴렀다.

쓰러진 비영에게 검을 쑤셔 넣으려던 혈랑이 화들짝 몸을 비틀었다.

비영이 물구나무를 서듯 몸을 뒤집으며 혈랑의 얼굴로 발길질을 한 것이다.

비영은 딱 혈랑에게 동수(同手)의 무공 수위만을 발휘하고 있었다.

검을 미친 듯이 휘두르는 혈랑의 눈으로 점차 비룡대의 무인들에게 밀리기 시작한 수하 무인들의 모습이 들어왔다.

'시간을 끌면 불리하다.'

혈랑의 마음은 이루 말할 수 없을 만큼 다급해졌지만 비영의 집요한 검은 자신을 놓아주지 않았다.

몇 수가 지났을까?

적당히 상대의 수준에 맞춰주며 검을 휘두르던 비영의 주먹이 혈랑의 복부를 가격했다.

픽!

혈랑이 바닥을 뒹굴며 쓰러졌다.

다행히 몸을 움직일 수 없을 정도의 심각한 부상은 아니었지만 이미 승기를 잡은 비영이 자신을 향해 달려들고 있었다.

'망할! 이대로 끝인가?'

바로 그때였다.

슉! 슉! 슉!

어디선가 몇 자루의 비수가 비영을 향해 날아들었다.

"큭!"

그 갑작스런 기습에 비영이 몸을 뒤집으며 쓰러졌다.

"형님! 어서 튑시다!"

어느 틈엔가 곽철이 달려와 자신을 부축하고 있었다.

그 모습을 본 커다란 덩치의 비룡일대 무인 하나가 대도를 휘두르며 달려왔다. 물론 그 사내는 바로 팔용이었다.

"서라! 이 개자식들아!"

슉! 슉! 슉!

"죽어!"

곽철이 마구잡이로 비수를 날렸다. 그다지 고명해 보이지는 않았지만 양에는 장사가 없는 법.

탱! 탱! 탱!

도를 휘둘러 세 자루의 비수를 튕겨낸 팔용이 결국 뒤이어 날아든 비수에 맞아 쓰러졌다.

"이 새끼야! 내가 바로 무적백풍비 어르신이다!"

곽철은 그야말로 뒷골목 파락호들의 개 싸움에서나 볼 수 있는 치기까지 부리고 있었다.

다시 그들을 향해 일조장 군백을 비롯한 몇 명의 비룡일대원들이 달려오기 시작했다.

"어서 튑시다!"

돌아보고 말고 할 상황이 아니었다.

그 길로 곽철이 혈랑을 부축해 그대로 담을 넘어 탈출했다.

그들이 담을 넘고 사라지자 군백과 비룡일대 무인들이 추격을 멈췄다.

동시에 바닥에 쓰러져 있던 비영과 팔용이 자리에서 벌떡 일어났다.

그들의 손에는 곽철이 던진 싸구려 비수가 들려 있었다.

두 사람이었기에 날아오는 비수를 맞고 쓰러지는 실감나는 장면을 연출할 수 있었던 것이다.

이제 비원은 서서히 정리가 되어가고 있었다.

튈 놈들은 이미 다 튀었고, 대충 분위기만 잡으라는 이런 느긋한 작전에도 반드시 붙잡혀 보임으로써 자신이 얼마나 박복하고 재수가 없는지를 결국 입증해 낸 십여 명의 사내들만이 체포되었다.

"자, 우리 일은 여기까지! 영아, 우린 한잔하자."

한 옆에 곽철이 끌고 들어온 술 수레를 보며 팔용이 군침을 삼켰다.

반면 비영은 조금 걱정스런 얼굴로 곽철이 사라진 담벼락을 바라보고 있었다.

"걱정 마. 혹시 무슨 일이 있더라도 형님과 린이가 있으니까."

할 수만 있다면 비영은 자신도 곽철의 뒤를 따르고 싶었다.

하지만 자신과 팔용은 이미 혈랑이란 놈에게 얼굴이 알려진 상태였다. 혈랑 따위에게 미행이 들킬 리 없었지만 그래도 조심하는 게 최선이었다.

기풍한의 걱정대로 정말 이번 일이 위험하다면 절대 미행해서는 안 될 일이었고, 그것이 기우에 그친다면 어차피 따라가지 않아도 될 일이었다.

결국 이래저래 따라가서는 안 된다는 결론이 나왔다.

"그래, 한잔하자."

때론 발을 동동 구르는 걱정의 우정만큼이나 묵묵히 기다려 주는 믿음의 우정도 필요하리라.

대충 비원이 정리되던 그 시각, 곽철과 혈랑은 태원의 가장 번화한 장터 골목의 인파 속에 몸을 싣고 있었다.

태원을 벗어나려는 시도는 태원 주위에 쫙 깔린 비룡일대의 무인들로 인해 실패로 돌아갔다.

물론 무리한다면 충분히 돌파를 시도해 볼 수도 있을 일이었지만 혈랑의 부상은 그러한 어설픈 모험을 허용하지 않았다.

결국 그들이 선택한 것은 사람들이 많은 곳으로 숨어드는 것이었다.

저 멀리 몇 명의 비룡대 무인들이 주위를 살피며 걸어오고 있었다.

곽철이 재빨리 혈랑의 소맷자락을 끌고 길가의 한 객잔 안으로 들어갔다.

두 사람은 객잔의 입구 쪽에 자리를 잡고 앉았다.

혹 비룡대의 무인들이 들이닥치더라도 재빨리 탈출하기 위함이었다.

다행히 순찰을 돌던 비룡대 무인들은 그대로 객잔을 지나쳐 갔다.

"천룡맹 저 개자식들!"

곽철의 나지막한 분노였지만 그 속에는 지난날 철옥에 수감되던 그날의 분노까지 고스란히 담겨 있는 듯 보였다.

"고맙네."

혈랑이 그제야 한숨을 돌리며 감사의 뜻을 전했다.

"아닙니다, 형님. 형님 같은 분을 저런 개자식들에게 끌려가게 할 수는 없지요."

다분히 아부성이 농후한 발언이었지만 난데없는 날벼락을 맞아 머리 속이 복잡한 혈랑으로서는 눈앞의 곽철이 기특할 따름이었다.

놈이 아니었으면 그 자리에서 죽었든지 체포되었을 것이 틀림없었다. 그간의 자신의 범법 행위, 즉 장물 취급과 유통, 그리고 몇 가지 숨겨진 폭행과 살인 등을 따지면 아무리 적게 잡아도 이십 년형, 재수없으면 참수형(斬首刑)을 당할 상황이었다.

그야말로 눈앞의 풋내기는 은인 중의 은인이라 할 만했다.

"자네, 비도술도 제법이더군."

"부끄럽습니다, 형님. 그저 허리 굽은 노인네 등짝이나 맞히는 정도지요."

"하하하, 아닐세. 대단한 솜씨였네."

두 사람의 말은 대충 반은 맞고 반은 틀렸다.

곽철이 말한 그 노인네들의 허리는 생각보다 굽지 않았고 혈옥에 들 정도의 악명은 기본으로 지니고 있다는 점이 다를 뿐이었다.

혈랑의 말 역시 그 허술해 보이던 솜씨가 어쨌든 자신을 살렸으니 반쯤은 대단하다 말해 줄 만한 솜씨였다.

점소이가 주문한 술과 간단한 안주 몇 가지를 가져왔다.

혈랑은 속이 부글부글 끓는지 몇 잔의 술을 연달아 마셨다.

"이제 어떡하실 작정이십니까?"

"일단 원주님부터 찾아뵈야지. 혹시 그쪽도 당했을지도 모르니."

"엉? 형님께서 주인이 아니셨습니까?"

마치 '이놈아, 날 뭘로 보는 것이냐? 내가 주인이다' 라는 말을 내뱉고 싶은 충동을 느끼게 할 만큼 자신을 바라보는 곽철의 눈빛은 존경 그 자체였다.

혈랑이 탄식하며 말했다.

"원주님이 계셨다면 일이 이 지경이 되지는 않았을 것이다."

"그렇다면 원주님은 지금 어디에 계십니까?"

"원주님은 지금……."

문득 말을 하려던 혈랑이 스스로 깜짝 놀라 입을 닫았다.

어쨌거나 곽철은 오늘 처음 만난 자였다.

그러한 자에게 원주의 행적에 대해 서슴없이 말을 꺼내고 있는 자신의 방심에 대한 스스로의 놀람이었다.

'설마?'

물론 혈랑의 입장에서 그것은 설마 중의 설마였다.

그때 곽철의 눈빛이 혈랑이 알아보지 못할 속도로 반짝였다.

곽철이 상대의 마음속에서 일기 시작한 의심을 읽어낸 것이다.

곽철이 감쪽같이 누군가에게 전음을 보낸 다음 순간,

"아니, 이게 누군가?"

객잔 밖을 지나던 누군가 입구 쪽에 앉은 곽철을 알아보고 그에게 다가왔다.

다가온 이는 바로 화노였다.

"풍비, 자네는 풍비가 아닌가?"

"오, 화노! 오랜만이오!"

"이 사람, 도대체 언제 출옥했나?"

화노가 곽철의 손을 굳게 맞잡으며 반가움을 마음껏 표현했다.

혈랑은 술을 마시며 무심한 척하면서도 두 사람의 대화에 귀를 쫑긋 세우고 있었다.

"몇 달 되었소. 그런데 당신, 몇 년 안 본 사이 많이 늙었구려."

"하하, 세월을 속일 수는 없지 않은가?"

화노가 혈랑을 힐끔 쳐다보았다.

"일행이 계셨구면."

"하하하!"

곽철이 그저 웃음으로 혈랑에 대한 소개를 대신했다.

"그때 일은 내 미안하네."

"다 잊었소."

곽철이 슬그머니 맞잡은 손을 빼내자 화노가 제법 눈치 빠른 행색으로 작별을 고했다.

"그래, 난 바빠서 이만 가야겠네. 다음에 또 보세나."

문득 돌아서 나가려던 화노가 넌지시 속삭였다.

"큰 건수 있으면 나도 꼭 불러주게."

"혹시… 요즘도 손 떠시오?"

"허허, 이 사람이 늙은이라 무시하는 겐가?"

"하하! 농담이오, 농담."

화노가 객잔 밖으로 팔을 휘저으며 나갔다.

객잔 밖을 나서 사람들 사이로 사라지던 화노는 울상을 짓고 있었다.

'망할 놈!'

마지막 말은 원래 약속대로라면 '요즘도 손 떠시오?' 란 말이 아니라 '알겠소' 란 간단한 대답이었다.

곽철이 다시 자리에 앉으며 묻지도 않은 일을 줄줄이 늘어놓기 시작했다.

"화노라고 예전에 같이 일하던 늙은입니다. 기관 해체(機關解體)에 제법 손재주가 있어 몇 번 손발을 맞춘 적이 있지요. 하지만 나이를 먹었는지 예전 같지 않더만요. 덕분에 철옥 구경도 다 해보지 않았겠습니까? 늙은이 고생시키기 그래서 혼자 다 뒤집어쓰고 들어갔더랬습니다."

혈랑의 입가에 다시 미소가 드리워졌다.

혹시 천룡맹의 첩자가 아닐까 하는 의심이 깨끗이 사라지는 순간이었다. 의심은커녕 제법 의리까지 있는 곽철에 대한 호감이 더욱 상승하고 있었다.

"자넨 이제 어떻게 할 생각인가?"

그 질문에 곽철이 한숨을 푹푹 내쉬었다.

"푼돈이나마 그 술을 팔아 군자금(軍資金)이라도 몇 푼 만들려고 했는데 이제 다 틀렸습니다."

곽철이 다시 품 안에서 술병 하나를 꺼냈다.

그것이 송씨주가의 수분주를 담는 고유의 술병이란 것을 혈랑이 한 눈에 알아보았다.

"남은 것이라고는 내가 마시려고 남겨둔 이것뿐이군요. 화끈하게 형님과 나눠 마셔 버리지요."

뚜껑을 열려는 순간 혈랑이 그를 제지했다.

"잠깐. 그 술은 그대로 두게."

"네?"

잠시 말없이 곽철을 응시하던 혈랑이 조심스럽게 입을 열었다.

"자네, 나와 함께 일해보지 않겠나?"

서서히 곽철의 볼살이 떨리며 눈물이 글썽거리기 시작했다.

곽철이 벌떡 일어나 절을 올리며 말했다.

"영광입니다, 형님! 이 한 목숨을 바쳐 모시겠습니다."

혈랑이 그를 억지로 일으켜 세웠다.

"이 사람아, 주위 이목을 생각하게."

"죄송합니다. 너무 기쁜 나머지. 으하하하!"

곽철의 표정을 보며 혈랑이 흐뭇한 표정을 지었다.

삼 년 전, 장물의 처리 과정에서 이십여 명의 청부 낭인들과 크게 칼부림이 나면서 수족처럼 따르던 수하를 잃었다.

그 후 믿을 만한 놈을 구하지 못해 내심 한숨을 내쉬던 그에게 제법 믿음직한 동생이 생긴 것이다.

"사실 자네에게만 하는 얘기네만 비원이 단속에 걸려 문을 닫는 것 따윈 지금 문제가 되지 않네. 요 근래 비원에서는 큰 사업을 추진하고 있지. 원주님은 지금 그 손님을 만나고 계시네."

"와, 대단하군요!"

곽철의 눈빛에서 야망의 불꽃이 피어올랐다.

"원주님도 자네를 마음에 들어하실 것이네. 가세."

혈랑이 자리에서 일어났다.

"형님의 명성에 누가 되지 않도록 최선을 다하겠습니다."

"믿겠네."

"근데 이 술은 안 마십니까?"

"아, 그 술은 가지고 가세. 원주님의 손님께 드리면 좋아하실 것이네."

"아, 술을 무척이나 좋아하는 분이신가 보군요?"

"그렇네."

"신경 써주셔서 감사합니다. 으하하하!"

곽철이 호탕하게 웃음을 터뜨리자 혈랑이 덩달아 웃기 시작했다.

그 동상이몽(同床異夢)의 웃음이 하나로 합쳐지면서 이내 그것은 사람들의 물결 속으로 흘러들었다.

第16章

권마

권
마

아무리 밋밋한 팔자를 타고난 사람이라 해도 강호를 살아가다 보면 언젠가 한 번쯤은 인생을 바꿀 만한 기회를 만나게 된다.

절벽에서 떨어진 곳이 천년설삼(千年雪蔘)이 동동 떠다니는 공청석유(蛩靑石乳)로 이루어진 연못일 수 있고, 길 가던 고승이 알려준 심법 몇 구절에 목숨을 구할 수도 있다.

고서가(古書家) 구석에 꽂힌 절세신공에 어느 날 문득 눈이 갈 수도 있으며, 철방에 싸구려 검을 사러 갔다 전대 고수가 남긴 보도를 구하는 행운도 있을 것이다.

관제묘(關帝廟) 구석에 쓰러진 여인을 치료해 줘 무림맹주의 사위가 될 수도 있고, 혹은 그녀가 자신에게 전혀 매력을 느끼지 못하는 잔인한 여살수로 깨어나 당장에 제거되어야 할 목격자로 전락할 수도 있는 것이다.

그리고 가끔은 십여 평 남짓한 공간에서 갖은 흉악범들과 하루하루를 한숨으로 보내던 인생이 찬란한 태양 아래 두 팔을 활짝 벌릴 일도 일어난다.

그 감격의 주인공인 막후가 자유를 만끽하는 일은 조금 미룬 채 지금 태원에서 이십여 리 떨어진 산속, 이미 폐가가 된 이름 모를 장원에서 발을 동동 구르고 있었다.

"형님, 물건은 모두 구하셨소?"

"다행히 모두 구하였네."

이제 막 폐가로 들어서던 중년 사내는 막후와 마찬가지로 인생에 새로운 전환기를 맞은 비원의 주인인 구염해(俱廉海)였다.

그의 뒤로 십여 명의 비원 무인들이 짐이 가득 실린 수레를 끌고 들어왔다.

그리고 수레에 실린 물건을 한 옆에 대기해 있던 마차에 옮겨 싣기 시작했다.

그 모습에 비로소 막후가 안도의 한숨을 내쉬었다.

"휴, 다행이오. 곧 그들이 올 것이오."

"사천, 묘강은 물론 청해성 구석까지 다 뒤져 물건을 구했네. 그 과정에 들어간 돈이 십만에 열둘이 죽었네."

"정말 수고하셨소, 형님."

오랜 장물 거래로 인해 호형호제할 만큼 가까운 두 사람이었다.

구염해가 막후의 방문을 받은 것은 그가 철옥을 탈옥한 지 얼마 지나지 않아서였다.

막후가 한 가지 은밀한 제안을 해왔다.

한 달 안으로 몇 가지 약초들을 대량으로 구입해 달라는 것이었다.

듣고 보니 그것들은 시중에서 쉽게 구할 수 있는 것들이 아니었다.

삼백초(三白草)나 백강잠(白殭蠶) 등의 약초는 중원의 약방을 털어서라도 어떻게 구한다 치더라도 섬령초(閃靈草)나 광혼초(狂魂草)와 같은 독초들은 사천당문(四川唐門)의 창고 속에서나 볼 수 있는 귀한 것들이었다.

거절하려던 그가 결정적으로 마음을 돌린 것은 일에 대한 보상 때문이었다. 막후는 과거 그가 황궁 무고에서 훔쳐 낸 비급들과 보물들을 보상으로 약속한 것이다.

선수금으로 내어놓은 황룡검(黃龍劍)만 하더라도 주인만 제대로 찾는다면 족히 이십만 냥은 받아낼 수 있는 보검이었다.

그 좋은 조건에도 구염해는 망설이고 망설였다.

세상에 공짜가 없다는 것을 누구보다 잘 아는 구염해였다.

이미 균형을 잃어버린 그 대가에는 '위험'이란 냄새가 풀풀 풍겨나고 있었다.

그러나 구염해는 결국 흑도의 사내. 어차피 인생은 한 방이었다.

또 언제까지나 뜨내기 도적들의 푼돈만 상대할 수는 없는 일이었다.

결국 그는 풍랑을 만날지도 모른다는 막연한 불안감을 떨치지 못한 채 막후와 한 배를 타는 모험을 선택한 것이다.

어쨌든 구염해는 지난 한 달 동안 자신의 모든 인맥을 동원해서 약초들을 구하기 시작했다.

물론 비싼 값에 사들인 것도 있었지만 반 이상은 안면이 있는 도둑들을 풀어 훔쳐 내온 것들이었다.

그리고 드디어 모든 약초들을 구하는 데 성공한 것이다.

오늘까지도 막후는 그 약초들이 필요한 이유를 밝히지 않고 있었다.

구염해는 막후 배후에 또 다른 누군가가 존재한다는 것을 이미 눈치 챈 상태였다.

"그들이 도대체 누군가? 그들이 자네를 빼내준 것인가?"

막후의 눈빛에 깃든 공포.

자신의 탈옥을 도운, 아니, 자신이 탈옥할 수밖에 없도록 만든 그들.

"형님, 아무것도 묻지 마시오."

"그래, 나야 대가만 받으면 그만이지."

막후의 성격을 모르는 바가 아니었다.

비록 부공은 보잘것없지만 비상하게 돌아가는 잔머리와 장경각에 숨어들 배짱만큼은 강호에 겨룰 만한 이가 드물었다.

그런 그를 이토록 공포에 질리게 할 만한 이들이 도대체 누굴까?

강호에 존재하는 몇 개의 거대한 단체들이 연속해서 떠올랐다.

구염해가 애써 고개를 저었다.

그중에는 결코 이 일과 관여되어서는 안 될 이름도 포함되어 있었다.

"혹 뒤탈이 있는 건 아니겠지?"

구염해의 걱정에 막후가 고개를 가로저었다.

"그들은 스스로 이것들을 구할 능력을 지닌 자들이오. 아니, 형님보다 훨씬 더 빨리 구할 수도 있겠지요."

"그런데 왜 군이 자네를 통해 부탁을 한단 말인가?"

"다른 이들의 이목을 피하기 위해서겠지요."

"흐음, 이 일로 자네가 얻는 대가는 무엇인가?"

한참을 망설이던 막후가 힘없이 말했다.

"살아남는 거지요."

구염해는 울컥 치미는 불길함을 꿀꺽 삼켰다.

"너무 걱정 마시오. 잠시 후면 모두 끝날 테니까."

"굳이 나까지 함께 만나야 하나?"

"그쪽에서 형님을 보고 싶다고 했소."

구염해는 지금이라도 발을 뺄 수 있다면 빼고 싶은 심정이었다.

"왜, 혹 살인멸구(殺人滅口)라도 당할까 두려우시오?"

진담 반 농담 반의 그 말이 구염해에게는 진담으로 들렸다.

"시불 놈, 그럼 안 무섭냐?"

"위험을 감수할 만한 일이지요."

"나머지 대가는 확실하겠지?"

"약속한 물건은 그들이 지불할 것이오."

구염해는 입 안이 바짝바짝 타 들어갔다.

철옥의 그 모진 고문에도 끝내 내놓지 않았던 막후의 그 물건들은 이미 그들의 손에 넘어간 것이다.

'도대체 어떤 자들이길래?'

구염해가 다시 물건을 나르고 있는 자신들의 수하를 바라보았다.

데려온 십여 명은 나름대로 고르고 고른 무인들이었다. 평소라면 콧노래를 부를 상황임에도 구염해는 다른 어떤 날보다 불안했다.

그때 폐가로 누군가 황급히 들어섰다.

"원주님!"

들어선 이는 바로 곽철과 혈랑이었다.

예상치 않은 혈랑의 등장에 구염해는 깜짝 놀랐다.

"네가 여긴 어쩐 일이냐?"

혈랑이 다급하게 보고를 올렸다.

"비원이 천룡맹의 공격을 받았습니다. 원주님이 걱정되어 무작정 달려왔습니다."

"뭐야?"

구염해가 전후 사정을 묻지도 않고 대뜸 막후의 멱살을 움켜쥐었다.

"이 일, 이번 일과 관련이 있는 것인가?"

막후 역시 얼떨떨한 얼굴이었다.

"잘 모르겠소."

"도대체 네가 알고 있는 것이 무엇이냐?"

다시 인상을 팍팍 구기던 구염해의 눈길을 끈 것은 혈랑 뒤에 서서 무인들이 마차에 상자를 옮기는 것을 멀뚱히 쳐다보고 있는 곽철이었다.

"저자는 누구냐?"

사나워질 대로 사나워진 구염해의 시퍼런 서슬에 혈랑은 잔뜩 긴장한 상태였다.

"이번에 새로 받은 동생입니다."

그 말에 구염해가 버럭 소리를 내질렀다.

"새로 받은 놈을 이곳까지 데리고 와? 이 미친 새끼!"

빡!

구염해가 사정없이 혈랑의 정강이를 걷어찼고, 눈물이 쏙 나올 법한 고통을 참으며 혈랑이 다급하게 말했다.

"확실히 믿을 수 있는 자입니다."

여전히 못마땅한 얼굴의 구염해였지만 혈랑이 저렇게까지 자신있게 나오자 일단 의심을 거두었다. 혈랑은 신중한 자였고, 그러하였기에 자신의 오른팔 역할을 하고 있는 것이었다.

곽철이 구염해의 눈치를 살피며 앞으로 나섰다.

"풍비라고 합니다. 앞으로 잘 부탁드립니다."

구염해에게 공손이 인사를 건넨 곽철이 다시 막후에게 인사했다.

"막 선배님을 뵙게 되어 영광입니다."

곽철이 자신을 알아보자 막후의 표정이 대번에 굳어졌다.

"어떻게 날 아느냐?"

그러자 곽철이 고분고분 대답했다.

"네, 철옥에서 뵌 적이 있습니다. 그때 인사를 드렸는데 아마 기억하지 못하실 겁니다."

"철옥?"

그러고 보니 왠지 언젠가 한 번 들어본 목소리 같기도 했다. 물론 눈앞의 청년이 과거에 자신을 체포하던 그 무서운 복면인이란 생각까지는 할 수 없었다.

여전히 의심을 풀지 않는 막후가 좀 더 자세히 물어보려는 순간이었다.

곽철이 재빨리 품속에서 술병을 꺼내 들었다.

"선배님을 위해 특별히 준비한 것입니다."

술병을 보자 막후의 얼굴이 환하게 밝아졌다.

막후가 마치 먹이를 낚아채는 매처럼 재빨리 술병을 빼앗아 들었다.

마개를 여는 순간 막후가 행복한 비명을 질렀다.

"이 술은 행화촌 수분주가 아니더냐?"

"네, 그렇습니다."

과연 주향만으로 술의 이름을 정확히 알아맞히는 막후였다.

그렇지 않아도 긴장을 이기지 못해 술 생각이 간절하던 참이었다.

"벌컥벌컥."

술이라면 제아무리 싸구려라 해도 나름의 예를 갖춰 마시는 것을 즐기는 막후였지만 지금은 달랐다.

"카! 좋구나!"

곽철에 대한 의심은 몸 구석구석 나른히 퍼져 나가는 술 기운에 실려 주충(酒蟲)의 뱃속으로 사라져 버렸다.

다시 구염해가 심각한 얼굴로 혈랑에게 물었다.

"몇이나 잡혀갔지?"

"확실히 알 수는 없습니다만, 일단 몸을 숨기셔야 할 것 같습니다."

어차피 이번 일이 끝나면 잠시 비원의 문을 닫고 잠수를 타려던 구염해였다.

"당분간 넌 내가 다시 찾을 때까지 숨어 있어라."

"네, 알겠습니다."

혈랑이 미련없이 돌아서 나가려 하자 곽철은 조금 다급해졌다.

들어설 때까지만 해도 막후를 보면 바로 때려잡으려고 마음먹었었다.

혈랑에게는 조금 미안한 마음도 없지 않았지만 대충 놈은 의도적으로 놓아주는 정도로 마무리를 지으려던 그였다.

그러나 마차로 옮겨지고 있는 상자들.

이미 폐가의 마당은 그 상자에서 나오는 약초들의 향기로 가득한 상태였다.

'뭔가 있다.'

혈랑의 뒤를 따라나서며 일단 곽철은 이번 일을 조금 신중하게 처리하리라 마음을 먹었다.

떠나기 전 기풍한의 굳은 얼굴이 새삼스레 떠올랐다.

곽철과 혈랑이 채 폐가를 벗어나기도 전에 다시 몇 사람이 그곳으로 들어섰다.

그들은 모두 다섯 명이었는데 노인 하나와 네 명의 중년 사내였다.

모두 평범한 옷차림에 아무 병장기도 소지하지 않은 상태였다.

제법 다부진 몸매였지만 온화한 인상 탓인지 노인이나 중년인들 모두 딱히 특별한 점은 없었다.

그렇게 혈랑이 대수롭지 않게 그들을 지나치는 것에 비해 곽철의 반응은 달랐다.

그들을 대하는 순간 곽철의 눈빛이 흔들렸다.

노인의 몸을 은은하게 감싸고 도는 기운.

몸속에 감추어진 백풍비가 바르르 떨며 반응하기 시작했다.

'마기!'

동시에 곽철의 온몸의 털이 일제히 곤두섰다.

'…그것도 칠마존급 거물!'

본능적으로 곽철이 고개를 푹 숙였다.

침을 꿀꺽 삼킨 곽철이 애써 침착함을 유지하며 혈랑의 뒤를 따라 걸었다.

'검이 없다. 그렇다면? 설마?'

어떤 상황에도 여유를 잃지 않던 곽철의 심장이 덜컥 내려앉았다.

'…권마(拳魔)!'

권마 백양수(伯陽需).

마교칠마존 중 가장 강하다고 알려진 마인.

십이천성 중 한 명인 마교의 신창(神槍) 묵비(墨匕)도 그에게는 고개를 숙인다는 절대강자.

곽철의 짐작처럼 그 노인은 바로 권마 백양수였다.

그의 뒤를 따르는 네 중년 사내는 마교의 사대철권(四大鐵拳)이라 불리는 백양수의 네 제자들이었다.

대호(大虎)와 네 마리의 늑대.

쥐새끼 한 마리를 잡으러 왔다가 생각지도 못한 이들과 마주친 것이다.

그렇게 곽철과 혈랑이 그들을 스쳐 지나가던 순간이었다.

그때 사대철권의 뒤를 느긋하게 따르던 백양수가 홱 돌아섰다.

"잠깐 멈추게."

내력 하나 담기지 않은 정중한 말이었지만 결코 거역할 수 없는 힘이 담긴 음성.

'틀림없다!'

혈랑과 곽철이 그 자리에 멈춰 섰다.

혈랑이 먼저 돌아섰고 곽철이 뒤이어 돌아섰다.

몸을 돌리는 그 짧은 순간 곽철의 머리는 무섭게 회전하고 있었다.

'집중해야 한다.'

돌아선 곽철의 표정은 조금도 긴장한 상태가 아니었다.

고수의 눈은 무섭다.

더구나 마교칠마존 중 으뜸이라는 권마의 눈을 어설픈 연기 따위로는 맞설 수 없는 법.

백양수가 아무 감정이 실리지 않은 눈빛으로 혈랑과 곽철을 응시했다.

그의 시선에 곽철은 온몸이 서걱서걱 베이는 섬뜩함을 느꼈다.

그럼에도 곽철은 가슴을 갈라 속마음을 들여다보는 것 같은 그 시선을 피하지 않았다.

지금 권마의 마기는 뜨내기 무인 따위는 결코 알아볼 수 없다. 옆의 혈랑이 대수롭지 않게 그의 눈빛을 받아들이고 있는 것처럼.

'상대는 평범한 늙은이다. 평범하다, 평범하다……'

그 자기 암시(自己暗示)에 곽철의 모든 심력(心力)이 집중되었다.

곽철이 오히려 불량기 가득한 눈빛으로 백양수를 노려보았다.

그리고 그 피 말리는 노력은 일단 성과를 거두었다.

백양수의 눈빛에서 흐르던 예기(銳氣)가 사라지며 가소롭다는 미소를 지은 것이다.

곽철의 등은 이미 땀으로 흠뻑 젖은 상태였다.

오직 곽철이었기에 가능한 일이었다.

그것은 무공의 고하(高下)나 기도를 감추려는 의지의 문제가 아니었다. 권마 정도의 고수라면 본신 내력을 의지로 감출 수 없는 일이었다.

오직 습관과 훈련.

평소 임무 수행 시 다른 이들의 역할을 주로 맡아왔던 곽철이기에 가능한 순발력과 집중력이었다.

다시 백양수가 돌아서서 막후를 손짓으로 불렀다.

막후가 사지를 떨며 그를 향해 다가갔다.

"저들은 누군가?"

백양수의 물음에 막후는 말문이 막혔다.

자신도 방금 전에 본 자인데 어찌 그 대답을 할 수 있겠는가?

당신에게 살인멸구를 당할까 벌벌 떨고 있는 나에게 '수분주를 가져온 아주 귀여운 놈들입니다' 라고 대답할 수는 없는 노릇이었다.

"제 수하들입니다."

구염해가 재빨리 나서서 공손하게 대답했다.

오금을 저리는 막후의 태도로 보아 저 평범해 보이는 노인이 바로 이 일의 배후에 있는 자란 것을 한눈에 알아본 것이다.

구염해는 더욱 조심스러워졌다.

노인은 지극히 평범해 보였다. 그 말은 곧 자신의 무공으로는 상대의 깊이를 알 수 없다는 뜻. 이미 자신의 목줄은 상대가 쥐고 있는 것이다.

"그대는 또 누군가?"

이번에는 막후가 떨리는 목소리로 구염해를 소개했다.

"말씀드렸던 바로 비원의 주인입니다."

그러자 백양수가 희미한 미소를 지었다.

"뵙게 돼서 영광입니다."

상대가 누군지도 모르는 상태에서 참으로 어색한 인삿말이었지만 구염해는 최선을 다해 공손함을 유지하는 데 집중했다.

"물건은 모두 준비되었습니다."

"수고했네. 그래도 잠시 확인은 해봐야겠지?"

그 말에 사대철권 중 한 사내가 마차에 올라 물건을 확인하기 시작했다.

그때 백양수의 눈빛에 광채가 깃들었다 사라졌다.

백양수가 자신 앞에 서 있는 막후와 구염해의 머리통 사이로 가볍게 주먹을 내질렀다. 그냥 장난 삼아 툭 내미는 그런 주먹이었다.

그의 주먹이 향한 곳은 뒤쪽의 다 쓰러져 가는 폐가였다.

꽈앙!

순간 엄청난 폭음과 함께 백양수의 권풍(拳風)이 건물에 적중했다.

그제야 깜짝 놀란 막후와 구염해가 뒤로 나자빠졌다.

후두두둑!

건물에 거대한 주먹 모양의 구멍이 뚫리며 먼지와 기왓장이 무너져 내렸다. 마치 거인의 주먹이 그곳을 후려친 그런 모습이었다.

백양수가 차디찬 미소를 지으며 말했다.

"그만 나오너라."

권마가 만들어놓은 그 커다란 주먹 모양의 구멍으로 누군가 모습을 드러냈다.

이미 미소가 사라진, 낭패한 얼굴의 그녀는 바로 서린이었다.

곽철의 두 눈이 질끈 감겼다.

서린의 행적이 들통난 것은 사실 예정된 일이었다.

먼발치에서 그들을 감시하던 그녀가 혹시 모를 막후의 도주를 대비해 건물 뒤로 숨어든 것은 원래 정해진 약속이었다.

건물이 부서지고 상대의 마기를 직접 대하자 그녀는 그제야 마주 선 노인의 정체를 짐작할 수 있었다.

서린은 저 멀리 서 있는 곽철에게는 단 한 차례의 시선도 주지 않았다.

그녀를 노려보던 백양수의 날카로운 눈동자가 한 옆에 영문을 모르고 서 있는 막후와 구염해를 향했다.

"감히 수작을 부려?"

나지막한 말속에 담긴 무시무시한 살기.

건물 뒤에서 나온 여인이 자신들과 한패로 몰렸다는 것을 알고는 막후가 넙죽 엎드렸다.

"아닙니다. 정말 아닙니다. 처음 보는 여인입니다. 믿어주십시오."

막후의 다급한 변명이 그의 신법 요요보보다 빠르게 내뱉어졌다.

"형님, 어떻게 된 일입니까?"

막후가 자신에게 책임을 넘겨오자 이번에는 구염해가 사색이 되어 머리를 조아렸다.

"제 사람도 아닙니다."

그들을 노려보던 백양수의 섬뜩함이 다시 서린을 향했다.

"그럼 넌 누구냐?"

물론 대답할 생각도 대답할 수도 없었다.

백양수가 망설이지 않고 왼 주먹을 툭 내밀었다.

그의 주먹이 향한 곳은 서린을 향해서가 아니었다.

퍽!

그 가벼운 손짓에 가슴이 부서진 구염해가 그 자리에서 즉사했다.

"헉!"

그 끔찍한 모습에 막후는 비명조차 내지르지 못한 채 겁에 질려 부들부들 떨기 시작했다.

그때 입구 쪽에서 곽철과 함께 어정쩡하게 서 있던 혈랑이 자신도 모르게 소리쳤다.

"원주님!"

백양수가 힐끔 돌아본다는 기분이 드는 순간,

펑!

혈랑이 얼굴을 감싸 쥐며 뒤로 튕겨져 날아갔다.

바닥에 쓰러져 바들거리던 혈랑의 몸이 이내 떨림을 멈추었다.

그의 옆에 서 있던 곽철은 혈랑의 머리통이 터지면서 튄 핏물을 고스란히 뒤집어쓴 채 멍하니 서 있었다.

백양수와 사대철권의 눈에 곽철의 모습은 마치 공포에 질려 얼이 빠진 모습처럼 보였다.

곽철은 어떻게든 혈랑을 구해주고 싶었지만 그것은 지금의 상황에서 절대 무리였다.

그보다 천 배는 더 소중한 서린이 타인의 생명 따윈 전혀 관심없는 극악한 마인 앞에 무방비로 서 있었기 때문이다.

"주인이 죽어도 동요하지 않는 걸 보니 이자의 수하는 아니군."

서린은 그저 묵묵히 백양수를 바라볼 뿐이었다.

"으아악! 저도 아닙니다!"

자신이 다음 차례임을 어찌 모르겠는가?

막후의 애원이 신호인 양 나머지 약초 상자를 옮기고 있던 비원의 무인들이 사방으로 흩어져 달아났다.

"크악!"

다시 비명 소리가 이어졌다.

사대철권의 잔혹한 손속은 그들의 도주를 허용하지 않았다.

주먹질 몇 번에 그들 모두가 시체가 되어 바닥에 쓰러졌다.

비원의 무인들을 처리한 사대철권의 다음 목표는 한 옆에 멍하니 서 있는 곽철이었다.

그때 서린이 비로소 주먹을 쥐며 자세를 잡았다.

그 모습에 백양수가 의외란 표정을 지었다.

"권을 쓰는 여아라……. 특이하군."

백양수가 입을 열자 곽철을 향해 다가서던 사대철권이 잠시 행동을 멈추었다.

보통 강호의 여인들은 대부분 검을 사용했다.

호리호리한 체격의 어린 여인이 권을 사용한다는 사실에 백양수는 작은 호기심이 생겼다.

백양수는 눈앞의 여인이 보여주는 침착함에 그녀의 주먹이 제법 매서울 것이란 예감이 들었다.

비록 자신에게 기척은 들켰지만 그것은 강호의 그 누구도 피할 수 없는 일. 검성(劍聖)쯤 되는 고수가 작정하고 숨지 않는 이상 자신의 눈을 피하는 것은 불가능하리라.

"뭐, 아무래도 좋겠지. 죽여라."

생포해서 정체를 밝히니 어쩌니 이런 귀찮은 일 따윈 권마의 인생에서 사라진 지 오래였다.

일단 죽이고, 다시 그것이 화근이 되어 나타나면 또다시 죽이면 그뿐이었다.

사대철권이 잠시 곽철을 버려둔 채 서린에게로 다가섰다. 언제나 함께 움직이는 그들이었다. 넋이 나가 꼼짝도 못하고 있는 놈의 목을 따는 일 따윈 사부의 명령을 수행한 다음에 처리해도 충분한 일이었다.

그들이 일정한 간격을 유지한 채 그녀 앞에 일렬로 쭉 늘어섰다.

그녀를 포위한다거나 유리한 방위(方位)를 점하겠다거나 하는 일체의 행동이 생략된, 마치 눈앞의 모든 것을 그대로 날려 버리겠다는 그러한 모습이었다.

사대철권이 동시에 주먹을 내질렀다.

쐐애애애!

그들의 주먹에서 날아간 권풍이 바람을 찢어발기며 서린에게로 날아들었다.

꽈앙!

엄청난 폭음과 함께 구멍이 뻥 뚫려 위태위태하던 폐가가 그대로 무너져 내렸다.

먼지가 가라앉으면서 연출해 낸 놀라운 광경.

서린이 얼굴과 몸을 두 손으로 교차해 가로막은 그녀 특유의 방어 자세로 우뚝 서 있었던 것이다.

그러나 겉으로는 멀쩡해 보이는 그녀의 두 팔이 파르르 떨리고 있었다.

서린의 두 눈은 투기(鬪氣)로 불타오르고 있었지만 분명 큰 타격을 입은 것이 분명했다.

아니나 다를까, 그녀의 입에서 한줄기 핏물이 흘러내렸다.

"오호!"

그녀가 사대철권의 합공에도 쓰러지지 않자 백양수는 진심으로 감탄하지 않을 수 없었다.

"정말 정체가 궁금해지는군."

반면 권을 날린 사대철권은 당황한 표정이 역력했다.

서린이 반격을 하지 않고 그들의 권을 고스란히 몸으로 막아낸 것은 한 가지 이유 때문이었다.

이 싸움을 혼전(混戰)으로 가져가서는 안 된다는 생각.

자신이 그 공격을 피하기 위해 몸을 날리거나 반격을 한다면 당연히 그들은 연속해서 공격을 해올 것이다.

그것은 곧 한 마리의 표범과 네 마리 늑대와의 싸움.

그들을 쉽게 처리하기도 어려웠고, 반면 쉽게 당하지도 않을 것이다. 자연히 싸움이 길어질 것이고, 결국 권마가 개입하게 될 것이다.

권마와의 정면 대결은 곽철과 자신만으로는 생사투(生死鬪)를 벌인다 해도 승산이 없는 싸움이었다.

만약 권마를 제거 목표로 삼은 후 미리 작전을 세워 승부를 짓는다면 일말의 승산은 있겠지만 지금은 대책없이 마주친 상황이었다.

결국 천운(天運)이 연이어 따라준다 해도 고작해야 양패구상(兩敗俱傷).

도주 역시 불가능한 상황이었다. 자신이 희생한다면 어쩌면 곽철은 빠져나갈 수 있을 것이다. 하지만 자신을 두고 곽철이 달아날 리 없을 테니 결국 불가능한 선택이었다.

곽철과 서린은 살아남는 싸움을 해야 했다.

사대철권이 자신을 공격하기 위해 나섬에도 멍청히 서서 방관하고 있는 곽철의 모습에서 그녀는 확신할 수 있었다. 이 최악의 위기를 넘길 활로(活路)를 곽철이 반드시 찾아낼 것이라는 것을.

지금 이 순간에도 곽철은 이 위기를 극복할 방법을 고민하고 있을 것이다. 그것이 바로 그녀가 부상을 감수할지언정 이 싸움을 혼전으로 이끌어서는 안 되는 이유였다.

"풍투갑(風鬪鉀)!"

뒤늦게 그녀의 손목에 채워진 풍투갑을 발견한 백양수가 그제야 이해가 간다는 표정으로 고개를 끄덕였다. 주먹 하나로 마교의 칠마존에 오른 그가 풍투갑을 알아보지 못할 리 없었다.

"그래, 풍투갑이라면 이 아이들의 여린 손길 정도는 막아낼 수 있지."

백양수가 손짓을 해 줄지에 철권에서 여린 손길로 전락한 그들을 불러들였다.

그러자 그들이 일제히 물러섰다.

"풍투갑에 대한 예의로 직접 상대해 주마. 하지만 조심해야 할 거야. 내 주먹은 한낱 기보 따위로는 막을 수 없을 테니."

권을 쓰는 이들에게 있어 절세의 기보가 바로 풍투갑이었다.

풍투갑을 보자 절로 흥이 일기 시작한 백양수였다. 그것을 빼앗아 가지겠다는 생각이 아니라 과연 그것이 자신의 주먹을 어디까지 막을 수 있나 궁금해진 것이다. 뭐, 어쨌든 현재의 상황은 그에게 있어 여흥(餘興)에 불과했다.

백양수가 주먹을 말아 쥐었다.

그의 주먹에 힘이 들어가자 그 강맹한 기운에 바닥의 흙먼지가 튀어 오르기 시작했다.

우우웅!

권마의 마기에 반응한 풍투갑이 미친 듯이 울기 시작했다.

그 일촉즉발의 순간,

"마교에서는 왜 이것들을 필요로 할까?"

백양수는 물론 장내에 있던 사대철권의 시선이 한 사람에게 집중되었다.

그들 외 이곳에 살아 있는 세 사람 중 하나, 백양수와 사대철권이 잠시 그 존재를 잊고 있었던 바로 곽철이었다.

어느새 곽철이 마차 안이며 그 주위에 쌓인 상자들을 들여다보며 고개를 갸웃거리고 있었다.

건들거리는 듯 보이는 행동이었지만 이미 그의 기도는 원래의 모습을 되찾은 상태였다.

백양수의 표정에서 여유가 사라졌다.

상대가 자신의 이목을 두 번이나 속였다는 사실에 그는 내심 놀라고 있었다.

앞서 첫 대면에서 본신 내력을 숨긴 것도, 기척없이 마차에 다가간 것도 모두 놀라운 일이었다. 대단한 배짱과 놀랄 만한 신법, 거기에 곽철 특유의 여유까지 보태지자 자연 백양수의 감탄을 자아냈다.

"대단하군."

"자주 듣는 소리지."

곽철의 무례한 대답에 백양수의 온몸에서 살기가 솟구쳤다.

감히 권마에게 반말로 건방을 떨다니, 야무지게 죽을 마음을 먹지 않고서야 있을 수 없는 일이었다.

그 살기에 곽철이 머리를 조아리며 애원조로 말했다.

"제발 저희들을 그냥 보내주세요."

갑자기 돌변한 곽철의 모습에 백양수와 사대철권의 얼굴에 순간 의아함이 깃들었다.

슬그머니 고개를 들며 곽철이 히죽 웃었다.

"…라고 사정해도… 역시 안 되겠지? 너희는 나쁜 마교 놈들이니까."

상대가 자신들을 희롱하고 있다는 사실에 백양수는 기가 막혔다.

권마를 가지고 놀려드는 풋내기라……. 너무 어이가 없어 화가 나지도 않았다.

"너는 내가 누군지 알고 있느냐?"

"마교에서 주먹질하는 늙은이는 권마뿐이지."

“날 안다? 알면서도 이런다? 으하하하! 정말 재밌는 아이군.”

자신을 향한 이러한 무례는 실로 오랜만에 겪는 일이었다. 더구나 자신의 정체를 알면서도 그러한 일을 벌인다는 것은 한마디로 신선한 충격이었다.

“괜찮아?”

곽철이 입을 크게 벌려 서린에게 소리쳤다.

서린이 미소를 지으며 고개를 끄덕였다. 이미 왼팔이 탈골된 상태였고 가벼운 내상까지 입었지만 살아 나갈 수만 있다면 경미한 부상에 불과했다.

백양수가 나지막이 엄포를 놓았다.

“너는 지금 네 자신을 걱정해야 할 것이다.”

백양수가 한 발짝 앞으로 다가선 순간이었다.

곽철이 다짜고짜 무엇인가를 불쑥 내밀었다.

그의 손에 들린 하나의 검붉은 구슬.

“진천뢰(震天雷)?”

그것을 바라보는 백양수의 눈빛은 가소로움 그 자체였다. 놈의 여유가 고작 이따위 것 때문이었나 하는 생각에 실망감까지 드는 순간이었다.

“그 따위 것으로 날 죽일 수 있다고 여기느냐?”

그러자 곽철이 한숨을 푹푹 내쉬었다.

“아쉽게도 그건 아니야. 그냥 콱 죽어주면 고마울 텐데.”

진천뢰의 폭파 반경은 삼 장. 날아드는 그것을 그대로 맞아줄 리도 없었지만 설령 맞는다고 해도 권마의 호신강기라면 찰과상(擦過傷)도 입히기 어려웠다.

"그럼 그것으로 자결이라도 할 생각이냐?"

사대철권이 이를 드러내며 웃었다.

"물론 그것도 아니지. 하지만 난 이것이 우리 모두를 구할 수 있으리라 믿어."

"……?"

"난 이걸 저 마차에 던질 생각이거든."

순간 백양수의 눈빛이 찰나지간 흔들리는 것을 곽철은 놓치지 않았다.

"내 생각에는 말이지, 저 물건들이 그 귀하신 권마 어르신을 직접 나서게 할 만큼 중요한 것이란 생각이 자꾸 든단 말이야?"

순간 장내에 차가운 침묵이 흘렀다.

"그걸 던지기 전에 네놈은 죽는다."

지금까지 다소 여유로웠던 백양수의 목소리에 진득한 살기가 실렸다.

곽철 역시 지지 않고 눈에 힘을 주었다.

"내기해도 좋아. 네가 빠른지 내가 빠른지."

백양수의 양쪽 볼이 경련으로 꿈틀거리기 시작했다.

"이놈, 그 따위 협박에 내가 물러서리라 여겼더냐?"

백양수가 버럭 소리를 지르며 달려들려는 순간,

"던진다!"

"안 돼!"

곽철이 당장에라도 진천뢰를 던져 버리려는 시늉을 하자 백양수가 화들짝 놀라 물러섰다.

"이래 죽으나 저래 죽으나 마찬가지야! 내 눈 똑바로 봐! 이게 살고 싶은 놈 눈인지."

곽철의 눈빛은 무섭게 타오르고 있었다.

마치 인생 포기한 파락호의 처절한 인질극에서나 볼 수 있을 그런 눈빛이었다.

"이 자식들아, 물러서!"

오히려 곽철이 앞으로 달려들자 백양수와 사대철권이 다시 뒷걸음질쳐 물러났다.

'이런 개 같은 경우가!'

백양수는 울화가 치밀어 머리통이 터지기 직전이었다.

설마 놈이 이런 식으로 나올 줄 상상도 못했다.

진천뢰가 터지든지 말든지 당장에 놈을 가루로 만들어 아득아득 씹어 먹고 싶었지만 마차에 실린 물건들은 그가 기분대로 처리할 그런 것들이 아니었다.

마차에 실린 약초들은 바로 고루신마의 새로운 강시 신마기를 위한 대법의 재료였다.

그것을 잃어서는 안 될 가장 큰 이유는 바로 그것들을 다시 모을 시간이 없다는 것이었다.

혹시라도 마차가 폭발이라도 한다면…….

오늘의 일은 마교의 대업을 망친 가장 유명한 사례(事例)가 되어 마교 역사에 자신의 이름을 남기게 될 것이다.

마구잡이로 움직이는 것 같았지만 곽철의 신법은 권마의 기습 공격을 피하기 위해 변화무쌍하게 움직이고 있었다.

"이 비겁한 놈이!"

결국 사대철권 중 하나가 분을 참지 못하고 소리치자 곽철이 더욱 방방 뛰었다.

"뭐? 비겁? 다섯이서 둘에게 덤비는 놈들이 비겁 타령을 해? 너, 이 개자식, 아까 저 사람들 다 죽였지? 힘 좀 세다고 약한 사람 죽이는 건 안 비겁해? 확 주둥이 한 번만 더 놀리면 바로 던진다!"

말을 꺼낸 사내의 얼굴이 시뻘겋게 달아올랐지만 아무 대꾸도 하지 못했다.

"뒷감당 자신있음 덤벼, 이 새끼들아! 확 터뜨리고 나도 뒤질 테니 까!"

곽철의 그러한 미친 파락호 같은 언행들은 의도된 것이었다.

상대에게 좀처럼 생각할 틈을 주지 않기 위함이었다.

자신은 결코 이것을 마차에 던질 수 없었다.

지금 상황에서 마차가 폭발한다면 미쳐 날뛰는 권마의 분노를 감당할 수 없을 것이기 때문이었다.

결국 던지면 자신과 서린도 죽게 될 것이다.

백양수와 사대철권이 그러한 생각에 이르지 못하도록 막는 방법은 미친 듯이 설쳐 대는 것뿐이었다. 자신의 이런 경솔한 모습이 그들에게 불안감을 심어주고 있을 것이다.

다시 곽철이 서린을 향해 소리쳤다.

"린아, 어서 저놈 데리고 가!"

서린은 망설이지 않았다.

남아 있는 곽철을 걱정하는 것은, 그래서 의리를 위해 혼자 두고 떠날 수 없다는 의사 표시를 하는 것은 그야말로 어리석은 짓이었다. 자신과 막후가 떠나는 것이 곽철을 돕는 일이란 것을 그녀는 잘 알고 있었다.

서린이 몸을 날려 한구석에 몸을 웅크리고 있던 막후의 손을 잡아끌 었다.

막후가 일단 튀고 보자는 마음으로 벌떡 일어나 서린을 따라나서려 는 그 순간이었다.

흐릿한 자색 물결이 사람의 사이로 번뜩였다.

스걱!

머리털이 곤두서는 불쾌한 소리가 들리는 순간 서린은 잡아끄는 막 후의 팔이 가벼워졌다는 것을 느꼈다.

그녀가 막후를 향해 고개를 돌리는 순간,

파파파파!

잘려진 막후의 어깨에서 그녀의 얼굴로 피가 뿜어져 나왔다.

"으아아아!"

처절한 막후의 비명 소리. 피어오르는 지독한 혈향.

흠뻑 피를 뒤집어쓴 서린이 순간 멍한 얼굴이 되었다.

그녀의 손에 들린 막후의 팔.

온몸으로 전해져 오는 끔찍한 전율.

툭.

서린의 손에 들려 있던 막후의 팔이 바닥으로 떨어졌다.

서걱! 서걱!

다시 허공을 가르는 자색 물결에 막후의 몸이 갈가리 갈라지며 바닥 으로 허물어졌다.

순식간에 벌어진 일이었다.

서린의 입이 벌어졌다.

아무 소리도 나오지 않았지만 그녀는 지금 비명을 지르고 있었다.

강호의 숱한 죽음을 접한 그녀였지만 눈앞의 죽음은 너무나 참혹했다.

"조심해!"

곽철의 다급한 외침을 그녀는 보지 못했다.

그녀의 시선은 이제 그 형체조차 알아볼 수 없는 막후의 시체를 향해 있었다.

탁! 탁!

누군가 그녀의 등 뒤 혈도를 제압했다.

스르륵.

다시 그녀의 뒤에서 목덜미를 움켜쥐는 하나의 손.

그녀 뒤로 어느새 한 여인이 서 있었다.

백양수의 표정이 환하게 밝아졌다.

"환요(幻妖)!"

백양수에게 가볍게 목례를 건네는 여인은 바로 또 다른 마교칠마존 중 하나인 환요(幻妖)였다.

환요 단여옥(檀呂玉)!

마교의 칠마존 중 가장 무공이 강한 이가 권마였다면 잔인한 심성으로 최고인 이가 바로 그녀였다.

마인들조차 치를 떨 정도의 살심을 지닌 그녀. 호랑이와 늑대들이 우글거리는 그곳으로 다시 독기(毒氣)가 오를 대로 오른 독사가 등장한 것이다.

환요가 서린의 목덜미를 움켜쥔 채 그녀를 들어 올렸다.

"끄윽!"

서린의 입에서 흘러나오는 신음 소리가 곽철의 심장을 뒤흔들고 있었다.

"그 아이를 놔줘! 당장 던져 버린다?"

곽철의 다급한 외침에 그녀가 요사스런 눈웃음을 쳤다.

"호호호! 어디, 던져 봐."

환요의 또 다른 손에 들린 자색 채대(紫色彩帶)가 살아 있는 것처럼 꿈틀거리고 있었다.

마치 곽철이 진천뢰를 던진다면 그 순간 서린을 산산조각 내버리겠다는 그러한 모습이었다.

그 순간 곽철의 머리 속은 텅 비어버렸다.

그의 빛나는 재치도 뛰어난 순발력도 서린이 죽을지도 모른다는 공포에 짓눌려 사라져 버렸다.

'구할 수 없다!'

오직 그 생각만이 머리 속을 가득 메우기 시작했다.

하나만도 벅찬 칠마존이 둘씩이나 나타났다.

곽철의 몸이 떨리기 시작했다.

과거 질풍조의 그 위험한 임무에서도 이렇게 몸이 떨린 적은 단 한 번도 없었다.

단번에 곽철의 상태를 알아본 백양수가 성큼성큼 다가섰다.

그의 커다란 손이 곽철의 뺨을 후려갈겼다.

빡!

곽철의 고개가 사정없이 돌아갔다.

백양수가 그의 얼굴을 후려갈겼음에도 그는 피하지 못했다. 아니, 피할 수 없었다.

"던져 보라니까!"

빡!

다시 곽철의 얼굴이 세차게 돌아갔다.

평소의 백양수라면 일수에 곽철을 때려 죽였을 것이다.

그러나 그러기에는 지금 백양수의 분노가 너무 컸다. 새파란 젊은 놈에게 농락당했다는 생각에 두고두고 오늘이 떠오를 것이다.

퍽!

곽철의 입술이 터지고 눈 아래가 찢어졌다.

진천뢰를 움켜쥔 곽철의 손이 부들부들 떨고 있었다.

백양수가 진천뢰를 빼앗아 들었다.

"이까짓 것으로 날 희롱했단 말이지?"

그의 손바닥 위로 하얀 빛이 감돌기 시작했다.

권마의 호신강기가 진천뢰를 감싸는 순간,

꽈앙!

진천뢰가 엄청난 폭음과 함께 그의 손에서 폭발했다.

놀랍게도 백양수의 손바닥에는 긁힌 흔적 하나 없었다.

퍽!

다시 그 커다란 주먹이 그대로 곽철의 복부를 후려쳤다.

"감히 본 교를 상대로 장난을 치다니!"

곽철이 바닥을 뒹굴었다.

백양수가 쓰러진 곽철을 거칠게 일으켜 세웠다.

꽈악!

백양수의 손이 곽철의 목을 죄기 시작했다.

"어떻게 죽여주랴?"

숨이 막혀 얼굴에 핏기가 사라지는 와중에도 곽철의 시선은 서린을 향해 있었다.

곽철의 그 안타까운 눈빛에 단여옥이 깔깔거리기 시작했다.

"호호호, 이 아이를 좋아하는군."

서린이 몸부림을 치며 벗어나려고 했지만 아무 소용이 없었다.

"요 귀여운 것들, 함께 죽여줄게."

환요의 손아귀 힘이 강해지기 시작했다.

서린의 목에 박힌 손톱 끝에서 피가 흘러나오기 시작했다.

"끄윽!"

서린의 입에서 신음성이 흘러나왔다.

"…아… 안 돼, 그… 아이… 는……!"

곽철의 간절한 애원을 두 마인은 즐기고 있었다.

두 사람의 호흡이 점차 가빠지기 시작했다.

다시 곽철의 입에서 가늘게 떨려 나오는 한마디.

"미… 미안해."

서린의 눈에서 눈물이 흘러내렸다. 그녀가 고개를 흔들려고 했지만 목이 움직여 주질 않았다. 모든 게 자신 때문이란 자책감에 그녀는 자신이 죽는다는 두려움보다 곽철에 대한 미안함에 너무나 괴로웠다.

두둑!

그렇게 두 사람의 목이 부러지기 직전,

덜컹.

미처 마차에 실리지 못한 상자들 중 하나의 뚜껑이 열렸다.

깜짝 놀란 백양수와 단여옥의 시선이 그곳으로 향했다.

약초 더미 속에서 기풍한이 부스스 일어났다.

그들을 향해 고개를 돌리며 기풍한이 차분하게 말했다.

"그 손 놔."

한줄기 서늘한 바람이 마기를 가르며 불어왔다.

第17章

격돌

격
돌

이제 막 잠에서 깬 듯 그 나른한 한마디는 두 거마(巨魔)를 움찔하게 만들 묵직한 경고가 담겨 있었다.

곽철의 고개가 힘겹게 기풍한을 향해 돌아갔다.

그의 목을 움켜쥔 백양수는 굳이 그것을 막지 않았다.

"오셨습니까?"

언제나 변함없는 기풍한의 미소.

"기왕 나서줄 거면 좀 일찍 나서주지 꼭 이런 식이라니까, 쪽팔리게."

퉁퉁 부은 곽철의 입가에도 희미한 미소가 지어졌다.

그의 말대로 기풍한은 조금 더 일찍 나서줄 수도 있었다.

비록 마교제일의 은신술(隱身術)을 지닌 환요에 의해 막후가 죽음을 당하는 것까지는 막아주지 못했겠지만 적어도 권마에게 곽철이 당하기 전에 등장할 수는 있었다.

기풍한이 잠시 상황을 좀 더 지켜본 것은 두 가지 이유 때문이었다.

첫 번째 이유는 바로 곽철이었다.

질풍조원들 모두가 서린을 아꼈지만 특히 곽철은 유난히 그녀를 아꼈다. 그리고 그 마음은 곧잘 오늘과 같은 최악의 행동으로 이어졌다.

그녀가 환요에게 제압당하는 순간 곽철은 그대로 몸이 굳어버렸다.

그 대상이 서린이 아니었다면?

분명 곽철은 좀 더 신속하고 냉철한 대처를 했을 것이다. 비록 권마와 환요를 홀로 감당하지 못할지라도 이렇게 무기력하게 당하지는 않았을 것이다.

그것이 어떤 감정이든 중요하지 않았다.

분명한 것은 그 마음의 흔들림이 초식의 허점보다 백 배는 더 위험하다는 것이었다.

기풍한은 곽철이 그것을 극복해 주기를 바랐고, 오늘의 이 경험이 그를 조금이라도 더 강하게 만들어주기를 바란 것이다.

그리고 또 하나의 이유는 될 수 있으면 나서지 않게 되기를 바라는 마음. 어떻게든 이 자리를 피하고 싶은 마음. 그것은 상대에 대한 두려움 때문은 아니었다.

어쨌든 기풍한의 등장으로 상황이 바뀌기 시작했다.

마치 무공을 익힐 때 사용하는 나무 인형처럼 속수무책으로 백양수에게 매질을 당하던 곽철의 얼빠진 눈동자가 제자리를 찾았다.

서린 역시 공포와 분노에서 벗어나기 시작했다.

단 한 사람의 등장으로 그들이 안정을 찾자 두 마인은 더욱 조심스러워졌다.

그때 문득 환요의 머리 속을 스치는 하나의 생각.

"호호호, 알겠군, 알겠어."

환요의 눈매가 매서워졌다.

"통이문주 그년을 빼돌린 것이 바로 그대로군."

기풍한은 그저 미소만 지을 뿐이었다.

백양수는 물론 곽철이나 서린 역시 이해할 수 없는 말이었다.

그녀의 그 말은 기풍한이 약초 상자에 숨어 있던 이유는 물론 환요가 이곳에 나타난 이유까지 모두 설명해 주고 있는 말이었다.

어쨌든 지금의 위기를 넘긴다면 자연 알게 될 일이었다.

기풍한이 백양수와 환요를 향해 담담히 말했다.

"계속 그러고 있을 작정이오?"

두 사람을 그렇게 계속 붙잡고 있을 것이냐는 물음.

물론 권마와 환요에게 있어 인질 따위를 사용하는 것은 상대가 빌며 사정을 해도 이쪽에서 거절할 일이었다.

그럼에도 두 사람은 여전히 그들을 제압한 채 놓아주지 않고 있었다.

그만큼 기풍한의 기도는 대단했다.

"통이문주는 지금 어딨지?"

환요의 차가운 물음에 기풍한이 고개를 가로저었다.

"알려줄 수 없소."

"호호호, 과연 그럴까?"

환요가 다시 서린을 번쩍 들어 올렸다.

그녀의 목에 박힌 손톱이 더욱 깊게 박혀들기 시작했다.

"이래도 말하지 않을 테냐?"

기풍한과 서린의 눈빛이 마주쳤다.

자신을 바라보는 기풍한의 담담한 눈빛.

꾸욱.

밀려드는 고통 속에서도 서린은 미소 짓고 있었다.

"잠깐! 내가 말하겠소!"

다급한 곽철의 말에 환요가 잠시 손길을 멈추었다.

"호호호, 귀여운 녀석. 네놈이 모른다는 것은 알고 있으니 헛수작 부릴 생각은 말거라. 호호호!"

"젠장! 눈치도 빠르시오, 누님!"

"호호호!"

누님이란 말에 환요가 더욱 깔깔거렸다.

"하지만 그보다 더 중요한 말이 있소."

"그게 무엇이냐?"

곽철의 시선이 자신의 목을 움켜쥔 백양수를 향했다.

"영감, 뭐 잊은 거 없소?"

"……?"

"나 두들겨 팬다고 신나서……."

곽철이 히죽 웃었다.

"내 혈도를 제압하는 걸 잊으셨소."

말이 채 끝나기도 전,

퐈아아앙!

순간 곽철의 가슴이 빛나면서 백풍비가 폭사되었다.

"큭!"

파파파파!

본능적으로 백양수가 뒤로 튕겨 나가며 두 손을 휘둘렀지만 이미 몇 자루의 백풍비가 그의 몸에 박힌 후였다.

퉁! 퉁! 퉁!

백양수의 호신강기에 백풍비가 튕겨 나갔다.

곽철이 백풍비를 사용하지 못했던 것은 오로지 인질이 된 서린 때문이었다. 이제 기풍한이 나타난 이상 더 이상 망설일 필요가 없었던 것이다.

백풍비를 튕겨내면서 백양수의 몸이 허공으로 날아올랐다.

그의 뒤를 따라 수십 자루의 백풍비가 꼬리를 이어 날아들었다.

"죽여!"

환요을 돌아보며 백양수가 외쳤다.

그러나 환요는 그 말을 실행하지 못했다.

쐐애애애!

잠시 그들에게 시선을 빼앗긴 그 순간, 순식간에 거리를 좁혀온 기풍한의 도가 자신의 얼굴을 내리찍고 있었던 것이다.

파앗!

서린을 방패로 삼아 튕겨내며 환요의 신형이 사라졌다.

가가각!

기이한 소리를 내며 기풍한의 도가 각도를 틀었고, 아슬아슬하게 서린의 얼굴을 스치며 지나갔다.

파라라라!

자색 물결이 빛을 울렁거리며 기풍한과 서린을 향해 날아들었다.

주르륵.

서린의 몸을 잡고 기풍한이 뒤로 미끄러졌다.

서걱! 서걱!

두 사람이 서 있던 빈 공간이 수십 가닥으로 갈라졌다.

탁!

뒤로 물러서면서 기풍한이 재빨리 서린의 혈도를 풀기 시작했다.

"어림없다!"

파라라라!

다시 환요의 채대가 무서운 속도로 날아들었다.

서걱서걱.

기풍한이 재빨리 서린을 밀어냈고, 두 사람 사이의 공기가 갈가리 찢어졌다 다시 합쳐졌다.

슈욱!

이번에는 기풍한의 도가 바람을 갈랐다.

휘리리릭!

그 순간 채대가 방향을 바꾸어 도를 휘감으며 한 마리의 뱀처럼 기풍한의 팔뚝으로 미끄러져 왔다.

팍!

팔뚝을 휘감는 순간 기풍한이 도를 바닥으로 떨어뜨리고는 그 채대를 맨손으로 움켜쥐었다.

쫘악.

팽팽하게 당겨지는 순간 그 채대의 끝에서 환요가 모습을 드러냈다.

환요의 표정은 그야말로 경악 그 자체였다.

"미친! 환마편(幻魔鞭)을 맨손으로 잡다니!"

환마편은 바로 환요의 독문 병기로 청강검도 싹둑 잘라 버리는 무서운 마병이었다.

"끝이다!"

차라라라!

환마편이 더욱 강하게 기풍한의 팔뚝을 죄어왔다.

우우웅!

기풍한의 호신강기가 찢어지며 그 사이를 환마편이 파고들기 시작
했다.

툭툭툭!

핏물이 사방으로 튀어 올랐지만 끝내 기풍한의 팔뚝은 잘려 나가지
않고 있었다.

환마편을 잡아당기며 기풍한이 다시 옆에 서 있는 서린에게 몸을 날
렸다.

탁! 탁! 탁!

재빠른 기풍한의 손짓에 제압당한 서린의 혈도가 풀렸다.

혈도가 풀리기가 무섭게 서린이 몸을 날렸다.

그녀의 목표는 환요가 아니었다. 바로 곽철을 향해 달려들던 사대철
권을 향해서였다.

슉슉슉!

사대철권이 자신을 향해 달려드는 그 순간에도 곽철의 백풍비는 허
공으로 날아오른 백양수를 향해 끊임없이 날아들고 있었다.

퉁! 퉁! 퉁!

숨 쉴 틈 없이 날아드는 백풍비를 백양수가 모두 튕겨내고 있었다.
그나마 첫 기습 공격을 성공하지 못했다면 이미 백양수는 반격을 개시
했을 것이다.

다행히 백양수는 그저 백풍비를 막아내는 데 모든 정신을 집중하고

있었다.

펑! 펑! 펑!

사대철권을 향해 서린의 주먹이 연이어 내질러졌다.

이제 막 혈도가 풀린 탓에 원래의 위력은 발휘하지 못했지만 사대철권 또한 그녀의 공격을 전혀 예상치 못한 상태였다.

"큭!"

사대철권 중 하나가 그대로 그녀의 권풍에 쓰러졌다.

남은 세 철권이 방향을 바꾸어 그녀를 공격하기 시작했고, 이내 삼대 일의 싸움이 시작되었다.

슉! 슉! 슉!

다행히 사대철권은 서린이 막았지만 곽철의 표정은 점차 굳어져 가고 있었다.

백풍비가 거의 다 떨어져 가고 있었던 것이다.

괴물 같은 백양수는 온몸에 비수를 박은 채 거침없이 백풍비를 튕겨 내고 있는 것이다.

이윽고 마지막 백풍비마저 튕겨낸 백양수가 바닥으로 사뿐히 내려 왔다.

"겨우 이 정도냐?"

결국 내력의 부족이었다.

만약 같은 공력을 가졌다면 결코 백양수는 그의 백풍비를 이렇게 쉽게 막아내지는 못했을 것이다.

백양수의 표정이 흉측하게 변하면서 몸에서 마기가 폭발했다.

구우우웅!

그 순간 곽철은 백양수의 몸이 커진다는 착각이 들었다.

그의 근육이 솟아오르며 몸에 박힌 백풍비가 스르륵 빠져나왔다.

곧이어 피부색이 붉게 변하며 마치 마불(魔佛)을 지키는 금강야차(金剛夜叉)의 모습으로 바뀌기 시작했다.

"영감, 무섭게 왜 이래?"

그 와중에도 농담을 잊지 않는 곽철이었지만 자신도 모르게 뒤로 물러서고 있었다.

그 모습에 기풍한의 몸놀림이 더욱 빨라졌다.

곽철의 신법이라면 몇십 수 정도는 피할 수 있겠지만 그 이상은 무리였다.

팍!

기풍한이 바닥에 떨어뜨렸던 도를 힘차게 걷어찼다.

슈우욱!

도는 정확히 환요를 향해 날아갔다.

"어림없다!"

환요가 날아드는 도를 피해 허공으로 날아올랐다.

핑!

팽팽하게 당겨진 환마편.

두 사람 모두 환마편을 놓지 않았기에 날아오른 환요는 허공에서 멈췄다.

마치 바람을 받아 곧 끊어지려는 연과 같은 모습이었다.

그때 기풍한의 또 다른 손이 살짝 움직였다.

쉬이잉!

그러자 환요를 지나쳐 날아가던 도가 회전을 시작했다.

'이기어도!'

환요는 경악하지 않을 수 없었다.

'환마편과 맞서면서 이기어도를 시전하다니!'

지이이잉!

환마편이 더욱 무섭게 꿈틀대며 요동을 쳤다.

픽! 픽! 픽!

기풍한의 살가죽이 찢어지며 피가 사방으로 튀었다.

그러나 기풍한은 환마편을 놓지 않았다.

오히려 환마편을 조금씩 잡아당기며 환요의 행동 반경을 좁히고 있었다.

'강하다!'

환요의 마음을 지배하기 시작한 두려움.

쉭! 쉭! 쉭!

환요가 미친 듯이 암기를 뿌려댔지만 기풍한은 쉽게 그것을 맞아주지 않았다.

슈우욱!

다시 기풍한의 도가 환요의 얼굴을 스쳐 지나갔다.

슉슉슉!

슈우욱!

줄 하나를 사이에 두고 두 사람의 공수(攻守)가 끊임없이 이어졌다.

두 사람 사이의 거리는 점차 가까워졌다.

슈우욱!

다시 큰 회전을 그리며 자신을 향해 날아들기 시작한 도.

'이대로라면 당하고 만다!'

환요의 눈빛에 어떤 결심이 서는 순간,

파앗!

환요의 몸이 허공에서 사라졌다.

팽팽하던 환마편이 바닥으로 떨어졌다.

환요가 결국 자신의 독문 병기를 포기한 것이다.

쉬이익!

도는 그냥 허공을 스치며 지나갔다 다시 큰 원을 그리며 기풍한에게
로 되돌아오고 있었다.

기풍한의 두 눈이 무섭게 주위를 둘러보았다.

펑! 펑!

권마의 권풍을 피해 몸을 굴리는 곽철의 모습이 들어왔다.

그나마 마차 주위를 돌며 몸을 피하는 탓에 가까스로 버티고 있었
다. 권마는 차마 마차를 날려 버릴 일격을 가하지 못하고 있었던 것이
다.

게다가 서린과 사대철권과의 격전으로 이미 주위는 소란스런 상태
였다.

이 같은 상황에서 환요의 은신을 발견하는 것은 거의 불가능했다.

'어디지?

기풍한의 온몸의 신경이 극도로 곤두섰다.

날아갔던 기풍한의 도가 그의 손으로 회수되는 그 순간,

스르륵.

도의 뒤쪽에서 환요의 모습이 나타났다.

"죽어!"

환요가 기풍한의 도를 가로채 그대로 기풍한의 몸을 그었다.

슈우웅!

쉬이잉!

허공을 가르는 두 줄기의 빛.

서걱!

몸이 갈라지는 끔찍한 소리.

교차한 두 사람은 미동도 하지 않고 있었다.

그 무서운 소리에 장내의 모든 싸움이 중단되었다.

모두의 시선이 집중된 그 순간,

파파파파!

이어 환요의 가슴에서 피분수가 일기 시작했다.

"아아악!"

그녀의 찢어지는 비명 소리.

다시 몇 발짝 걸음을 옮기던 그녀가 그대로 쓰러졌다.

돌아선 기풍한의 손에 들린 한 자루의 검.

피가 뚝뚝 떨어지는 검신에 새겨진 글자.

천풍(天風).

지금까지 도(刀)만을 사용해 오던 기풍한의 천풍검(天風劍)이 드디어 모습을 드러낸 것이다.

장내를 흐르는 무거운 침묵.

백양수도 사대철권도 환요가 기풍한에게 당할 줄은 꿈에도 생각하지 못했기에 잠시 말문을 잃었다.

그때 기풍한의 손에 들린 검을 본 백양수가 깜짝 놀라 소리쳤다.

"천마검(天魔劍)! 그 검을 어떻게 네놈이?"

자신의 검을 가만히 내려다보던 기풍한이 한숨을 내쉬었다.

결코 뽑지 않으려 했던 검이다.

그러나 환요의 그 마지막 한 수는 검을 뽑지 않고서는 결코 막아낼 수 없는 그러한 공격이었다.

"이 검은… 천풍검이오."

"개소리! 그 검은 틀림없는 천마검이다!"

"잘못 보셨소."

"미친 소리! 그 검은 본 교의… 아, 설마……?"

무엇인가가 백양수의 뇌리를 강타했다.

천마검은 오랫동안 잊고 있었던 한 소년의 얼굴을 떠올리게 해주고 있었다.

그 소년의 얼굴이 기풍한과 겹쳐지면서 하나로 합쳐졌다.

백양수의 표정이 놀람에서 반가움으로, 다시 분노에서 서글픔으로 이어졌다.

우우웅!

그의 부푼 근육이 바람 빠진 풍선처럼 다시 본래의 모습으로 돌아왔다.

"아직 살아 있었더냐?"

백양수를 바라보는 기풍한의 눈빛이 떨리고 있었다.

"기억하시는군요, 이십 년이나 지났는데."

백양수의 얼굴에 복잡한 감정이 피어올랐다.

"그렇군. 반숙 그자는 이미 알고 있었군, 네가 살아 있다는 것을."

반숙은 마교의 군사.

이번 약초 수집의 일이 아무리 중요하다 해도 자신이 나설 일은 결코 아니었다.

그러나 반숙은 기천기의 명까지 빌어 굳이 자신에게 부탁했다.

말없이 기풍한을 응시하던 백양수가 담담하게 물었다.

"형을 원망하느냐?"

기풍한의 검이 백양수를 향해 겨눠졌다.

"그만 돌아가시오."

백양수가 짤막한 한숨을 내쉬었다.

곽철과 서린, 그리고 사대철권은 아무 말도 하지 않은 채 그저 두 사람을 바라볼 뿐이었다.

덜컹!

백양수의 손짓에 환요의 시체가 마차 위로 날아갔다.

그러자 사대철권이 남은 상자들을 재빨리 싣고 마차를 몰기 시작했다. 기풍한은 굳이 그들이 마차를 몰고 나가는 것을 제지하지 않았다.

백양수가 천천히 그 뒤를 걸어나갔다.

입구에서 그가 돌아섰다.

"다시 만나게 될 것이다."

기풍한은 그저 하늘을 올려다보고 있을 뿐이었다.

그렇게 그들이 모두 사라지자 곽철이 제자리에 털썩 주저앉았다.

"휴, 힘들다. 과연 칠마존이 무섭긴 무섭네."

서린 역시 긴장이 풀렸는지 그 옆에 나란히 앉았다.

곽철이 서린의 목 상처를 조심스럽게 살폈다.

"괜찮아?"

서린이 미소를 지으며 고개를 끄덕였다.

스스스슥.

사방에 흩어져 있던 백풍비가 곽철의 손으로 회수되기 시작했다.

백풍비가 모두 회수될 때까지도 기풍한은 말없이 하늘만 올려다보고 있었다.

곽철과 서린 역시 말을 아끼고 있었다.

권마와의 대화를 모두 들은 그들이었다.

누구보다 눈치가 빠른 곽철이었다.

그러나 곽철과 서린은 약속이나 한 듯 기풍한에게 아무것도 묻지 않았다.

곽철이 뒤로 벌러덩 누웠다.

평화롭게 떠가는 새하얀 뭉게구름을 보며 곽철이 중얼거렸다.

"팔용이 놈, 내 술까지 다 처먹었겠네."

다음날 아침, 태원 인근 천룡맹 소속 안가(安家).

섬서 지단으로 귀환하기 위해 바쁘게 움직이는 이들은 질풍조원들이었다.

"왜 죽다 살아온 내가 마차 따윌 빌리러 다녀야 하느냐고!"

그곳으로 마차를 몰고 들어오던 곽철의 투덜거림에 화노가 미소를 지었다.

"어쩌겠느냐? 너 말고는 할 사람이 없는데. 늙은 내가 하랴?"

"팔용이 놈은 도대체!"

화노는 말이 필요없다는 표정으로 손가락을 들어 한곳을 가리켰다.

그 손가락의 끝에는 얼굴이 홍당무처럼 붉어진 한 마리의 멧돼지가 여인들 사이에서 재주를 부리고 있었다.

"뭐 더 도와드릴 일은 없습니까?"

팔용의 더듬거림에 매란국죽 네 여인이 환하게 웃었다.

그러자 반사적으로 팔용의 몸이 배배 꼬이기 시작했다.

첫째 매(梅)가 미안하다는 얼굴로 말했다.

"셋째가 팔의 통증이 심하네요. 혹시⋯⋯."

우당탕탕!

말이 채 끝나기도 전에 팔용이 무서운 속도로 화노를 향해 달려왔다.

흡사 분노가 폭발해서 적들을 향해 돌진하는 듯한 그 무시무시한 기세에 화노는 물론 옆에 서 있던 곽철마저 화들짝 뒤로 물러섰다.

화노를 덮치듯 달려온 팔용이 일언반구도 없이 화노의 가죽 주머니를 뒤지기 시작했다.

마치 배고픈 멧돼지가 민가로 내려와 가마솥에 머리를 처박은 그런 모습이었다.

무관에서 키우는 개가 땅바닥을 구르면 나려타곤(懶驢陀滾) 정도는 된다던가?

약장사 보조 사 년에 용케도 통증을 멎게 하는 약을 찾아낸 팔용이 화노와 곽철에게는 시선 한 번 주지 않고 다시 달려갔다.

무시무시한 집중력이었다.

쿵쿵쿵!

다시 그 야생의 멧돼지가 얌전한 애완용 돼지로 변신했다.

"이 약이면 충분할 것입니다."

"호호, 감사드려요."

화사한 꽃밭을 뒹굴며 입이 함지박만하게 벌어진 팔용을 보며 두 사람이 고개를 가로저었다.

"늦바람이 무섭군."

화노의 말에 곽철이 어이없다는 표정으로 말했다.

"바람이 아니라 태풍이군요."

"결국 자네가 마차를 빌려야 할 이유이기도 하지."

"질풍조에 신입 하나 받아야겠군요. 저놈 곧 통이문으로 입문하겠다고 설쳐 댈 테니."

"충분히 가능한 이야기야."

두 사람이 다시 마주 보고 웃었다.

"그나저나 어떻게 된 일이오?"

"기 조장이 그들을 구해왔네."

그러니까 질풍조가 막후 체포를 위해 섬서 지단을 떠나던 팔 일 전, 작전에 참여하지 않겠다던 기풍한과 단화경이 향한 곳은 통이문이었다.

사마진서의 명령에 수상한 점을 발견한 기풍한이 그녀에게 몇 가지 더 알아볼 요량으로 간 것이었는데 통이문은 이미 마인들의 공격을 받고 있었다.

다행히 늦지 않게 통이문주와 매란국죽을 구해내 태원으로 달려온 것이다.

그녀를 통해 듣게 된 정보로 마교의 개입을 알아낸 기풍한이 미리 약초 상자에 숨어들었던 것이다. 비원 무인들의 눈을 피해 숨어드는 것은 기풍한으로서는 매우 쉬운 일이었다.

화노로부터 대충 이야기를 듣고 곽철이 고개를 끄덕였다.

"통이문주는 괜찮소?"

"목숨에는 지장이 없네. 다행히 용린갑을 입고 있었네."

곽철은 잠시 말이 없었다. 용린갑을 기풍한이 그녀에게 주었다는 사실을 뒤에 듣고 알고 있었다.

"조장 머리 속에는 뭐가 들어 있을까요?"

화노는 그저 미소로 대답을 대신했다.

그때 저 멀리 팔용의 우렁찬 목소리가 들려왔다.

"앞으로 제가 책임지고 지켜 드리겠습니다! 으하하!"

곽철이 다시 고개를 가로저었다.

"신났군, 신났어. 부도 전표 마구 남발하는구먼."

그때 뒤에서 누군가가 쏘아붙였다.

"네놈 같은 바람둥이는 저 마음, 절대 이해할 수 없지."

어느 틈에 비영과 서린이 그들 뒤에 서 있었다.

"흥! 얼음장 네놈은 이해가 되고?"

두 사람이 으르렁거리며 서로를 노려보자 그 사이로 서린이 폴짝 뛰어들었다.

둘을 번갈아 돌아보는 화사한 미소에 분위기는 순식간에 따스해졌다.

곽철이 서린의 볼을 잡아당기며 말했다.

"저 여인들도 아름답다만 우리 린이에게는 안 되지. 암."

볼살이 양쪽으로 늘어져 우스꽝스러워진 서린의 얼굴에 비영마저 피식 웃었다.

비영이 공연히 딴 곳을 바라보며 툭 내뱉었다.

"무사해서 다행이다."

곽철이 피식 웃었다. 비영의 성격으로 이런 말까지 하는 것으로 꽤나 걱정을 했다는 것을 느낄 수 있었다.

곽철이 멋쩍은 듯 팔용에게 화제를 돌렸다.

"정말 저놈, 올해 보내 버릴까? 후보가 넷이나 있는데… 내가 좀 도와줘? 아니지. 내가 나서면 전부 내게 달려들 텐데. 아, 진정한 우정을 발휘하기엔 이 얼굴이 너무 잘났어. 음, 그래서 말인데⋯⋯."

장난기 가득한 얼굴로 곽철이 비영을 바라보자 비영의 눈이 미리부터 가늘어졌다.

"싸움도 못하고 얼굴도 못생긴 네가⋯⋯."

슈격!

가까스로 피한 비영의 검을 올려다보며 허리를 뒤로 눕힌 곽철의 목숨을 건 장난이 계속 이어졌다.

"어이, 현실을 너무 외면하는 것도 좋지 않아."

슈격!

곽철이 폴짝폴짝 뛰어 검을 피하자 비영이 그의 뒤를 따랐다.

"제발 질투심을 버려!"

슈격!

곽철과 서린의 무사 귀환에 가장 기뻐한 이가 바로 비영이었다.

이러한 장난이 서로가 살아 있음을 확인하는 그들만의 우정이란 것을 화노와 서린은 잘 알고 있었다.

그때 그 우정에 이의를 제기하는 한 기회주의자가 있었다.

두 사람의 장난을 보며 팔용이 한숨을 내쉬었다.

"휴, 저 경망스런 놈들을 지켜주느라 고민이 많습니다."

"호호호, 저희는 소협만 믿습니다."

매란국죽의 장단에 팔용의 가슴이 떡 벌어졌다.

곽철과 비영이 어처구니없다는 표정으로 멧돼지 사냥꾼으로 변신하려는 순간이었다.

덜컹!

방문이 열리며 단화경이 고개를 내밀었다.

"모두 들어오시게."

질풍조원들과 매란국죽이 안으로 들어갔다.

침상에 앉아 있는 통이문주는 아직 완전히 부상에서 완쾌되지 않았는지 안색이 창백했다.

"우선 정식으로 기 조장님에게 감사드립니다."

그녀의 정중한 인사에 매란국죽 역시 고개를 숙였다.

"저희를 구해주셔서 진심으로 감사드립니다."

그가 도와주지 않았다면 이 자리에 살아남아 있을 사람은 아무도 없을 것이다.

"별말씀을. 모두 무사해서 다행이오."

그때 옆에 서 있던 단화경이 공연히 헛기침을 하기 시작했다.

통이문주가 미소를 지으며 다시 말했다.

"단 선배님께도 감사드립니다."

"뭐, 내가 한 것이 있나? 문주 그대의 등에 칼을 박으려는 마인 놈들 몇 두들겨 패준 것뿐이지. 흠흠."

어련히 인사를 하지 않을까 기어코 그 조급한 성정을 드러내고 만 단화경이었다.

다시 통이문주의 말이 이어졌다.

"일전에 기 조장께서 방문하신 후 저희 통이문은 이번 일에 모든 전력을 쏟아 부었지요. 그 과정에서 몇 가지 알게 된 정보가 있었습니다. 그중 하나가 바로 신도 막후의 배경에 마교가 있다는 사실입니다."

마교란 말에 모두의 표정이 진지해졌다.

근 십여 년 조용히 침묵하던 그들이었다. 그들이 바야흐로 움직이기 시작했다는 사실에 긴장하지 않을 수 없었다.

"마교가 그대들을 공격한 것이 바로 그 때문인가?"

단화경의 질문에 통이문주는 고개를 가로저었다.

"이번 일에 대한 정보는 이미 천룡맹과 사도맹 역시 알고 있을 겁니다. 다만 저희가 조금 먼저 알았을 뿐이지요. 굳이 그러한 이유로 저희들을 공격했으리라고 생각되지는 않습니다. 아마도 그들이 원한 정보는 전대 맹주에 대한 일이었을 겁니다."

단화경이 힐끔 기풍한을 쳐다보았다.

이미 통이문주를 통해 그 정보를 들은 기풍한은 이후 그에 대한 언급을 회피하고 있었다.

"그나저나 왜 그들이 그 같은 약초들을 필요로 하는 것일까?"

단화경의 궁금증에 곽철이 대수롭지 않게 말했다.

"뭐, 뻔한 것 아니겠소? 요상한 대법이라도 하려나 보지요."

그러자 화노가 끼어들었다.

"보통 대법이 아니다."

화노의 진지한 표정이 이미 그 일의 심각성을 잘 설명해 주고 있었다.

"기 조장에게 대충 들어보니 그것들은 지금까지 알고 있던 대법의 재료가 아니었소. 강시를 만드는 대법의 재료와 흡사하지만 분명 기존의 재료가 아니었소. 고루신마, 도대체 그자가 무슨 짓을 꾸미는지……."

강시와 고루신마란 말에 분위기가 한층 더 굳어졌다.

문득 그 화살이 기풍한에게로 날아갔다.

"넌 왜 그것을 빼앗아 오지 않았느냐?"

단화경은 마치 기풍한이라면 강호의 모든 일을 마음대로 할 수 있지 않느냐는 표정이었다.

"어차피 그들에게 필요한 것이라면 그들은 어떤 희생을 감수하더라도 다시 모을 것이오. 그렇게 된다면 불필요한 피를 흘리게 될 터. 차라리 그냥 두는 게 낫다고 판단했소."

자연스럽게 곽철과 서린의 시선이 마주쳤다.

분명 그 이유만이 아니란 것을 두 사람은 알고 있었다.

서린을 잠시 바라보던 곽철이 모두를 향해 말했다.

"린이와 저의 부상이 심해 더 이상 싸울 형편이 아니었소. 그깟 약초 몇 뿌리 뺏으려다 죽을 순 없지 않소."

기풍한을 대신한 변명 아닌 변명이었다.

이번에는 기풍한과 곽철의 시선이 마주쳤다.

곽철의 눈빛이 말하고 있었다.

'어떤 사연인지 모르나 조장님을 믿소.'

다시 통이문주가 이야기를 이어갔다.

"비단 마교뿐만이 아닙니다. 지금 강호의 움직임이 심상치 않습니다."

"무슨 뜻이오?"

"지금부터 드리려는 말씀은 반드시 비밀이 유지되어야 합니다."

기풍한이 살짝 오른손을 앞으로 내밀었다. 그의 손으로 무형의 기운이 흘러나오기 시작했다.

우우웅!

다시 질풍조원들이 모두 기풍한과 같은 동작을 취했다.

이윽고 손끝을 흐르는 내력이 합쳐져 하나의 보이지 않는 막을 형성하기 시작했다.

그들의 행동을 바라보던 통이문주와 매란국죽은 그것이 밖으로 소리가 새어 나가지 않게 하는 방음막(防音膜)이란 사실에 내심 놀라고 있었다.

통이문주는 강호의 절정고수들이 그와 같은 고명(高明)한 수법을 사용한다고 들었을 뿐 직접 본 것은 이번이 처음이었다.

"이제 안심하고 말씀하시오."

"말씀드릴 정보는 모두 두 가지입니다. 첫째는 구파일방의 움직임입니다."

"엥? 구파일방?"

단화경은 지금껏 염두에 두고 있지 않았던 구파일방에 대한 이야기가 나오자 깜짝 놀랐다.

"구파일방의 제자 중 일부가 사라졌습니다."

"사라졌다? 그게 무슨 말이오?"

"말 그대로입니다. 구파에서 최대한 그 사실을 감추고 있었기에 저희들도 최근에 와서야 확인을 할 수 있었습니다. 없는 죄를 만들어 참회동(懺悔洞)에 들어간 것처럼 꾸미기도 하고, 새외로 임무를 받고 떠났다거나, 혹은 죽음으로까지 위장하고 있습니다만… 상당수 제자들이 이미 자파를 떠난 상태입니다."

"모종의 임무를 받고 사라진 것이다?"

"네, 그렇게 보는 게 정확하겠지요. 또한 이 일은 이미 몇 년 전부터 시작된 일입니다."

그때 기풍한이 불쑥 말했다.

"혹 그 일이 사 년 전부터 진행된 일이오?"

"정확히는 알 수 없으나 저는 그때쯤이라고 보고 있습니다."

기풍한의 표정이 굳어졌다.

이번에는 단화경이 입을 열었다.

"혹 그 일이 이번 마교의 일과 관련이 있는 것이오?"

"그건 알 수 없습니다."

다시 기풍한이 신중하게 말을 꺼냈다.

"사도맹의 반응은 어떻소?"

대답은 잠자코 있던 매의 입에서 나왔다.

"역시 심상치 않습니다. 최근까지 올라온 정보에 의하면 대량의 영약이 사도맹으로 흘러 들어갔습니다."

"영약이?"

단화경이 깜짝 놀라 소리쳤다.

"도대체 이게 어떻게 돌아가는 일이냐? 마교는 이상한 약초를 구하고 구파일방의 제자들은 사라지고, 사도맹은 영약을 모아들이고. 전쟁이라도 나려는 것이냐?"

스스로 답답함을 이기지 못하는 단화경이었다.

기풍한과 만난 이후 강호란 놈이 바꿔 쓴 가면의 이름은 '낯설음'이었다.

호쾌하게 술을 마시며 강호를 주유하고 나쁜 놈들을 패주고 다녔던 그 강호는 도대체 어떤 강호였단 말인가?

어쩌면 기풍한의 말대로 자신은 참으로 복이 많은 사람이었단 생각이 다시금 들었다.

통이문주가 가볍게 한숨을 내쉬었다.

"게다가 사도맹이 혈번과 법왕을 끌어들였습니다."

휘이잉.

침묵 속에 긴장이 더욱 무거워졌다.

혈번과 법왕은 새외제일의 고수들.

"무섭군, 무서워."

단화경이 혀를 내둘렀지만 사실 그 심정은 진심이었다.

"게다가……."

"컥! 뭐가 또 있는 것이오?"

단화경은 아예 펄쩍 뛰었다.

"적운조가 작전을 나섰습니다."

"적운조가?"

"이 점이 이번 정보의 가장 중요한 핵심입니다. 아직 천룡맹이나 마교에서도 알아내지 못한 특급 정보입니다."

질풍조들의 표정이 조금 굳어졌다.

적운조는 사도맹이 자랑하는 최정예 무인들.

문득 기풍한은 과거의 한 여인이 떠올랐다.

'적운조장이라 했던가?'

왠지 쉽게 잊혀지지 않는 그녀였다.

다시 기풍한이 담담하게 물었다.

"그들의 목표가 어딘지 확인되었소?"

통이문주가 굳어진 얼굴로 고개를 끄덕였다.

"바로… 혈옥입니다."

第18章

혈옥풍운

*귀*주성(貴州省)의 귀양(貴陽) 검령산(黔靈山)
자락의 작은 마을.

오십여 개의 다양한 상점들이 줄지어 자리한 장터 골목은 물건 값을
깎는 손님부터 죽는소리로 버티는 상인들, 간간이 일어나는 패싸움에
뛰어다니는 아이들까지 하루도 평온한 날이 없었다.

그러하던 그곳이 요즘 극심한 불경기로 몸살을 앓고 있었다.

이제 초저녁이 막 지났을 시간임에도 거리는 음산하리만치 한산했
다.

골목의 터줏대감인 만복미곡상(萬福米穀商)의 주인 윤(尹) 씨가 가게
문을 닫으며 한숨을 푹푹 내쉬었다.

"휴, 이러다 문 닫지. 암, 문 닫고말고."

그 푸념에 역시 문을 닫고 있던 건너편 포목상 주인 염(廉) 씨가 맞

장구를 쳤다.

"굶어 죽으라는 게지. 왜 이리 경기가 안 좋은지. 휴."

"다들 밥이나 먹고사는지."

인근에 새로 생긴 대형 미곡상에 밀려 경영난에 허덕대던 그는 용케도 망하지 않고 버티고 있었다. 하나 그것도 이제 한계 상황에 맞닥뜨리고 있었다.

"내일 보세나."

그렇게 염 씨마저 가게 안으로 자취를 감추었다.

윤이 가게 문을 막 닫으려는 그때였다.

그때 한 사내가 윤에게 다가왔다. 약간 그을린 살갗에 매우 곱상하게 생긴 사내였다.

생긴 것과는 달리 사내가 무뚝뚝하게 물었다.

"늦었소?"

"아니오, 아니오. 잘 오셨소. 조금만 늦었어도 헛걸음하실 뻔하셨소. 자자, 들어갑시다."

윤이 그를 안으로 데리고 들어갔다.

안으로 들어선 사내가 나지막이 말했다.

"천 대인 소개로 왔소."

순간 윤의 눈빛이 달라졌다.

"천 대인 소개라면 잘해 드려야지. 그래, 무엇을 사실려우?"

"강남미곡(江南米穀) 두 가마에 조, 밀 각기 두 섬씩 구입하고 싶소."

슬쩍 바깥을 내다보며 주위를 살피고는 윤이 가게 문을 슬그머니 닫았다.

다시 돌아선 윤의 얼굴은 불경기에 찌든 상인의 얼굴이 아니었다.

"무슨 일인가?"

사내는 아무 대꾸 없이 묵묵히 한 장의 밀서와 옥패를 내밀었다.

밀서는 천룡맹주의 직인이 찍힌 출입 허가서였다.

"드문 일이군. 직접 옥주를 뵈어야 할 일이라니."

허가서를 읽어보던 윤은 조금 의외라는 표정이었다.

사내는 아무 말도 하지 않았다. 그저 명령에 따를 뿐이라는 표정이었다.

"따라오게."

뒷마당의 창고로 향하며 윤이 불쑥 물었다.

"여인인가?"

사내는 윤의 말처럼 남장 여인이었고, 그녀는 바로 적운조장 이현이었다. 놀랍게도 그녀가 천룡맹의 무인으로 위장을 하고 이곳에 나타난 것이다.

이현은 아무 말도 하지 않았다. 윤 역시 더 이상 캐묻지 않았다. 강호에 여무인들이 남장을 하는 것은 흔한 일이었으니까.

창고 안은 귀신이라도 나올 듯 정리가 안 된 상태였다. 그나마 한쪽에 쌓인 쌀가마니들로 이곳이 미곡상의 창고구나 짐작이 가능한 정도였다.

한 옆에 부서진 탁자며 의자들이 쌓인 곳으로 윤이 다가갔다.

윤이 아무렇게나 뒤집어진 탁자의 다리를 조작하는 순간,

드르르릉!

한쪽 벽의 쌀가마니가 좌우로 갈라지기 시작했다.

바닥의 움직이는 판 위에 그것들이 쌓여 있었던 것이다.

그 뒤로 모습을 드러내는 하나의 철문.

윤이 이현에게 받은 옥패를 철문의 구멍으로 끼워 넣었다.

옥패는 정확히 구멍에 들어맞았다.

끼이익!

윤이 옥패를 좌측 방향으로 두 바퀴 반 회전시켰다.

철컹!

다시 문이 열리며 하나의 공간이 모습을 드러냈다.

그곳에는 쌀이 발목까지 가득 쌓여 있었다.

윤이 다시 한 옆에 세워진 삽의 자루를 회전시켰다.

쏴아아아아!

발목까지 쌓여 있던 쌀이 차츰 줄어들기 시작했다.

그리고 이내 바닥을 드러냈다.

제법 절묘한 기관 장치였다. 바로 아래 공간에 그 쌀이 저장되었다가 다시 기관 장치로 창고를 채우는 그러한 장치였다.

바닥에 모습을 드러내는 하나의 원형 철문. 푸른빛이 감도는 것이 보통의 금속이 아니었다.

그 옆으로 작은 구멍이 하나 나 있었다.

윤이 이현에게 받은 명령서를 작은 원통에 넣어 그곳으로 집어넣었다.

"승인 허가가 떨어지려면 시간이 좀 걸릴 것이네."

얼마나 지났을까?

쿠르르릉!

원형 철문이 서서히 열리기 시작했다.

그것은 사람 하나가 들어가면 딱 맞을 크기였는데 몸을 눕힐 수 있는 썰매판과 같은 장치가 있었다.

"처음 타면 꽤 어지러울 것이⋯⋯."

쉭!

"크윽!"

자신의 등에서부터 가슴을 뚫고 나온 검날. 윤의 눈이 동그랗게 커졌다.

"왜?"

윤은 죽어가면서도 오로지 그 생각뿐이었다.

약속된 밀어도, 명령서도, 옥패도 모두 정확했고 진짜였다. 그렇지 않다면 영문도 모른 채 자신이 이곳에서 죽을 이유가 없을 테니.

팍!

이현이 검을 뽑자 이내 윤이 숨을 거두었다.

그때 창고 안으로 들어서는 한 무리의 무인들.

선두에는 심무정이 서 있었다.

"정말 눈으로 보고도 믿을 수 없군요. 혈옥의 입구가 이런 곳에 존재했다니. 게다가 이곳을 지키는 자는 놀랍게도 저자 하나뿐입니다."

이번에 임무를 받으면서 처음으로 혈옥의 존재를 알게 된 그들이었다.

만약 그러한 곳이 있다면 '지옥도(地獄島)' 쯤으로 불리는 망망대해의 섬에 위치하지 않을까 짐작했다.

그러나 혈옥의 입구는 그들의 예상을 비웃기라도 하듯 이런 번화한 장터 골목의 허름한 창고 안에 버젓이 존재했던 것이다.

"그렇기에 지금까지 본 맹은 물론 마교조차도 이곳을 발견하지 못한 것이지."

이현이 그 원형 구멍으로 몸을 실었다.

철컹!

그녀가 어둠 속으로 사라지자 다시 원형 철문이 자동으로 닫혔다.

'조심하십시오, 조장님.'

다시 바닥으로 쌀이 쌓여가는 것을 바라보며 심무정이 말했다.

"이각 후 다시 문이 열릴 것이다. 모두 마지막 점검을 하도록."

어둑한 창고 속에서 적운조 무인들의 눈빛이 빛나기 시작했다.

슈우우웅!

한편 이현을 태운 장치는 점차 속도를 높이고 있었다.

끝없이 내려가는 와중에도 방향이 계속 바뀌었다.

내려갔다 그 탄력으로 다시 올라가 왼쪽으로 방향을 틀기도 했고 다시 오른쪽으로 회전을 시작했다.

얼마나 그렇게 내려갔을까?

저 멀리 환한 빛이 보이기 시작했다.

벽에 비스듬히 기대앉은 혈옥주의 입에서 핏물이 꾸역꾸역 흘러나오고 있었다.

방금 전 맹에서 내려온 무인이 기습적으로 날린 일장에 갈비뼈가 완전히 으스러진 것이다.

"어떻게… 위조한 것이냐?"

자신의 품 안을 뒤지는 이현의 손목을 움켜쥐며 혈옥주가 힘겹게 말했다. 그의 입에서 핏물이 튀어나왔다. 이미 살아날 가망성이 없다는 것을 혈옥주는 직감하고 있었다.

이현이 아무 대꾸도 하지 않고 그의 품에서 혈옥비패(血獄秘佩)를 꺼냈다.

다시 그녀가 자신의 품 안에서 몇 장의 설계 도면을 꺼내 들었다.

놀랍게도 그것에는 혈옥 내부의 지리는 물론 기관 장치의 위치, 작동 방법 등이 빽빽이 쓰여 있었다.

잠시 그것을 살펴보던 이현이 혈옥주가 쓰러진 곳의 옆에 위치한 기관 장치 앞으로 다가섰다.

그녀가 장치 위에 수없이 나 있는 구멍 중 하나에 혈옥비패를 꽂고는 반 바퀴 회전을 시켰다.

쿠르릉.

미약한 진동.

자신이 타고 내려온 원형 통로가 다시 열린 것이다.

심무정의 말대로 정확히 이각의 시간이 흐른 상태였다.

그 모습을 힘겹게 지켜보던 혈옥주의 눈이 무섭게 떨리고 있었다.

"어떻게 외부 통로를 여는 기관 장치를 알고 있는 거지?"

이현은 묵묵히 자신의 일만 할 뿐이었다.

다시 설계도를 보며 그녀가 혈옥비패를 몇 군데 옮겨 조작하기 시작했다.

드르릉.

이곳 혈옥주의 거처로 오기까지의 기관 장치가 모두 멈추었다.

"동료들을 불러들이는 건가?"

숨을 헐떡이던 혈옥주가 힘겹게 입을 열었다.

"멍청한 날 죽인다고 그들을 구해낼 수 있을 것 같으냐? 혈옥이 그토록 허술한 곳인 줄 알았더냐? 내 권한은 외부와 이곳을 관리하는 역할뿐이다. 쿨럭, 내옥(內獄)의 기관 장치에 대한 권한은… 내게 없다."

그의 말은 사실이었다.

"제법 정성을 들였다마는… 고작 날 죽인 것으로 끝이다. 크흐흐."

이현이 무심하게 혈옥주를 내려다보며 말했다.

"알고 있다."

"……?"

"이곳의 기관 장치를 멈추려면 천룡맹주의 비패와 소림, 무당, 개방 장문인들의 세 비패까지 필요하다는 것을."

"그것을 알면서 왜……?"

혈옥주로서는 도무지 이해할 수 없었다.

점점 감기는 눈을 억지로 부릅뜨며 혈옥주가 힘겹게 고개를 돌렸다.

창문 너머로 보이는 거대한 철문은 내옥으로 향하는 문이었다.

만년한철로 만들어져 강제로는 결코 열 수 없는 그 철문 너머에 존재하는 수많은 함정과 기관 장치들. 제아무리 고수라 해도 결코 통과할 수 없는 죽음의 관문들.

문을 열고 기관 장치를 멈추려면 자신의 비패와 더불어 천룡맹주와 소림, 무당, 개방의 세 장문인의 허가가 필요했다.

그들 중 한 명이라도 반대한다면 결코 혈옥의 기관 장치를 멈출 수 없었다.

결국 누군가 혈옥을 열려면 천룡맹과 소림, 무당, 개방의 장문인에게서 혈옥비패를 빼앗아야 한다는 말. 물론 그것은 불가능한 일이었다. 혹 그런 상황이 벌어진다면 이미 강호는 멸망의 길을 걷고 있으리라.

혈옥을 지키는 무인들의 숫자가 외옥, 내옥을 통틀어 일백여 명에 불과한 이유는 바로 그러한 안전 장치 때문이었다. 혈옥은 철저하게 기관에 의해 움직이는 곳이었다.

"이것 말이지?"

이현이 품 안에서 네 개의 혈옥비패를 꺼내 들었다. 그녀의 손에 들린 것은 혈옥주의 것까지 모두 다섯 개였다.

혈옥주의 얼굴이 경악으로 일그러졌다. 놀람과 충격이 곧 이승에서의 마지막 현기증으로 이어졌다.

"왜… 그것들이?"

혈옥주의 몸이 서서히 기울어졌다.

'혹 강호에 이변이 일어난 것인가?'

순간적으로 오만 가지 생각이 스쳐 지나갔지만 결국 이해할 수 없었다.

이현이 서글픈 눈빛으로 혈옥주를 내려다보았다.

언젠가 자신에게 찾아올지도 모를 그러한 죽음이었다. 자신이나 혈옥주나 결국 소모품에 불과하니까.

이현은 문득 하늘이 보고 싶다는 생각이 들었다.

갑갑한 천장을 올려다보던 이현의 슬픈 눈빛은 점차 가깝게 들려오는 비명 소리에 다시 차갑게 가라앉기 시작했다.

잠시 후 문이 열리면서 심무정과 적운조 무인들이 들어섰다.

"외옥 무인들은 모두 처리했습니다."

"수고했다."

이현이 다시 기관 장치를 조작했다.

쿠르릉!

바닥에서 하나의 새로운 장치가 솟아올라 왔다.

그 위에 나란히 뚫려 있는 다섯 개의 구멍.

이현과 심무정, 그리고 세 무인이 기관 장치 앞에 섰다.

"동시에 넣어야 한다. 하나, 둘……!"

그들이 한 동작으로 다섯 개의 비패를 박아 넣었다.

구르르르릉!

섬뜩한 비명 소리를 내지르며 혈옥이란 거대한 괴물의 심장이 멈추기 시작했다.

드르르릉!

이어 내옥으로 향하는 철문이 열렸다.

이현이 복면을 꺼내 쓰자 적운조 무인들이 모두 복면을 착용했다.

그녀가 앞장서 내옥으로 들어서며 말했다.

"자, 본격적으로 시작한다."

거대한 원형 공간.

벽면의 곡선을 따라 빽빽이 자리한 오십 개의 철문.

그 속에 마련된, 딱 무인 하나가 자리할 만한 공간.

문에 뚫린 새끼손가락만한 구멍으로 보이는 날카로운 눈빛들은 바로 내옥 무인들이었다.

그 오십 개의 문에 튀어나온 하나의 기다란 철통.

바로 당문의 암기 폭우이화침(暴雨梨花針)을 연속해서 날리도록 만들어진 개조된 무기였다.

누군가 무단으로 이곳을 침입한다면 오십여 개의 철통에서 수천 발의 폭우이화침이 침입자를 향해 날아갈 것이다.

있은 적도 없고 있을 리도 없는 침입자만큼이나 하염없는 교대 시간을 기다리며 무인들이 하품을 하고 있을 그때였다.

드르르륵!

철통이 일제히 뒤로 빠져나가기 시작했다.

덜컹!

이어서 오십 개의 문이 일제히 열렸다.

갑자기 문이 열리자 무인들이 어리둥절한 얼굴로 밖으로 고개를 내밀었다.

"무슨 일이냐?"

다른 무인들 역시 영문을 모르는 얼굴이었다. 교대는 한 명씩 차례대로 이루어졌기에 그로 인한 시간 착오도 분명 아니었다.

그때였다.

그 원형의 공간으로 적운조 무인들이 일제히 난입하기 시작했다.

적운조 무인들이 동그랗게 진형을 만들어 그들을 향해 쇠뇌를 겨냥할 때까지도 내옥 무인들은 어리둥절한 표정이었다.

"침입자다! 쏴라!"

뒤늦게 상황을 파악한 그들이 폭우이화침의 방아쇠를 당겼다.

철컥! 철컥!

그러나 기관 장치는 이미 작동을 멈춘 상태였다.

핑핑핑핑!

서른 명의 적운조 무인들의 쇠뇌가 사방으로 날아들었다. 이미 그들을 보호해 줄 문은 완전히 열린 상태였다.

"으아악!"

이어지는 비명 소리.

몇 명의 무인이 화살을 피하며 검을 뽑아 들고 몸을 날렸지만 이내 허공에서 고슴도치가 되어 추락했다.

덜컹!

또 다른 문이 열리며 십여 명의 무인이 달려나왔다.

그러나 이미 그곳에서 무인들이 나올 것을 알고 대기하던 적운조 무인들이었다.

핑핑핑!

그 좁은 통로를 향해 화살비가 쏟아졌다.

검조차 한 번 휘둘러 보지 못한 채 그들은 모두 포개지며 쓰러졌다.

"이동한다."

적운조 무인들은 마치 오늘의 임무를 위해 수십 번의 반복 훈련을 받은 듯 거침없는 모습이었다.

앞서 달리는 이현의 눈빛은 그 어느 때보다 단호했다.

함께 달리던 심무정은 느낄 수 있었다, 이번 임무가 그녀와 함께하는 마지막 임무가 되리란 것을.

그들 앞에 모습을 드러낸 하나의 통로.

앞 관문의 소란으로 이미 침입자가 있다는 것을 알아차린 내옥 무인들이 복도의 끝에서 기관을 움직이려 애쓰고 있었다.

원래 같으면 일곱 개의 철문이 내려와 그들의 앞뒤를 가로막았을 그 공간은 그저 조금 썰렁한 복도에 불과했다.

"기관이 작동하지 않습니다."

"몸으로라도 막아!"

내옥 무인들이 검을 뽑아 들고 달려나왔다.

슉슉슉!

이현과 적운조의 검에 그들이 낙엽처럼 날리기 시작했다.

기관 장치가 멈춘 이상 적운조 무인들은 그야말로 거칠 것이 없었다.

단 한 번도 침입자를 맞은 적이 없는 혈옥 무인들의 방심도 크게 한 몫했지만 무엇보다 적운조는 혈옥의 구조에 대해 너무나 잘 알고 있었다.

다시 적운조 무인들이 달리기 시작했다.

복잡한 미로와 같은 통로를 이현이 이끄는 적운조는 정확하게 길을 찾아내고 있었다.

수천 개의 독침이 기다리는 바닥으로 추락해야 할 발판은 꼼짝도 하지 않았고 굳게 닫혀 있어야 할 문들은 모두 열려진 상태였다.

그렇게 그들이 마지막 관문으로 들어서던 그때였다.

"피해라!"

슉슉슉!

이현이 몸을 던지며 소리쳤지만 미처 쏟아지는 화살들을 피하지 못한 세 명의 적운조 무인이 쓰러졌다.

뒤따르던 적운조 무인들이 일제히 양쪽 벽으로 몸을 날렸다.

반대편에서 마지막 남은 내옥 무인들이 쇠뇌로 최후의 항전을 하고 있었다.

슉슉슉!

고개를 내밀 수 없을 정도로 날아드는 화살들.

적운조 무인들이 쇠뇌로 응수를 시작했다.

슉슉슉!

핑핑핑!

화살비가 쏟아지는 난전의 와중에 내옥 무인 하나가 소리쳤다.

"어쨌든 막아야 한다!"

"기관이 멈춘 이상 밀리는 것은 시간문제입니다."

"무슨 수를 써서라도 막아!"

슝! 슝! 슝!

"이들이 모두 강호에 나가게 된다면 강호는 끝장이다!"

떼구르르!

그들이 몸을 숨긴 공간으로 무엇인가 바닥을 구르듯 날아들었다.

그것을 확인한 내옥 무인들의 눈에 절망감이 스쳐 지나갔다.

"안 돼!"

날아든 것은 바로 진천뢰였던 것이다.

꽈아앙! 꽝!

연이어 날아든 진천뢰가 연속해서 폭발하기 시작했다.

폭발이 끝나자 그 연기 속으로 적운조 무인들이 모습을 드러냈다.

그들의 눈앞으로 보이는 마지막 철문.

드르르릉!

강호를 전복시키고자 했던 수백 명의 대마두들이 기다리고 있을 그 지옥의 문이 서서히 열리기 시작했다.

열리는 문을 노려보며 이현이 나지막이 말했다.

"임무는 이제부터다."

적운조 난입 반 시진 전, 혈옥 내옥.

혈옥은 일반 뇌옥(牢獄)들과는 다르게 여러 개의 감방으로 나누어져 있지 않았다.

팔백여 평의 거대한 공간이 전부였는데 그 구조는 지극히 간단했다.

식량을 배급하거나 새로운 죄수를 받아들일 때 사용되는 천장과 감방을 오르락내리락 이어주는 하나의 기관 장치, 동서남북 사방에 마련된 네 개의 뒷간, 간단히 세면을 할 수 있는 공간. 그것이 전부였다.

그렇게 혈옥의 모든 죄수들은 한 공간에 가둬졌는데 그것은 일장일단의 결과를 불러왔다.

우선 독방에 갇힘으로써 일어나는 부작용, 즉 홀로 독방에 갇혀 지내다 보면 복수심과 증오심은 나날이 깊어만 가고, 그 마성이 극에 달하여 미쳐 버린다거나 자결을 하는 이들이 생겨나는 문제점들이 해결된 것이다.

인간이란 비슷한 처지에 있는 다른 이들을 대하다 보면 복수심도 누그러지고 자연 그 환경에 적응하기 마련이다.

물론 그로 인한 문제점들이 없는 것은 아니었다.

연일 싸움이 끊이질 않았고 그로 인해 많은 죄수들이 목숨을 잃었다.

비록 내력이 제압당했다고는 하나 그들은 무림인이었고 일반인들의 멱살잡이와는 차원이 다른 싸움이었다.

그러나 세월이 흐를수록 감방 안은 하나의 작은 사회를 형성해 갔고, 이제는 제법 질서를 유지하고 있었다.

참으로 재밌는 사실은 혈옥 내에서도 강호의 십이천성과 같은 십이혈성(十二血星)이 자연스럽게 만들어졌다는 것이다. 결국 혈옥은 강호 밖의 또 다른 작은 강호였다.

우선 한 옆에 가부좌를 틀고 앉은 노인이 바로 전대 고수이자 과거 강호를 공포에 떨게 만들었던 혈사련(血死聯)의 련주였다.

혈사련주가 이곳에 갇힌 지도 이미 오십 년이 지났다고 알려져 있었다. 바야흐로 백 세의 나이를 앞둔 혈옥의 가장 고참이자 십이혈성의 암묵적인 우두머리였다.

그의 옆에 앉아 있는 뚱뚱하고 홀쭉한 두 노인은 천외쌍마(天外雙魔)로 역시 전대의 고수였다.

다시 낭인 무사들의 우상이었던 낭인왕(狼人王)을 비롯하여 어린아이의 모습으로 대살성이란 악명을 떨쳤던 소살신동(笑殺神童), 환락신교(歡樂新敎)란 사이비 종교로 강호를 혼란에 빠뜨렸던 환희옥불(歡喜玉佛), 당시 최고의 살수였다는 야접(夜蝶)이 다시 그 아랫자리에 자리하고 있었다.

그 아래로 외팔이검객 독수염라(獨手閻羅), 황금으로 강호를 재패하고자 했던 금적산(金積山), 사갈 같은 잔머리를 지닌 천면호(千面狐), 사천당문의 패륜아 독혈마군(毒血魔君), 그리고 이름도 이력도, 그 어떤 것도 알려지지 않은 신비한 무명노인(無名老人)까지 그들이 바로 혈옥의 십이혈성이었다.

그들이 자리한 건너편 쪽으로는 그들보다 상대적으로 배분이나 명성이 낮은 이들이 모여 있었다.

무정귀(無情鬼)나 독행객(獨行客), 광천오마(狂天五魔)와 관동이마(關東二魔) 등이 바로 그들이었다.

거패도(巨霸刀) 철우(鐵雨)도 그들 중 한 명이었다.

철우가 바닥에 드러누워 오십 장 높이의 거무튀튀한 천장을 올려다보며 중얼거렸다.

"배고프다."

"네놈 식충이는 양심도 없다. 하는 일 없이 맨날 입만 처벌리고 있으니."

말을 받은 사람은 혈옥 내 그의 단짝인 낙성일검(落星一劍) 화일우(禾一佑)였다.

"그 새끼들만 아니었어도 지금쯤……."

오늘은 어찌 그냥 넘어가나 싶었던 불평이 또다시 철우의 입에서 터져 나왔다.

"다시 붙으면 아작 내버릴 텐데."

"당연하지. 그때 우리가 방심만 하지 않았어도."

그 부분만큼은 화일우 역시 십분 공감하는 바였다.

두 사람이 이를 부득부득 갈고 있던 그때였다.

"방심 같은 소리 하네. 주둥이 그만 놀리고 자라."

그 서늘한 목소리의 주인공은 평소 그들과 사이가 나쁠 대로 나쁜 유한검(有限劍) 송명(宋明)이었다.

아니나 다를까, 송명이 눈에 쌍심지부터 켜기 시작했다.

"네놈들이 방심해서 들어온 거면 난 뭐냐? 엉? 온몸이 부서질 정도로 싸우고도 결국 붙잡혀 온 난 뭐냐구, 이 개자식들아!"

그의 참견에 사람 죽일 눈빛을 곤두세운 두 사람이었지만 뭐라 따끔하게 반박은 하지 못했다. 내력이 제압당하기 전이나 지금이나 유한검과의 일전은 자살 행위였다.

제법 험악한 분위기가 연출되었지만 주위의 사람들은 아무런 관심도 가지지 않았다.

어차피 입씨름으로 끝날 싸움이었고, 설령 치고 받고 싸움이 난다 해도 한때는 검기와 도기를 날리던 놈들이 맨 주먹질에 코피가 터지고 바닥을 뒹구는 모습은 그야말로 싸우는 그들이나 보는 구경꾼들이나 비참한 마음만 들 뿐이었다.

"저 시불 놈, 둘이서 확 밟아버릴까?"

철우의 분노는 그저 화일우의 귓가를 스치는 속삭임 속에서나 위력을 발휘할 뿐이었다.

씩씩대던 철우의 분노가 애꿎은 곳으로 방향을 틀었다.

"어이, 흑문."

구석에서 이부자리를 정리하던 사내 하나가 고개를 돌렸다.

사내는 바로 단화경의 제자인 흑월광(黑月光) 유식(柳式)이었다.

철우가 손가락을 까닥거리며 제법 거만하게 그를 불렀건만 유식은 아무 대꾸도 없이 홱 고개를 돌려 버렸다.

그 모습에 철우가 벌떡 자리에서 일어났다.

"저 새끼가!"

유식은 혈옥의 막내였다. 묵묵히 자신의 일만 하는 그는 분명 막내가 분명했지만 기세 싸움에서까지 막내 역할을 맡진 않았다.

쿵쾅거리며 달려간 철우가 버럭 유식의 멱살을 쥐고 일으켜 세웠다.

"뒤지고 싶냐? 엉?"

유식이 싸늘한 눈빛으로 철우를 노려보았다.

언제 보아도 섬뜩한 눈빛이었다. 하지만 눈빛 따위에 자존심을 굽힐 철우가 아니었다.

대뜸 이마부터 밀어넣고 보는 철우였다.

퍽!

철우의 박치기에 유식의 고개가 뒤로 늘어졌다.

다시 서서히 고개를 드는 유식의 눈빛은 더욱 차갑게 가라앉아 있었다. 쏟아지는 코피를 닦아낼 생각도 않고 그렇게 철우를 노려보던 유식의 입가에 조소가 피어올랐다.

"죽으려고 작정을 했구나."

퍽! 퍽!

철우의 마구잡이 주먹질에 입술이 터지고 눈가가 찢어졌다.

유식은 아무 반항도 하지 않았고 비웃음만 더욱 짙어졌다.

'지독한 놈!'

보통 사람이라면 그 기세에 질려 물러설 법도 하였건만 철우는 보통 사람이 아니었다.

퍽! 퍽! 퍽!

상처 입은 자존심까지 실린 철우의 주먹질은 더욱 무거워지고 있었다.

"그만!"

어디선가 들리는 묵직한 음성.

목소리의 주인공은 낭인왕 구패(求敗)였다.

그의 눈짓 한 번에 철우가 화들짝 뒤로 물러섰다.

피투성이가 된 유식은 용케도 쓰러지지 않고 제자리에 서 있었다.

뚝뚝.

자신의 얼굴에서 바닥으로 떨어지는 핏물을 말없이 내려다보던 유식이 비틀비틀 걸음을 옮기기 시작했다.

"저 미친놈이!"

철우의 외침에도 유식의 발걸음은 멈추지 않았다.

유식이 향한 곳은 십이혈성이 모여 있는 곳이었다. 그곳은 암묵적으로 철우나 유식 같은 후배들은 접근을 하지 못하는 일종의 금역(禁域)과도 같은 곳이었다.

유식이 가부좌를 틀고 눈을 감고 앉은 혈사련주 앞에 무릎을 꿇고 앉았다.

"가르쳐 주십시오!"

혈사련주는 눈을 감은 채 묵묵부답이었다. 천외쌍마를 비롯한 주위의 고수들은 그저 흥미롭다는 얼굴들이었다.

"정녕 평생 이곳을 벗어날 수 없는 것입니까?"

유식의 목소리에는 폭발할 듯한 울분이 섞여 있었다.

그제야 혈사련주가 눈을 떴다.

"그렇지 않다면 내 어찌 오십 년의 세월을 이곳에서 보냈겠느냐?"

예상 밖으로 제법 인자한 목소리였다. 과거 그의 악명을 돌이켜 본다면 그야말로 놀랄 만한 일이었지만 오십 년의 세월 또한 만만치 않았다.

"그럴 수 없습니다. 전 나가야 합니다."

그야말로 당돌한 행동이었다.

혈사련주가 미소를 지으며 물었다.

"나가면?"

"복수하렵니다."

"복수라……. 누구에게 말이냐?"

유식이 고개를 번쩍 쳐들었다.

자신을 가둔 그놈. 반드시 찾아내서 뼈를 갈아 마시겠노라고 수백, 수천 번 다짐했던 그놈. 그 복수의 구석 자리에는 자신의 사부 단화경도 포함되어 있었다.

"복수할 자신은 있느냐?"

"네, 자신있습니다."

유식이 망설이지 않고 대답했다.

다시 사람들을 끌어 모으고 계책을 세운다면 강호의 그 누구도 상대할 자신이 있는 그였다.

혈사련주가 유식을 물끄러미 바라보았다.

"넌 네가 복수하고자 하는 이들에 대해서 얼마나 알고 있느냐?"

그 말에 문득 유식은 정작 놈들에 대해 아는 것이 거의 없다는 것을 깨달았다.

"도대체 그들은 누굽니까?"

유식이 악을 쓰듯 소리쳤다. 그야말로 목숨을 내건 무례한 행동이었지만 혈사련주는 여전히 미소를 잃지 않았다.

"너도 알고 있지 않느냐, 천룡맹의 질풍조라는 사실을?"

"하지만 그들은……!"

유식이 말을 잇지 못했다. 모두 그의 심정을 이해하고 있었다. 단순히 천룡맹의 질풍조였다면 여기 갇혀 있을 사람은 아무도 없을 것이란 사실을.

혈사련주가 눈을 지그시 감으며 회상에 잠겼다.

"오십 년 전, 내가 처음 이곳에 갇혔을 때 이곳에서 녹포괴조(綠袍怪爪) 선배를 만났지."

녹포괴조란 말에 모두 깜짝 놀랐다.

그는 한 세기 이전의 고수로 사부의 사부 시절에 활약하던 전전대 고수였다.

"강호에서 홀연 사라졌던 그분이 이곳에 갇혀 있더구나. 무려 사십 년 동안. 그 말이 무엇을 뜻하는 줄 알겠느냐?"

모두 침을 꿀꺽 삼켰다.

"그들은 이미 백 년 전에도 존재했다는 말이지. 어쩌면 그보다 훨씬 전부터 있어 왔는지도 모르겠다."

모두 아무 말도 하지 못했다.

"아이야, 넌 그들의 진정한 무서움을 모른다."

"……!"

"그들의 진정한 저력을 혈사련이 무너지던 오십 년 전 그날 난 보았단다. 이 두 눈으로 똑똑히 보았지."

혈사련주의 눈가로 스산한 바람이 불고 있었다.

"그 바람의 물결을."

혈사련주는 분명 떨고 있었다.

유식은 그것이 무서움에 의한 것인지, 어떤 감동에 의한 것인지 정확히 알 수 없었다.

유식이 다시 무엇인가 답답함을 호소하려던 바로 그때였다.

쿠르릉!

어디선가 들리는 폭발음에 모두 깜짝 놀랐다. 이어 바닥을 울리는 미약한 진동이 느껴졌다.

"어라? 뭔 일이지?"

철우를 비롯한 죄수들이 벌떡 자리에서 일어났다.

쿠웅!

소리와 진동은 계속 이어지고 있었다. 모두 흥분된 얼굴로 숨을 죽였다.

일 다경쯤 흘렀을까?

구우웅!

영원히 열리지 않을 것 같았던 철문이 서서히 열리기 시작했다.

혈사련주를 비롯한 십이혈성의 눈빛이 번뜩이기 시작했다.

안으로 들어서는 백색 무복의 복면인들.

그 앞에 역시 복면을 쓴 이현이 앞장서서 걸어 들어오고 있었다.

이현이 장내를 스윽 둘러보았다.

홍분한 얼굴로 자신을 바라보는 이백여 명의 죄수들 사이에서 이현이 누군가를 찾기 시작했다.

인파 속에서 누군가 용기를 내어 소리쳤다.

"너희는 누구냐?"

이현은 묵묵히 장내를 돌아볼 뿐이었다. 그러던 이현의 시선이 한 군데로 고정되었다.

혈사련주를 비롯한 최고수들이 자리한 곳이었다.

그리고 약속이나 한 듯 그들 중에서 누군가가 앞으로 나섰다.

"드디어 왔군."

그는 놀랍게도 지금까지 아무 말도 하지 않고 있던 무명노인이었다.

이현이 침착한 어조로 말했다.

"묵룡비상(墨龍飛上)."

자연스럽게 노인의 답변이 이어졌다.

"천하일통(天下一統)."

그제야 이현이 공손하게 머리를 숙였다.

"모시러 왔습니다."

노인은 흡족한 표정을 지으며 이현에게 불쑥 손을 내밀었다.

"기다리고 있었네. 가져왔는가?"

"네."

이현이 품 안에서 꺼낸 것은 하나의 두루마리와 목곽이었다.

놀랍게도 그것은 기풍한이 단화경에게 주었던 그것과 같은 내용의 두루마리였다. 즉, 그들의 몸에 가해진 금제를 푸는 파해법이 적힌 두루마리였다.

잠시 두루마리를 훑어보던 노인이 망설이지 않고 목곽을 열었다.

알싸한 향이 흘러나오는 것이 보통의 영약이 아닌 듯 보였다.

한입에 그것을 삼킨 노인이 가부좌를 틀고 앉았다.

이현을 비롯한 적운조 무인들이 노인의 주위를 둘러싸 호법을 서기 시작했다.

모두 긴장한 표정으로 바라볼 뿐이었다.

그렇게 침묵의 시간이 흘러가고 노인이 눈을 번쩍 떴다.

"으하하하하!"

노인의 호탕한 웃음소리가 장내를 진동시켰고, 그 웃음에 담긴 웅혼함은 이미 그가 상당한 내력을 회복했다는 것을 증명해 주고 있었다.

묵묵히 그 모습을 지켜보던 혈사련주가 나지막이 말했다.

"그대는 묵룡천가의 사람이었소?"

노인이 미소를 지으며 고개를 끄덕였다.

"그렇소. 용케 알아보시는구려."

새로 들어오는 죄수들의 입을 통해 강호의 정세는 어느 정도 알고 있는 그들이었다. 오히려 혈옥이란 닫힌 공간에서의 그러한 소식은 그들의 숨구멍이나 다를 바 없었다.

노인이 묵룡천가의 사람임을 순순히 시인하자 장내가 웅성거리기 시작했다. 십 년 전 강호를 발칵 뒤집어놓았던 묵룡천가의 생존자가 있다는 사실에 모두 놀란 것이다.

"그대가 보통 인물이 아니란 것은 짐작하고 있었소만."

과거를 밝히지 않았음에도 십이혈성에 포함되었던 노인이다. 그만큼 노인이 지니는 존재감은 모두가 인정할 만한 것이었다.

"언제부터 준비된 일이오?"

"사 년 전, 천룡맹주 그 사람에게서 은밀히 연락이 왔었소."

무슨 생각인지 노인은 고분고분 대답해 주고 있었다.

이미 천룡맹이 개입했다는 것을 혈사련주는 짐작하고 있었다. 그렇지 않다면 그의 몸을 금제한 것을 결코 풀 수 없을 테니까.

"한데 저 아이들은 천룡맹의 아이들이 아닌 듯하오만?"

단박에 이현과 적운조의 기도가 정파의 것이 아님을 알아차린 혈사련주였다.

"하하, 과연 대단하시오. 바로 보셨소. 이 아이들은 사도맹에서 나온 아이들이오."

이현과 심무정의 시선이 잠깐 마주쳤다.

두 사람의 마음이 무거워지기 시작했다. 이렇게 선뜻 비밀을 밝힌다는 것은 단 한 가지 이유뿐이니까.

반면 혈사련주는 물론 장내의 모든 이들의 머리 속이 복잡해지기 시작했다.

천룡맹주와 사도맹주가 손을 잡고 묵룡천가의 사람을 구해낸다? 더구나 혈옥을 파옥했다는 것은 구파일방까지 개입되었다는 의미였다.

'무슨 목적으로?'

그야말로 이해가 되지 않는 상황이었다.

"도대체 무슨 일을 꾸미시는 거요?"

노인이 활짝 미소를 지었다.

"하하, 이 늙은이야 그들이 도와달라고 해서 무료함이나 달래러 나설 뿐이지요."

모든 것을 말해 줄 것 같은 노인이었지만 그 부분만큼은 밝히지 않았다.

혈사련주와 노인의 눈이 동시에 깊어졌다.

혈사련주는 느낄 수 있었다. 노인의 눈에 담긴 무섭도록 깊은 원한을.

혈사련주가 단도직입적으로 물었다.

"우릴 모두 죽이고 나설 작정이시오?"

다시 노인이 껄껄거렸다.

"하하, 그래야 할 듯하오만."

그 말에 술렁대던 장내가 일순간 얼어붙었다.

"하나 그간 정도 들었고 하니⋯⋯."

노인의 눈빛이 이내 진지해졌다.

"손 좀 빌려주시겠소?"

"날 믿을 수 있겠소?"

"물론 믿지 않소. 혈사련주를 믿을 정도로 본인은 어리석지 않소. 하지만 우리가 좋은 관계를 유지할 수 있는 방법이 하나 있지요."

노인이 다시 이현에게 손을 내밀자 이현이 품 안에서 이번에는 하나의 은곽을 꺼내서 건넸다. 은곽 안에는 적, 흑, 청의 세 가지 색깔의 단약이 들어 있었다.

"삼색광혼단(三色狂魂丹)이라 불리는 것이지요."

혈사련주도 알고 있는 약이었다. 복용 후 사흘이 지나면 온몸의 혈관이 터질 듯이 팽창해 결국 미쳐 버리거나 죽음에 이르게 되는 극약.

"해약은 사흘에 한 번씩 드리겠소."

그 말은 곧 자신을 노예로 부리겠다는 말.

혈사련주는 잠시 침묵했다.

자존심이 딸꾹질을 하기 시작했지만 너무나 오랜 세월을 갇혀 지낸

그였다. 강호의 일을 깡그리 잊었으리라 생각되었던, 그래서 이제 죽음조차 두렵지 않던 그 몸이 가볍게 떨려오기 시작했다.

죽음이나 삼색광혼단 따위가 주는 공포가 아니었다.

그것은 다시 강호에 나선다는 설렘이었다. 다시 태양을 볼 수 있다는 희망.

"그럽시다."

이제 혈사련주의 눈빛에는 혈옥의 구석 자리에서 죽을 날만 기다리던 그 자애로움은 사라지고 없었다.

"선배님!"

애절하게 혈사련주를 부른 이는 바로 천면호였다.

돌아가는 상황으로 보아 자신들이 어떻게 되리란 것은 불을 보듯 뻔한 일이었다.

천면호 뒤로 천외쌍마와 낭인왕을 비롯한 여러 고수들이 각가지 표정으로 자신을 바라보고 있었다. 과연 한때 이름을 날리던 거마, 거흉답게 목숨이 위태로운 상황 속에서도 제법 담담함을 유지하고 있는 그들이었다.

"이들도 꽤 도움이 될 듯하오만."

"뭐, 그럽시다."

흔쾌히 대답하는 노인의 태도에서 혈사련주는 이미 그가 애초부터 그럴 마음이었다는 것을 알 수 있었다. 애초에 자신들의 무리에 합류할 때부터 계획된 일이었으리라.

"앞으로 잘 부탁드리오."

혈사련주가 가볍게 포권을 건넸다.

나머지 십이혈성들 역시 가볍게 허리를 굽히며 예를 갖췄다. 그들 역시 적게는 칠팔 년부터 길게는 수십 년까지 혈옥에 갇혀 있던 이들이다.

혈옥을 나갈 수 있는 방법 앞에서 자존심을 내세워 죽음으로 돌진하는 어리석은 이는 그들 중 아무도 없었다. 더한 수모도 능히 감수할 그들이었다.

각기 다른 성격의 그들이었지만 현재 그들의 심정은 비슷했다.

'이곳을 나갈 수만 있다면… 그래서 기회만 된다면.'

노인은 그러한 그들의 마음을 아는지 모르는지 흐뭇한 미소만 지을 뿐이었다.

그들이 고개를 숙이자 피투성이가 된 유식이 그들 사이에서 눈에 띄었다.

"복수를 하고 싶다고 했느냐?"

"네, 그렇습니다."

"그래, 오늘 네가 나선 것도 네 명줄이 아직 다하지 않은 것이겠지."

휘리릭.

노인이 손을 내밀자 이현의 검이 그의 손으로 날아들었다.

노인이 가볍게 검을 휘둘렀다.

가가가가각!

검기로 갈라진 긴 선은 정확히 십이혈성과 나머지 다수의 죄수들 사이를 갈랐다.

"나머진 모두 죽여라!"

노인의 잔혹한 한마디에 장내는 일순 얼어붙었다.

다음 순간, 설마 하는 생각에 마음을 졸이던 철우가 벌떡 일어났다.

"야, 이……!"

쉭!

허공을 가르는 한줄기 검기. 한마디 욕설도 내뱉지 못하고 철우의 몸이 갈라졌다.

노인의 검은 여전히 그들을 향하고 있었다.

적운조 무인들은 이현의 명령을 기다린 채 꼼짝도 하지 않고 있었다.

노인이 이현을 향해 뭐 하느냐는 표정으로 그녀를 재촉했다.

"그럴 수 없습니다."

이현의 대답은 예상 밖이었다.

"제 임무는 그대를 이곳에서 탈출시키는 것입니다."

이곳까지 진입하면서 혈옥의 무인들을 모두 죽인 그녀와 적운조였다. 죽어 마땅한 죄수들을 죽이는 것이 뭐 대수로울까마는 그녀의 의지는 확고해 보였다.

심무정은 그녀의 마음을 이해할 수 있었다. 그녀의 마음이 곧 자신의 생각과 같을 테니까.

앞서의 싸움은 그저 임무일 뿐이었다. 이곳을 지키는 것이 그들의 임무라면 그들을 돌파하는 것이 자신들의 임무. 그 임무에 성공한 쪽이 이쪽일 뿐인 것이다.

하지만 이곳의 죄수를 죽이는 것은 별개의 문제였다. 그들이 백 번을 다시 쳐죽일 악인이라 해도, 그 일방적인 학살이 사도맹주의 명령이라 해도 망설일 수밖에 없는 것이었다.

제법 여유만만, 기세 좋게 잘 나가던 노인이 혈사련주를 비롯한 모두의 앞에서 무시를 당하자 슬그머니 화가 치밀어 올랐다. 무공을 회복한 이상 내력을 제압당한 죄수들을 죽이는 것은 손바닥을 뒤집는 일만큼이나 쉬운 일이었다.

그러나 문제는 자존심이었다.

"건방진!"

노인이 성큼성큼 위협적으로 이현에게 다가섰다.

이현은 무방비로 그대로 서 있을 뿐이었다. 그가 공격을 가한다 해도 반격할 수 없는 입장이었다. 자신의 임무가 끝나지 않은 때문이었다.

"조장님!"

심무정이 쇠뇌를 겨누자 적운조 무인들 역시 일제히 쇠뇌를 꺼내 노인을 겨냥했다.

"감히 네깟 것들이!"

"전 오로지 맹주님의 명령만을 듣습니다."

노인을 응시하는 이현의 눈빛에는 그 어떤 두려움도 담겨 있지 않았다.

심무정이 당장에라도 당길 듯 쇠뇌의 방아쇠에 손가락을 걸며 소리쳤다.

"물러서시오."

일촉즉발의 상황이 이어지고 있었다.

노인이 가소롭다는 표정을 지었지만 더 이상 자신의 분노를 행동으로 옮기지는 못했다.

잠시 그들을 노려보던 노인의 표정이 서서히 부드러워졌다.

"으하하하! 부럽군, 부러워. 사도맹주는 꽤나 야무진 수하들을 두었구나. 뭐, 오랜만에 공력을 되찾은 기념으로 손을 좀 놀려보는 것도 좋겠지."

그가 마치 한바탕 장난이라도 친 듯 호탕하게 웃으며 죄수들을 향해 돌아섰다.

심무정과 적운조 무인들이 그제야 한숨 돌리며 안도했지만 이현의 표정은 여전히 굳어 있었다.

자신의 감정을 마음대로 조절하는 노련함을 보이는 노인이었다.

그러나 그의 몸에서 서서히 피어오르는 살기에는 분명 이현과 적운조에 대한 분노까지 함께 실려 있었다.

"사, 살려주시오."

죄수들이 뒷걸음질치며 물러섰다.

쉬이이익!

기다란 검기가 허공을 가르며 노인의 살육이 시작되었다.

"으아악!"

비명이 끝없이 이어졌다.

쉭! 쉭!

일부 죄수들이 참지 못하고 달려들었지만 그것은 고작 죽기 전 마지막 발악에 불과했다.

십이혈성은 그저 담담히 그 끔찍한 모습을 바라볼 뿐이었다. 그들 속에서 그야말로 기적처럼 목숨을 건진 유식이 가슴을 쓸어 내리고 있었다.

반면 심무정을 비롯한 적운조 무인들은 고개를 돌렸다.

자욱이 피어오르는 혈향 속에서 이현이 두 눈을 질끈 감았다.

'맹주님, 이런 자들과 손을 잡고 도대체 무엇을 이루려 하시는 겁니까?'

그렇게 사도맹주 용천악이 말한 새로운 강호는 한 발짝 그녀에게서 멀어지고 있었다.

第19章

미행

미
행

기풍한과 단화경, 그리고 화노가 혈옥에 도착했을 때는 이미 십이혈성과 적운조는 자취를 감춘 후였다.

참을 수 없는 피비린내와 시체 썩는 냄새만이 싸늘한 그들의 억울함을 대신하고 있을 뿐이었다.

"우욱!"

헛구역질이 올라오는 것을 단화경이 입을 틀어막고 억지로 참았다.

그간 숱한 죽음을 봐온 그조차도 차마 두 눈을 뜨고 바라볼 수 없는 참혹한 광경이었다.

통이문주를 통해 혈옥에 대한 정보를 입수한 질풍조는 둘로 나누어졌다.

화노만을 데리고 혈옥으로 가겠다는 기풍한의 말에 모두의 표정이 굳어졌다.

"이미 늦었다고 보시는 것입니까?"

곽철의 물음에 기풍한이 담담하게 대답했다.

"모두 알다시피 혈옥은 정상적인 방법으로는 결코 열 수 없다. 사도 맹에서 그것을 모르고 있었을까?"

모두 기풍한의 우려를 알 수 있었다.

"내 예상이 틀렸기를 바랄 뿐이다."

그러한 기풍한을 기어코 따라나선 이가 바로 단화경이었다.

그가 내세운 동행의 이유는 늙은이들끼리 함께 움직여야 한다는 것이었는데, 억울하게 늙은이 취급을 받은 기풍한은 물론 가장 눈치가 떨어지는 팔용까지도 그가 혈옥을 구경하고 싶어서 따라나선 것이라는 것쯤은 알 수 있었다.

어쩌면 혈옥에 갇힌 자신의 제자가 목구멍에 걸린 가시처럼 그의 마음에 걸려 있을지도 모를 일이었다. 그것이 걱정이든 두려움이든.

어쨌든 기풍한과 단화경, 화노가 혈옥으로 떠나자 곽철 등의 나머지 일행은 통이문주를 호위한 채 섬서 지단으로 향했다. 당분간 섬서 지단에 머물며 조직을 정비하라는 기풍한의 권유를 통이문주가 받아들인 것이다.

"도대체 이게 무슨 변고냐?"

단화경이 코를 부여 쥐고 소리쳤다.

그에 비해 화노는 침착하게 시체를 살펴보고 있었다.

"시체의 부패 상태로 봐서 이미 죽은 지 며칠이 지났네. 반항하지 못하는 상태에서 일방적인 학살을 당했네. 상처의 폭과 너비가 일정한 것으로 보아 한 사람의 소행이네."

"도대체 어떤 극악한 놈이? 아, 그 적운조 놈들 짓이겠구나?"

단화경의 찌푸린 얼굴을 쳐다보는 기풍한의 표정은 굳어 있었다.

육 년 전의 만남이었다.

그사이 조장이 바뀌었을 가능성은 물론 그녀가 살아 있다는 보장도 없었다.

어차피 스쳐 지나가는 바람 같은 만남이었다.

하지만 왠지 기풍한의 마음속 한곳에서는 그녀가 이 참상의 흉수가 아니기를 조금은 바라고 있었다.

단화경이 코를 부여잡고 시체를 살피기 시작했다.

기풍한은 그가 자신의 제자를 찾고 있다는 것을 짐작할 수 있었다.

한참을 그렇게 시체 더미를 헤매던 단화경이 조금 복잡한 얼굴로 말했다.

"내 제자 놈은 보이지 않는구나."

그 안도의 미소 속에는 분명 근심이 묻어나고 있었다.

"선배의 제자뿐만 아니라 일부 죄수들이 빠져나갔소."

기풍한은 확신하고 있었다.

질풍조가 잡아넣었던 죄수들 중 거물급에 속하는 이들의 모습이 보이지 않았던 것이다.

한두 명이 보이지 않는다면 그가 이곳에서 죽었다고 생각할 수도 있겠지만 그 숫자는 한둘이 아니었다.

"적어도 열 명 이상이오."

"사도맹 놈들, 도대체 무슨 속셈일까?"

"그들의 짓이 아니오."

기풍한의 얼굴은 굳어 있었다.

"그게 무슨 소리냐?"

"그들은 탈옥한 것이 아니라 풀려난 것이오."

"엥?"

"천룡맹과 구파일방이 개입되었소."

단화경이 깜짝 놀란 표정으로 황급히 물었다.

"그들이 사도맹과 손을 잡았단 말이냐?"

"불행히도 그런 것 같소."

기풍한의 눈이 빛나고 있었다.

사 년 전, 자신이 출맹한 이후 분명 어떤 음모가 시작된 것이 틀림없었다. 강호의 근간을 뒤흔들 거대한 음모가.

기풍한은 바야흐로 자신과 질풍조, 그리고 연화가 그 음모의 태풍 속에 말려들었다는 것을 느낄 수 있었다.

"그럼 이제 어떻게 할 작정이냐?"

단화경은 왠지 섬뜩한 생각에 몸을 부르르 떨었다.

"일단은 그냥 두고 볼까 하오."

"그 무슨 팔자 늘어지는 소리냐?"

기풍한이 피식 미소를 지었다.

"혹시 음모를 진압할 때 가장 중요한 것이 무엇인지 아시오?"

"이놈아, 넌 어찌 모르는 것만 물어대느냐?"

"그 음모가 궁극적으로 향하는 목표, 그것을 알아내는 것이오. 목표를 알면 다음 행동을 짐작할 수 있소. 하지만 우린 지금 아무것도 모르고 있소."

단화경은 공감한다는 듯 고개를 끄덕였지만 마음의 찜찜함은 가시지 않았다.

"이대로 그냥 지켜보자는 말이냐?"

기풍한은 예의 그 알 수 없는 미소만 지을 뿐이었다.

그때 화노가 고개를 갸웃거렸다.

"근데… 이상하군."

화노가 살펴보던 시체를 기풍한이 함께 살펴보기 시작했다.

"이 상처들은 일반 검기로 인한 상처가 아니네."

화노가 이미 시커멓게 썩은 검상을 쩍 벌렸다.

단화경이 인상을 찡그리며 뒤로 물러났다.

기풍한이 그 검상을 유심히 관찰하기 시작했다.

"확실히 뭔가 다르군요."

화노가 품 안에서 하나의 약병을 꺼내 들었다.

부글부글.

상처 부위에 액체를 붓자 검상에서 거품이 일기 시작했다.

"그것이 무엇이오?"

저만치 떨어져 선 단화경이 묻자 화노가 대수롭지 않다는 듯 대답했다.

"만유성액(萬誘性液)이라 불리는 것이오. 상처를 입힌 내력을 알아보는 것으로 과거에 재미 삼아 만들어본 것이지요. 구체적인 무공의 내력까지는 불가능해도 대충 큰 흐름은 알 수 있소. 일반 정파의 무공은 푸른색, 마공은 붉은색, 불문의 무공은 회색, 도가의 무공은 황색으로 반응을 하오."

단화경은 참으로 놀랍다는 얼굴이었다. 과연 신의라 불릴 만하다는 생각이 들었다.

서서히 검은색으로 변하는 상처.

화노가 고개를 돌려 기풍한을 올려다보았다.

두 사람의 고개가 동시에 끄덕여졌다.

"흑색의 반응을 보이는 무공은 단 하나뿐이지."

화노의 말에 기풍한이 담담하게 말했다.

"묵룡천가!"

"맞네. 바로 그들의 무공이네."

기풍한의 눈빛이 깊어지기 시작했다.

뭔가 한참을 고민하던 기풍한이 성큼성큼 걸어나가며 말했다.

"돌아갑시다."

*   *   *

그 시각, 섬서성의 초입에 위치한 한 객잔으로 한 대의 마차가 들어오고 있었다.

그 십여 명의 손님은 바로 기풍한 일행과 헤어져 섬서 지단으로 향하던 곽철 일행이었다.

애써 마부의 역할까지 자처한 팔용은 점수 따기에 여념이 없었다.

"제 손을 잡고 내리시지요."

어지간한 강호의 여인이라면 그 과잉 친절에 오히려 따끔한 일침을 가할 법도 하였건만 매란국죽은 기녀로 오랜 세월 위장했던 여인들이었다. 남자를 다룰 줄 아는 그녀들이었고, 거기에 질풍조에 대한 호감이 더해지자 팔용의 그러한 배려는 귀여움으로 다가왔다.

"감사드립니다."

그녀들이 미소를 지으며 팔용의 손을 잡고 차례대로 내렸다.

통이문주를 업고 객실까지 가겠다는 팔용의 고집을 통이문주는 애써 사양했다.

그 모습을 지켜보던 곽철은 달려가 팔용의 뒤통수를 후려 찰까 말까를 진지하게 고민했다.

"참지."

과연 곽철의 마음을 귀신같이 헤아리는 비영이었다.

"그래, 저 무식한 놈, 그냥 때려선 아프지도 않겠지. 단칼에!"

그렇게 모두 객잔 안으로 들어갔다.

몸이 아직 완쾌되지 않은 통이문주는 곧바로 객실로 올라갔고, 아무도 부탁하지 않았건만 기꺼이 매란국죽의 보표가 된 팔용이 당연하다는 듯 그들의 뒤를 따라 올라갔다.

그 와중에도 팔용은 점소이에게 이 집에서 가장 잘하는 것을 해내라고 닦달하는 것을 잊지 않았다.

곽철과 비영, 서린은 일층 구석 자리에 자리를 잡고 술과 안주를 시켰다.

서린이 손짓으로 무엇인가 말하기 시작했다.

"팔용이 놈이 기분이 좋아 보인다고?"

서린이 고개를 끄덕이며 다시 의사를 전달했다.

"그 모습이 보기 좋다고?"

곽철과 비영이 동시에 피식 웃었다.

곽철이 팔용이 올라간 이층을 힐끔 쳐다보았다.

그러고 보니 함께한 지난 세월, 팔용은 단 한 번도 여인에게 관심을 보인 적이 없었다.

자신이야 기루의 여인들은 물론이고 여염집 아낙도 차 한잔 마실 시간이면 치맛자락의 매듭을 슬슬 풀어낼 수 있는 관록의 소유자가 아닌가?

비영 역시 은근히 여인들에게 인기가 있었다.

차갑고 냉정하게 대하는 그의 싸늘함이 또 다른 매력이 되어 여인들의 마음을 울렸던 것이다.

그러나 팔용은 그동안 여인에게 관심을 받은 적도 관심을 기울인 적도 없었다.

어쩌면 팔용 스스로 포기하고 있었을지도 모를 그 연심(戀心)이 매란국죽을 통해 다시 되살아나기 시작한 것이다.

그때 팔용이 쿵쾅거리며 이층에서 내려왔다.

음식이며 잠자리까지 애써 다 살펴봐 주고 내려오는 팔용의 두 볼은 붉게 상기되어 있었다.

"벌컥벌컥."

술병째로 단숨에 술을 마시는 팔용의 귀를 곽철이 꽉 깨물었다.

"아얏! 아프다!"

"대협께선 이제 소첩을 버린 것이옵니까?"

곽철의 흐드러지는 장난에 팔용이 활짝 웃었다.

"흐흐, 이해해 주라."

그야말로 행복이 철철 넘치는 팔용이었다.

"좋아. 그럼 한 가지만 묻자. 네 여인 중 누가 제일 마음에 드냐?"

팔용이 다시 흐뭇하게 웃으며 말했다.

"전부 다!"

딱!

곽철의 꿀밤에 그제야 팔용이 몸을 꼬며 이실직고하기 시작했다.

"란 소저는 귀엽고, 국 소저는 착해 보이고, 죽 소저는 아름답지만…

그래도 매 소저가……."

"첫째 말이지? 음, 역시 네놈의 여자 보는 눈은 발바닥에 붙었군. 전문가의 입장으로 보건데… 막내 죽 소저가 딱이야. 자고로 여인은……."

어리고 예쁜 여자가 최고야란 말을 꺼내려던 곽철이 슬그머니 서린의 눈치를 살폈다.

서린이 짐짓 고약한 표정으로 인상을 쓰자 곽철이 슬그머니 꼬리를 내렸다.

"마음이 최고지."

그러자 서린이 활짝 미소를 지었다.

서린이 준 술을 받아 마신 곽철이 절세비급의 첫 장을 넘기기 시작했다.

"여자를 잘 꼬시려면 말이지, 그 여자의 성격을 제대로 파악해야 하지. 적극적인 성격이냐, 아니면 소극적인 성격이냐, 남자에게 의지하는 성격이냐, 모성애가 강한 성격이냐."

팔용은 눈을 동그랗게 뜨고 곽철의 말을 한마디라도 놓칠세라 집중하고 있었다. 붓과 종이가 있다면 받아 적을 분위기였다.

전혀 무관심한 척 술만 마시는 비영도 은근슬쩍 귀를 쫑긋 세우고 있었다.

"매 소저는 어떤 성격 같아?"

"글쎄?"

팔용이 머리를 긁적였다.

곽철이 한심하다는 표정으로 혀를 차고는 곧 확신에 찬 말을 했다.

"매 소저는 적극적이고 모성애가 강한 성격이다."

"엥?"

팔용은 물론 비영과 서란마저도 깜짝 놀란 얼굴이었다.

버럭.

갑자기 팔용이 곽철의 멱살을 움켜잡았다.

"너, 너 이 자식, 언제 수작 부린 것이냐?"

곽철이 눈을 가늘게 뜨며 천천히 한마디씩 또박또박 말했다.

"말 한마디 안 했는데요. 이거 놓으시죠."

"헉!"

그 존댓말이 내뿜는 무시무시한 진실에 팔용이 깜짝 놀라 뒤로 물러섰다.

딱!

"어휴, 이 미련한 놈아, 그 정도는 기본적으로 추리할 수 있어야지."

"한마디도 안 했다면서 어떻게 안 거야?"

"매란국죽!"

"그게 뭐야?"

"저 이름을 나란히 나눠 가졌다는 것은 어렸을 때부터 함께 자랐다는 것 아니냐?"

"응, 그랬다더라. 음, 너, 확실히 나 몰래 수작 부린 것 아니지?"

딱!

수업료는 꿀밤으로 대신하는 팔용이었다.

"매 소저가 그들 중 첫째지? 그럼 당연히 동생들을 셋이나 거느린 첫째 성격이 어떻겠냐?"

"아!"

그제야 팔용이 알겠다는 표정을 지었다.

"그럼 모성애가 강한 여인은 어떻게 공략하느냐?"

그 본격적인 말을 꺼낸 곽철은 어깨 아프다, 살살 주물러라, 술 비었다, 두 손으로 부어라, 결국 다음에 주사위 놀이 다섯 번 하기까지 약속을 받아낸 후에야 다시 말을 이었다.

"흔히 모성애가 강한 여인을 공략하려면 약한 모습을 보여줘야 한다고 생각하지?

"그건 당연한 것 아닌가?"

"그게 바로 하수와 고수의 차이지. 착각되겠습니다."

"그럼 아니야?"

"물론 그런 여인들은 일차적으로 자신이 돌봐줘야 할 것 같은 남자에게 잘해주지. 하지만 그건 그야말로 성격 같은 거지. 조건 반사적으로 나오는 성격. 네놈이 술만 보면 침을 질질 흘리는 것이나 영이 놈의 저 일단 베어놓고 생각하자, 뭐, 그런 것과 비슷하다고 보면 돼."

비영은 검을 움켜쥐었고 팔용은 마치 천하제일무공의 비급을 전수받는 기제자의 눈빛으로 고개를 끄덕였다.

"하지만 그런 여인들은 결국 지치기 마련이지. 자신은 누군가를 항상 돌봐주는데 정작 자신은 외롭거든. 그래서 그것을 감추려고 더욱 다른 사람들에게 강한 척하지. 악순환의 연속이라고 할까?"

"아!"

"그런 여인일수록 자신을 지켜주는 그런 남자를 마음속 깊이 원하는 거야. 그 남자를 믿기에, 그 남자가 있기에 자신의 성격을 더욱 마음대로 발휘할 수 있는 그런 든든한 남자."

두 주먹을 불끈 쥔 팔용이 불타오르기 시작했다.

"오늘이 기회야. 지단에 돌아가면 이런 기회 없어. 원래 여인들이란 분위기에 살고 분위기에 죽거든. 그 칙칙한 지단에서 뭔 분위기가 나것냐. 일단 불러내서 둘이 오붓하게 달빛 밟기를 하는 거지."

둘이 오붓하게란 말은 팔용의 타오르는 불꽃에 쏟아지는 물벼락이 되었다.

팔용의 당황한 얼굴이 다시 시무룩해졌다.

"자신없어."

덩달아 타오르던 비영과 서린이 동시에 한숨을 내쉬었다.

"부딪쳐 보는 거야."

곽철이 억지로 팔용을 일으켜 세웠다.

"이놈아, 어검술도 비껴 팅겨내는 놈이 뭘 무서워해!"

일어나지 않으려고 버티는 팔용에게 서린이 손짓을 하기 시작했다.

"잘할 수 있을 거라고? 정말 내가 잘할 수 있을까?"

이번에는 비영이 대뜸 술잔을 권했다.

모두의 응원이 더해지자 팔용이 벌컥벌컥 술을 들이키고는 벌떡 일어났다.

그러나 기세 좋게 한 발짝 옮긴 순간 다리에 힘이 빠져 주저앉았다.

"역시 힘들어."

곽철이 억지로 팔용을 끌고 가기 시작했다.

"내가 도와줄게. 날 믿어."

그렇게 두 사람이 객잔 이층으로 올라왔다.

도살장에 끌려가는 소처럼 곽철이 팔용의 등을 밀었다.

"안 돼! 거절당하면 난!"

"걱정 마. 그럼 내가 단칼에 죽여줄 테니까."

복도 끝의 통이문주와 매란국죽의 침소를 향해 그들이 발걸음을 옮기던 그때였다.

덜컹.

복도 왼쪽의 객실 문이 열리면서 백색 무복의 한 사내가 밖으로 나왔다.

밀고 당기고 장난을 치는 두 사람을 사내가 힐끔 보고는 그대로 그들 옆을 스쳐 지나가 일층으로 내려갔다.

끼이익.

서서히 닫히는 문.

무심코 곽철의 시선이 그곳을 향했다.

문 사이로 보이는 하나의 광경.

마치 느린 그림처럼 객실 안의 모습이 곽철의 눈을 스쳐 지나갔다.

방 안에 있던 몇 사람 중 한 사람과 눈이 마주쳤다.

곽철의 시선이 자연스럽게 그를 피해 앞을 향했다.

눈 꼬리가 매서운 한 중년 사내. 그는 곽철을 모르지만 곽철은 분명히 그를 똑똑히 기억하고 있었다.

그는 바로 자신과 질풍조가 혈옥에 가뒀던 천면호였다.

덜컹.

문이 완전히 닫혔다.

앞서 비틀비틀 걷던 팔용의 귓가를 울리는 곽철의 한마디 전음.

"쉿!"

앞서 가던 팔용이 그림처럼 멈춰 섰다.

그 한마디 전음이 뜻하는 위기감을 팔용은 알고 있었다.

팔용이 자연스럽게 돌아섰다.

곽철의 눈동자가 옆에 있는 객실 문을 향했다.

팔용의 고개가 살짝 끄덕여졌다.

"어휴, 이 바보둥이! 정말 못하겠냐?"

굳어진 얼굴과는 전혀 다른 상반된 쾌활한 목소리로 곽철이 뒷걸음질을 치고 있었다.

"난 도저히 안 되겠어."

경직된 얼굴로 시무룩한 목소리를 연출하는 팔용이었다.

"어휴! 그럼 네 마음대로 해!"

그렇게 자연스럽게 두 사람이 다시 일층으로 향했다.

팔용이 원래의 발걸음대로 쿵쾅거리며 곽철의 뒤를 따랐다.

계단을 내려오는 팔용의 애달픈 전음이 곽철의 마음을 울렸다.

"내 복에 무슨 사랑이냐!"

두 사람을 스쳐 지나간 백색 무복의 사내는 바로 적운조의 심무정이었다.

계단을 내려온 그가 점소이를 불렀다.

"곧 출발할 것이다. 준비는 모두 끝냈느냐?"

"네, 네. 말도 배부르게 먹여두었고 말씀하신 음식도 미리 다 실어두었습니다요."

심무정이 점소이를 앞세우고 마차를 점검하러 객잔 밖으로 나갔다.

곽철과 팔용이 일층으로 내려왔다.

올라가자마자 다시 내려오는 두 사람의 모습에 잠시 의아해하던 비영과 서린의 눈빛이 반짝 빛났다.

곽철의 시선은 객잔 밖으로 나서는 심무정을 향해 있었다.

비영과 서린의 시선이 자연스럽게 곽철의 시선을 좇았다가 다시 술잔으로 향했다.

눈빛만 봐도 무슨 생각을 하는지 알 만한 그들이었다.

곽철과 팔용이 자리에 앉았다.

"구름이 달빛을 가려 오늘 분위기 내기는 다 틀렸다."

나지막한 곽철의 말이 뜻하는 것을 모두는 단번에 알아들을 수 있었다.

비영이 객잔 밖의 사내를 응시하며 나지막이 말했다.

"적운조."

곽철이 고개를 끄덕이며 속삭였다.

"딱 걸렸다."

그들의 나지막한 대화가 계속 이어졌다.

"모두 몇 명이지?"

"정확히는 몰라. 적어도 열 명 이상?"

방 안에서 느껴지던 기운은 분명 한 두 사람의 것이 아니었다.

"잘 걸렸다, 이놈들!"

당장에라도 달려 올라가 문을 박차고 들어가고 싶은 팔용이었다.

"덮치자!"

곽철이 바르르 떨리는 팔용의 커다란 주먹을 잡으며 고개를 가로저었다.

"안 돼. 일단 놈들 숫자부터 확실히 확인하고."

"문제는 그들이 금제를 풀었는가 하는 것이지."

비영의 말에 모두 고개를 끄덕였다.

만약 모두 금제를 풀었다면 지금의 네 명으로서는 절대 불리한 싸움이었다. 체포를 하려다가 도리어 당할 수도 있는 상황이었다. 게다가 이쪽은 부상당한 통이문주와 매란국죽에 대한 부담까지 진 상태였다.

모두 서로를 바라보며 무언의 대화를 나누었다.

기풍한의 걱정은 정확히 들어맞았다.

문제는 그들이 혈옥을 탈옥했다는 것이 아니었다. 그들의 탈옥 배경이 문제였다.

곽철이 턱을 매만지며 말했다.

"확실히 아직 금제는 풀지 못한 듯 보이지만……."

"이유는?"

곽철이 힐끔 객잔 밖에 세워진 마차를 돌아보았다.

"놈들은 지금 마차로 이동하고 있지. 금제를 풀었다면 굳이 이목을 피해가며 마차를 이용할 필요가 없겠지."

"지금 덮치자. 만약 금제를 풀게 되면 더 힘들어진다."

곽철의 추리나 팔용의 성급함이나 모두 일리있는 말이었다.

그러나 곽철은 망설이고 있었다.

뒤를 쫓아 그들의 목표와 배후를 알아내는 것 또한 중요한 일이었기 때문이다.

"빨리 결정해야겠다. 저놈들, 곧 뜰 모양인데."

팔용이 힐끔 객잔 밖을 살폈다. 저 멀리 심무정이 마차를 점검하며 출발 준비를 서두르고 있었다.

모두 곽철의 결정을 기다리고 있었다. 기풍한의 부재시 주로 작전을 지휘하는 것은 그의 몫이었다.

곽철이 잠시 눈을 감고 생각에 잠겼다.

'조장님이라면?'

기풍한이라면 어떻게 했을까?

이윽고 곽철이 기풍한이 내렸으리라 생각되는 결론에 도달했다.

"공연히 풀을 건드려 뱀을 놀라게 할 필요는 없겠지?"

미행해서 배후를 알아내자는 뜻이었다.

"게다가 통이문주 일행까지 위험에 빠질 가능성도 있으니까 일단 신중히 움직이자."

모두 곽철의 결론에 동의했다.

"용아, 너는 일단 통이문주를 모시고 귀환해라."

자신이 빠진다는 것에 불만을 표할 만도 했지만 팔용은 묵묵히 고개를 끄덕였다. 어차피 누군가는 해야 할 일이었고, 지금 맡은 역할로 투덜댈 상황이 아니었다.

"조장님이 섬서 지단으로 귀환하실 테니 최대한 빨리 모시고 따라와라. 갈림길마다 표시를 해둘 테니."

"보통이 아닌 놈들이니 조심해라."

"오랜만에 이걸 써야겠네."

곽철이 품 안에서 자그마한 상자를 하나 꺼냈다.

상자에는 한 쌍의 바늘이 들어 있었다.

원앙쌍침(鴛鴦雙針).

원앙쌍침은 질풍조가 극도로 조심스런 미행을 할 때 사용하는 도구였다.

그 이름처럼 한 쌍으로 만들어진 바늘로 이백 장 떨어진 곳까지 서로에게 반응을 하는 비수였다. 마치 한 쌍의 보검이 서로 가까워질수록 소리를 내며 우는 것과 비슷했다. 단 원앙쌍침은 따로 떨어졌을 때 그 한쪽인 원침만이 반응을 한다는 것이 달랐다.

그때 심무정이 객잔 안으로 들어왔다.

자연스럽게 곽철이 연기를 시작했다.

"어휴, 도저히 못 봐주겠네."

곽철이 팔용의 머리를 쥐어박았다.

"에잇, 남의 속도 모르고!"

팔용이 곽철을 거칠게 밀었다.

짜당!

곽철이 심무정 쪽으로 쓰러졌고, 심무정은 재빨리 몇 발짝 뒤로 몸을 피했다.

"이 새끼, 네놈이 날 쳐?"

"흥! 네가 친구냐?"

두 사람이 멱살잡이를 하자 비영과 서린이 두 사람을 뜯어말렸다.

"자, 술이나 한잔하고 마음들 풀어라."

비영이 두 사람을 달래며 자리에 앉혔다. 어느 객잔에서나 흔히 볼 수 있는 술판의 토닥거림이었다.

심무정은 그저 힐끔 그들을 쳐다보고는 다시 이층으로 걸음을 옮겼다.

이미 그의 바지 끝 자락에는 원앙쌍침 중 하나가 박혀 있었다.

심무정과의 거리가 멀어지자 곽철의 손에 들린 원침이 바르르 떨리며 반응하기 시작했다.

곽철이 씨익 웃으며 그것을 자신의 소맷자락 끝에 꽂아 넣었다.

이층으로 올라온 심무정은 그들이 빌린 두 개의 객실 중 큰 객실의 문을 열고 들어갔다.

방 안에는 십이혈성이 휴식을 취하고 있었다.

"곧 출발합니다. 준비하십시오."

돌아서 나가려는 심무정의 등 뒤로 혈사련주의 목소리가 들려왔다.

"우리 몸의 금제는 언제 풀어줄 것인가?"

과연 곽철의 짐작대로 그들의 금제는 아직 풀리지 않은 상태였다.

"제 소관이 아닙니다. 목적지에 도착하면 알 수 있을 겁니다."

무뚝뚝하게 대답하곤 심무정이 방을 나섰다.

그가 다시 그 옆 객실의 문을 두드리며 들어섰다.

이현이 창가 쪽 의자에 기대 잠들어 있었다.

무명노인과 나머지 적운조 무인들은 한발 먼저 목적지로 향했다. 한 꺼번에 너무 많은 인원이 움직이면 눈에 띌 것을 염려해서 인원을 분산한 것이다.

이현과 심무정만이 십이혈성을 데리고 뒤따르는 중이었는데, 금제를 풀지 못한 채 삼색광혼단마저 복용한 그들이었기에 별다른 문제는 없었다.

심무정이 발소리를 죽여 조심스럽게 그녀 옆으로 다가갔다.

피곤함이 가득 묻어나는 이현의 얼굴.

다시 심무정이 침상에 있는 모포를 그녀가 깨지 않도록 조심스럽게 덮어주었다.

그리고 자신은 입구 쪽 침상에 걸터앉았다. 곧 출발해야 했지만 반각만이라도 더 이현에게 숙면을 취하게 하리라 마음먹은 것이다.

"무정아."

자는 줄 알았던 이현이 어느새 깨어 있었다.

"죄송합니다. 제가 깨웠나 봅니다."

"아니다. 출발 준비는?"

"모두 끝났습니다."

의자에 기대 있던 이현이 몸을 일으켰다.

"무정아."

"네."

"너, 이번 임무 끝나면 은퇴해라."

이현은 멍하니 창밖을 내다보고 있었다.

언제나 자신보다도 더 자신의 아내와 아이를 걱정하는 그녀였다.

그 마음을 모르지 않았기에 심무정은 의도적으로 분위기를 유쾌하게 이끌었다.

"하하, 배운 것이라곤 이 서투른 칼질뿐인데 뭐 해 먹고 산답니까? 농사라도 지을까요? 장사라도 할까요?"

"그래, 농사지어. 장사 해."

달빛에 비친 그녀의 모습이 여느 때보다 초췌해 보였다.

다시 이현의 나지막한 한마디가 이어졌다.

"…죽지 마."

"…네."

심무정의 다음 말은 그의 마음속에서만 울려 퍼졌다.

'죽지 않을 겁니다. 조장 행복해지는 것 보기 전까지는, 절대로.'

이현이 의자에서 몸을 일으켰다.

"출발하자."

"네."

두 사람이 문을 열고 나섰다.

심무정이 객실 문을 두드리자 십이혈성도 방을 나와 이현의 뒤를 따랐다.

그들이 일층으로 줄지어 내려왔다.

밤늦은 시간임에도 객잔은 술꾼들로 붐비고 있었고, 그중에는 곽철 일행도 포함되어 있었다.

술을 마시며 웃고 떠들어대는 그들의 옆으로 이현 일행이 스쳐 지나
갔다.

"이놈아, 여인의 마음을 얻으려면 자고로 용기와 노력이 필요한 것
이다. 네가 지금까지 이렇게 속만 끓이다가 그냥 보낸 여인이 도대체
몇이냐? 가만 보자, 까막골 심 소저, 창무도관 송 여협, 용 대인댁 이
낭자, 길 가다 만난 유 부인…… . 어휴, 모두 열넷은 되겠네."

곽철은 마지막 열넷이란 말은 나지막이 말했다. 그가 헤아린 숫자는
바로 그들의 옆을 스쳐 지나간 이현과 심무정, 그리고 십이혈성이었다.

몇몇의 인물은 분명 그들이 혈옥에 가뒀던 이들이었다.

두 대의 마차에 나눠 탄 그들이 객잔을 떠났다.

"망할 놈들, 많이도 기어나왔네."

"핵심들만 뽑아 나온 것 같다."

"자, 우리도 슬슬 움직이자."

그들이 출발하자 질풍조도 행동을 개시했다.

통이문주 일행을 깨워 곧바로 출발하려고 이층으로 올라가던 팔용
이 나머지 셋을 향해 고개를 돌렸다.

"조심해."

곽철이 피식 웃으며 소리쳤다.

"매 소저에게 강한 모습! 알았지?"

매 소저란 말에 기세 좋게 계단을 오르던 팔용이 휘청거리며 난간을
잡고 올라가기 시작했다.

*   *   *

두 대의 마차가 한 장원으로 들어서고 있었다.

낡은 현판에 적힌 기괴한 필체의 세 글자는 마치 피가 흘러내리는 듯 음산한 분위기를 자아내고 있었다.

귀곡장(鬼哭莊).

그 이름만큼이나 음산한 그곳에 내린 사람들은 바로 십이혈성이었다.

귀곡장의 스산한 분위기는 사도의 고수인 그들에게 마치 고향으로 돌아온 감회를 안겨주고 있었다. 금분세수를 맞은 선배 노고수의 은퇴식을 축하하러 온 손님처럼 그들은 들뜬 모습이었다.

"어찌 낯이 익는 풍경이로고."

천외쌍마 중 뚱뚱한 외모의 백마(白魔)가 주위를 둘러보며 말했다.

"귀신놀음 좋아하는 그 아이의 장난이구나."

홀쭉한 흑마(黑魔)가 장원에 펼쳐진 자욱한 안개를 바라보며 고개를 끄덕였다.

그러자 천면호가 깜짝 놀라 소리쳤다.

"혹 말씀하신 분이 기문(奇門)과 진법의 최고수라 불리는 귀곡자 선배를 일컫는 것입니까?"

그때 어디선가 음산한 웃음소리가 안개 속에서 들려왔다.

보는 것만으로도 두려움이 절로 드는 곱추노인이 안개 속에서 모습을 드러냈다.

"흐흐흐, 바로 맞췄다. 노부가 바로 그 귀곡자니라."

귀곡자가 혈사련주와 천외쌍마를 향해 고개를 까닥거렸다.

"오랜만이오. 아직들 살아 계셨구려."

그 성의없는 인사에 백마가 인상을 찌푸렸다.

"건방진 놈 같으니."

"아서라. 저 어린 놈의 건방이 어디 하루 이틀이더냐."

그들의 대화에 귀곡자는 오히려 기분이 좋다는 듯 껄껄거렸다.

혈사련주는 그저 가소롭다는 표정이었다. 혈사련이 강호에 쩌렁쩌렁 이름을 떨칠 때 귀곡자는 이제 막 유명세를 타기 시작한 후기지수 중 하나였다. 배분이나 명성에 비할 바는 아니었지만 어쨌든 혈사련주나 천외쌍마, 귀곡자는 같은 세대의 강호를 풍미한 이들이었다.

그들에 비해 상대적으로 나이가 적은 나머지 고수들은 서로를 돌아보며 실소를 지었다.

자신들 역시 강호에 출도하면 제법 큰 기침 소리를 내는 이들이 아닌가? 그런 자신들의 선배인 귀곡자가 어린아이 취급을 받자 오랫동안 봐왔던 혈사련주와 천외쌍마였지만 다시금 그들의 연륜이 새삼스럽게 느껴졌다.

이현과 심무정이 귀곡자에게 공손하게 인사를 건넸다.

"뵙게 돼서 영광입니다."

"오라, 네가 바로 그 적운조장이로구나. 듣던 것보다는 젊다."

"잘 부탁드립니다."

"맹주 그 사람에게 네 얘기는 제법 들었다."

이현이 살짝 미소를 지었다. 문득 사도맹주 용천악의 얼굴이 떠올랐다. 현 임무의 호불호(好不好)나 위험성을 떠나 언제나 자신과 적운조를 아껴주던 그였다.

남은 십이혈성의 고수들과 대충 인사를 끝내자 귀곡자가 앞장서 안개 속으로 들어섰다.

쉬이이이이!

귀곡자의 걸음을 따라 안개가 좌우로 갈라졌다.

뒤를 따르는 이들의 표정이 신중해졌다.

혹여 뒤처지거나 발을 헛딛기라도 하면 무시무시한 절진에 빠지게 된다는 것은 굳이 설명해 주지 않아도 알 수 있었다.

그때 멀리서 그 모습을 바라보고 있는 세 사람.

귀곡장이 훤히 내려다보이는 나무 위에 곽철과 비영, 서린이 몸을 감추고 있었다.

안개 속으로 사라지는 그들의 모습을 보며 비영이 나지막이 속삭였다.

"귀문추행진(鬼門追行陣)!"

"망할, 첩첩산중이군."

대라멸겁진(大羅滅劫陣), 무극오행진(無極五行陣)과 더불어 강호삼대 절진으로 알려진 귀문추행진이었다.

그 자욱한 안개를 내려다보며 곽철이 중얼거렸다.

"뚫고 잠입할 수 있을까?"

비영이 곽철의 어깨를 잡으며 고개를 가로저었다.

"절대 무리다."

"그렇겠지. 우리 영감쟁이들이 빨리 와야겠군."

세 사람의 미행은 거기까지였다. 과거 교육을 통해 귀문추행진에 대한 무서움은 익히 들은 그들이었다.

한편 귀문추행진을 벗어난 십이혈성의 고수들은 한 커다란 객청으로 안내되었다.

그곳에서 그들을 기다리고 있는 이들은 앞서 먼저 출발한 적운조의 무인들이었다.

양옆으로 도열한 그들 중앙의 태사의에 무명노인이 앉아 있었다.

십이혈성이 노인 앞으로 일렬로 늘어섰다.

"오시느라 수고들 많으셨소."

더욱 눈빛이 깊어진 무명노인이었다. 하루가 다르게 자신이 본디 지 녔던 무공을 되찾고 있음이 틀림없었다.

'과연 그들은 모습을 드러내지 않는구나.'

혈사련주는 이곳에서 천룡맹주나 사도맹주 중 한 사람 정도는 만날 수 있지 않을까 조심스럽게 예상했었다. 하나 그들은 여전히 모습을 드러내지 않았다.

"피차 시간 낭비 맙시다."

혈사련주의 직설적인 말에 무명노인이 미소를 지었다.

모두 한 번쯤 천하를 꿈꾸었던 이들이다. 간계와 음모라면 그 누구에게도 뒤처지지 않는 그들이었다. 공연한 응수 타진은 서로에게 피곤한 일에 불과했다.

노인이 신호를 보내자 적운조의 무인들이 열두 개의 작은 탁자를 가져왔다.

탁자 위에 놓인 것은 모두 같았다.

그들의 금제를 풀어줄 파해법이 적힌 두루마리와 인형설삼(人形雪蔘) 두 뿌리가 놓여 있었다. 오랜 시간 제압당한 내공이었지만, 인형설삼 두 뿌리라면 충분히 빠른 시간 안에 내력을 되찾아줄 촉매 역할을 해줄 것이다.

무공을 되찾을 수 있다는 기대감에 십이혈성은 내심 가슴이 격동하는 것을 느꼈다.

드르르릉.

다시 적운조의 무인이 하나의 받침대를 밀고 들어왔다.

그것에는 도, 검, 궁, 봉, 부(斧), 극(戟), 곤(棍), 륜(輪), 선(扇), 비(匕)

등 모든 종류의 병장기들이 세워져 있었다.

한눈에 보아도 과거 그들이 사용하던 독문 병기에 비해 전혀 손색이 없는 신병이기들이었다.

"우리에게 원하는 것이 무엇이오?"

두툼한 살집을 씰룩이며 환희옥불이 물었다.

어린아이처럼 천진한 모습의 소살신동의 얼굴조차 무섭게 굳어 있었다.

세상에 공짜란 없는 법이고 과장된 호의는 곧 죽음으로 향하는 지름길이란 것을 그들은 잘 알고 있었다.

"하하하, 긴장들 푸시오. 그저 이 늙은이의 손발이 되어 몇 가지 심부름이나 해주면 되오. 무사히 그 일만 마치면 올 봄은 아주 따뜻할 것이오."

아무도 노인의 그 말을 믿지 않았다.

각각이 거대 문파의 장문인에 버금가거나 그 이상의 실력을 지닌 이들이었다. 비록 단화경의 제자인 유식과 금적산, 천면호만이 상대적으로 무공이 떨어졌지만 그것은 상대적인 평가일 뿐이었다.

이러한 열두 고수가 필요한 일이 간단한 일일 리가 없었다.

"흘흘, 그 심부름이란 것이 마교 교주의 모가지를 주워오라는 것은 아니겠지?"

"예끼, 이놈아, 재수없는 소리 말아라."

천외쌍마의 농담에 찬바람이 횡하니 불었다.

설마 하는 마음으로 모두 한 번쯤 생각했던 일이다. 만약 사도맹에서 단독으로 이번 일을 꾸몄으면 그 짐작의 대상은 천룡맹이었을 것이다. 하나 이번 일은 두 단체의 합작품. 그렇다면 남은 상대는 하나뿐이었다.

모두의 시선이 노인에게 집중되었다.

"아쉽게도 기천기는 한낱 암습 따위에 고분고분 죽어줄 인물이 아니지. 그대들만으로 그게 가능했다면 그들이 나까지 불러냈겠소?"

그 자부심 강한 말에 담긴 뜻은 또 다른 복안이 있다는 의미였고, 은근히 십이혈성을 깔보는 말이기도 했다. 그리고 적어도 한 가지 사실만은 분명했다.

이제 자신들이 해야 할 일이 무엇임을 떠나 그 칼끝은 마교를 향해 있다는 것을.

"자자, 우선은 모두 몸부터 추스릅시다. 연공실은 저쪽이오."

말없이 서 있던 이들 중 가장 먼저 움직인 것은 독수염라였다.

탁자 위에 놓인 파해법과 영약을 들고 노인이 가리킨 쪽으로 걸음을 옮겼다.

그것이 신호가 되었을까?

모두 묵묵히 독수염라의 앞선 행동을 자신의 것으로 옮겼다.

그가 무엇을 바라든 간에 일단 무공부터 회복하고 볼 일이었다.

"자, 본격적인 일은 열흘 후부터 시작하십시다. 첫 번째 일은 매우 간단한 일이오. 뭐, 마교 쪽 이목도 있고 하니 한두 분 정도만 맡아주시면 되겠소."

그렇게 천룡맹과 사도맹의 암묵적인 비호 아래 무명노인과 십이혈성의 본격적인 임무가 시작되고 있었다.

그날로부터 정확히 열흘 후, 귀문추행진이 열리며 두 사람이 걸어나왔다.

第20章

작전 개시

천면호의 인상은 자신이 신경질적으로 씹
어대는 건량 조각처럼 일그러져 있었다.

천면호와 독수염라가 귀곡장을 나선 지 사흘째.

그들은 주로 숲의 지름길을 통해 산행을 계속하고 있었다.

제대로 된 안주와 술 생각이 간절한 천면호였다.

혈옥의 변변찮은 음식에 길들여진 그의 식성이 지난 열흘, 귀곡장에
서의 기름진 음식으로 매우 혼란을 겪고 있었다.

마치 오랫동안 끊었던 약물을 오랜만에 다시 하면서 지금까지 참았
던 것까지 한꺼번에 찾게 되는 그런 경우였다.

이미 무공을 회복해 무서울 것이 없는 그가 굳이 이런 험로를 택한
것은 주위 이목을 조심하라는 무명노인의 명령 때문만은 아니었다.

바로 눈앞의 한 사내.

한쪽 팔로 묵묵히 건량을 씹고 있는 고지식한 사내. 바로 독수염라 때문이었다.

"이제 산을 내려갑시다. 그대도 느꼈다시피 아무도 뒤를 쫓는 이가 없지 않소?"

"이제 곧 서협에 도착하오. 그때까지만 참으시오."

어제부터 그놈의 서협 타령만 해대는 독수염라였다.

애초에 대로를 통해 이동했으면 이 같은 고통도 없었으리라.

"혹 그대는 아직도 우리를 알아볼 이가 있으리라 여기시오?"

"조심하는 게 좋소."

여전히 고집스럽고 퉁명스런 독수염라였다. 원래 그의 천성이 그러하다는 것을 모르지 않았기에 천면호는 더욱 답답함을 느꼈다.

"우린 이미 강호에서 잊혀졌소. 우릴 알아볼 사람은 이제 아무도 없소."

그 말에 독수염라의 짙은 눈썹이 꿈틀거렸다.

그의 눈에 비친 천면호는 한낱 욕망도 참아내지 못하는 애송이로 보였지만 그 말만은 제법 설득력이 있었다.

강호의 이 신선한 공기를 맡아본 지가 몇 년 만이던가?

그의 말대로 아무도 그들을 알아보지 못하리라.

천면호가 씹어대던 건량을 신경질적으로 뱉었다.

"퉤퉤, 이따위 것을 음식이라고 팔다니."

애꿎은 건량에 화풀이를 하는 천면호였다.

'염병할, 마음 같아서는 그냥!'

그러한 마음에도 불구하고 천면호의 눈빛은 감히 독수염라와 마주하지 못하고 있었다. 자신의 두 팔이 그의 한 팔을 감당할 수 없다는 것을 잘 알고 있었기 때문이다.

이번 임무에서 독수염라의 역할은 자신의 호위가 주목적이었다. 충분히 혼자 할 수 있는 일이었는데 무명노인은 아무래도 불안했는지 독수염라를 딸려 보낸 것이다.

물론 독수염라의 조심스러움이 이해가 안 되는 것은 아니었다.

그들이 무명노인으로부터 받은 삼색광혼단의 해약은 그들이 정확히 임무를 마치고 돌아오는 시간을 계산한 것이었다.

혹 중간에 일이라도 생긴다면 그야말로 대형 사고가 발생하는 것이다.

하지만 천면호는 술과 고기가 너무 먹고 싶었다.

그때 어디선가 멧돼지 고기를 굽는 냄새가 바람을 타고 불어왔다.

"큵큵."

천면호가 코를 벌름거리며 냄새의 근원지를 찾기 시작했다.

그들이 쉬고 있는 곳에서 멀지 않은 곳에서 사냥꾼 둘이 멧돼지를 구워 먹으며 술을 마시고 있었다.

여우와 곰의 머리통을 모자로 만들어 뒤집어쓰고 그 가죽을 망토처럼 두른 그들은 전형적인 사냥꾼의 모습이었다.

"캬! 죽인다!"

여우가죽사내가 술을 들이키며 감탄했다.

그러자 곰 가죽의 덩치 큰 사내가 맞장구를 쳤다.

"이 맛에 사냥하는 거지, 암. 자, 한잔 더 받게나."

그들을 발견한 천면호의 두 눈이 번쩍 뜨이며 입에 침이 고였다.

"이보게!"

갑자기 천면호가 등장하자 사냥꾼들이 흠칫 놀랐다.

"좀 나눠 먹을 수 있겠는가?"

사냥꾼들은 순간 천면호의 행색을 살폈다.

부채를 무기로 사용하는 천면호는 비록 도검을 소지하지는 않았지만 한눈에 보아도 강호인임을 알 수 있었다.

그것을 깨닫는 순간 두 사냥꾼의 허리가 자연스레 굽혀졌다.

"물론입죠. 마음껏 드십시오."

천면호의 얼굴에 화색이 감돌았다.

과연 이 맛에 고수를 하는 것이 아니던가?

천면호가 사냥꾼들이 마시던 술을 냉큼 받아 들었다.

"벌컥벌컥!"

"캬!"

비록 싸구려 죽엽청이었지만 감탄이 절로 나왔다.

천면호는 멧돼지의 몸통에 박혀 있는 단검으로 그 살점을 싹둑싹둑 베어 먹었다.

두 사냥꾼은 그저 침만 꿀꺽꿀꺽 삼키며 그 모습을 지켜볼 뿐이었다.

"함께 좀 드시오."

천면호가 자신의 뒤를 따라온 독수염라에게 술을 권했다.

"난 됐소."

사냥꾼의 술을 빼앗아 먹는 천면호를 바라보는 그의 경멸의 눈빛을 천면호는 모른 척 피해 버렸다.

"서협까지는 얼마나 남았는가?"

그러자 여우 가죽의 사냥꾼이 기다렸다는 듯 손짓까지 해가며 설명을 하기 시작했다.

"저기 저 산을 넘어 반나절만 더 가시면 서협입지요. 혹 그곳에 가셔서 시간이 나시면 신선루에 꼭 들러보십시오. 분위기 좋고 술맛 좋고. 아, 게다가 요즘 죽이는 여자 애들이 새로……."

사냥꾼의 말을 자르며 독수염라가 무뚝뚝하게 말했다.

"그만 갑시다."

그의 무서운 기세에 사냥꾼들이 화들짝 놀라 고개를 숙였다.

"벌컥벌컥."

천면호가 남은 술까지 탈탈 털어 마시고는 그제야 만족스런 얼굴로 일어났다.

"잘 먹었네. 뭐, 원한다면 값이라도 치러줄까 하네만……."

천면호가 짐짓 돈이라도 꺼내주려고 하자 곰 가죽의 사내가 눈치없이 손을 내밀었다.

짝!

곰가죽사내의 손을 후려친 여우가죽사내가 황급히 말했다.

"아닙니다요. 무림의 어르신들께 당연한 대접이지요. 헤헤."

"그래, 그럼 할 수 없지. 으하하!"

천면호가 호탕하게 웃으며 독수염라의 뒤를 따랐다.

두 사람이 사라지자 벌벌 떨던 사냥꾼들의 표정이 바뀌었다.

잔뜩 겁먹었던 여우가죽사내가 하품을 하며 말했다.

"잘 처먹는구나."

"흑흑, 내 멧돼지!"

여우 가죽을 뒤집어쓴 사냥꾼은 곽철이었고, 곰 가죽은 바로 팔용이었다.

곽철이 천면호가 마시고 간 빈 술병을 흔들어댔다.

"쯔쯔, 사내놈에게 환락산(歡樂散)을 먹여야 하다니."

환락산은 바로 화노가 특별 제조한 춘약(春藥)이었다.

"약효가 너무 강하지 않을까? 저놈 혼자 다 처먹었잖아."

팔용은 조금 걱정이 되는 얼굴이었다.

"화노가 알아서 조절했겠지. 게다가 저놈쯤 되는 고수는 어지간히 처먹이지 않으면 효과가 안 나지."

"어쨌든 일 단계 작전 성공!"

두 사람이 마주 보며 의미심장하게 웃었다.

혈옥에서 돌아온 기풍한이 곽철 등과 합류한 것은 닷새 전이었다.

섬서 지단으로 귀환한 팔용의 보고에 기풍한은 단화경과 화노, 연화를 데리고 귀곡장으로 달려왔다.

연화가 따라나서겠다는 것을 기풍한은 굳이 막지 않았다.

천룡맹의 개입이 확실해진 이상 연화와 함께 움직이는 것이 안전하다고 판단을 내린 것이다.

통이문주는 일단 상처를 치료하는 대로 합류하기로 약속을 함으로써 팔용은 매 소저와 가슴 아픈 이별을 해야 했다. 물론 아직은 팔용만의 슬픔이었다.

어쨌든 기풍한 일행이 곽철이 남긴 표시를 좇아 귀곡장에 도착했을 때 곽철과 비영, 서린은 그 주위를 철통같이 감시하고 있었다.

귀곡장 근처의 야산에 임시 작전 본부가 세워졌다.

처음 고려된 작전은 귀곡장으로의 잠입이었다.

"불가(不可)."

화노의 결론이었다.

"진을 완전히 부수며 정면 돌파를 한다면 시간이 다소 걸리겠지만 방법이 아예 없는 것은 아니네. 하지만 몰래 잠입한다는 것은 무리네."

정면 돌파는 기풍한이 원하는 방법이 아니었다. 또한 진을 부수며 진입하는 시간에 그들이 팔짱 끼고 구경만 할 리 만무했다.

지금 중요한 것은 그들이 노리는 것이 무엇인가를 알아내는 것이었다.

어차피 혈옥의 고수들은 이번 음모의 들러리이자 소모품에 불과하다는 것을 기풍한은 직감하고 있었다.

결국 일단 그들의 움직임을 감시하며 무작정 기다리던 질풍조였다.

그리고 다시 이틀 후, 독수염라와 천면호가 귀곡장을 나서는 그 순간부터 질풍조의 작전이 시작된 것이다.

곽철이 한 옆에 따로 준비해 둔 물건들을 챙겨 들었다.

도마처럼 편편하게 잘라낸 멧돼지의 살점과 따로 가죽 주머니에 모아둔 멧돼지의 피였다.

무슨 까닭인지 곽철은 그것을 소중하게 챙겼다.

대충 정리를 끝내고 그곳을 떠나려던 곽철이 팔용의 어깨를 톡톡 두드렸다.

"근데 너."

"응? 왜?"

곽철이 팔용의 머리에 뒤집어쓴 곰 모자를 벗겨냈다.

씌웠다 벗겼다를 두세 번 반복하던 곽철이 고개를 끄덕였다.

"음… 역시."

"……?"

"벗는 게 더 진짜 같군."

잠시 곽철의 말이 무슨 뜻인지 몰라 두 눈만 껌벅이던 팔용이 뒤늦게 곽철의 놀림을 깨달았다.

"이놈이!"

곽철은 이미 저 멀리 달려가고 있었다.

그렇게 재주를 부린 여우와 곰이 숲을 벗어나기 시작했다.

*　　　　　*　　　　　*

그날 저녁, 하남 서협(西峽)의 신선루(神仙樓).

서협에서 예쁜 기녀들을 많이 보유하기로 유명한 그곳은 언제나 손님들로 북적댔다.

오층의 거대한 규모를 자랑하는 신선루는 일, 이층만이 일반 객잔의 역할을 담당했고 나머지 층은 모두 여인과 술을 모두 파는 홍루(紅樓)였다.

신선루의 주인인 왕소팔(王小八)은 삼층 화방(花房)에 든 손님들 때문에 인상을 한껏 찌푸리고 있었다.

기녀들을 모두 내치고 깨작깨작 술을 마시며 자리만 차지하고 있는 그들은 과연 왕소팔의 입장에서는 짜증이 날 만한 손님이었다.

자고로 기루의 수입은 기녀들에게 달려 있었다.

은근슬쩍 술을 뱉어가면서 입만 벌리면 값비싼 안주들을 시켜대는 그녀들이 아니라면 어찌 자신이 서협제일의 신선루를 이뤄낼 수 있었겠는가?

근데 놈들은 기녀들은 모두 내치고 뭔 꿍꿍이속인지 오줌 한 번 누러 나오지도 않은 채 방 안에만 처박혀 있었던 것이다.

"에이, 구두쇠 놈들."

화방에 귀를 가져다 대던 왕소팔이 혀를 차며 어디론가 사라졌다.

왕소팔의 장부를 가볍게 만들고 있는 그 장본인들은 바로 질풍조원들이었다.

"그들이 이곳으로 온다는 보장이 있느냐?"

"그들은 반드시 올 것이오."

단화경의 의구심에 확신에 찬 대답을 하는 이는 바로 기풍한이었다.

"화 선배의 환락산은 일반 춘약과는 다르오. 은은하면서도 강렬한 효력을 발휘하지요. 자연스럽게 이곳으로 오게 될 것이오."

화노의 의술 실력이야 이미 충분히 견식한 단화경이었다.

"그건 알겠네. 하지만 내 말은 그들이 군이 욕정을 풀기 위해 이곳 기루까지 올 것인가를 묻고 있는 것이네. 혹 지나가는 여인을 겁탈이라도 하면 어쩔 텐가? 능히 그러고도 남을 자들이 아닌가?"

과연 단화경이 의문을 가질 만한 문제였다.

"천면호는 절대 그런 짓을 할 수 없소."

"이놈아, 네가 그놈 시커먼 속에 들어가 보기라도 한 것이냐?"

"바로 독수염라 때문이오."

기풍한의 대답에 대한 보충 설명을 화노가 풍운록을 뒤적이며 시작했다.

"독수염라 최일(崔日). 무공 수위 상. 과거 일백여 회의 비무를 모두 승리로 거둔 승부사. 비무 도중 한쪽 팔이 잘린 이후 팔 년간 폐관 수련을 통해 우수검에서 좌수검으로 전환. 삼 년 후, 정가문(鄭家門)의 모든 식솔들을 무참히 살해한 죄로 혈옥에 투옥."

정가문의 몰락은 강호에서 유명한 사건이었다.

독수염라에 의해 정가문주는 물론 아이들까지 모두 몰살당한 참혹한 사건이었다.

"선배는 혹시 그가 왜 정가문을 몰살시켰는지 알고 있소?"

"망할 놈!"

기풍한의 모든 물음에 대한 단화경의 공통된 답변이 다시 터져 나왔다.

'제발 아는 것 좀 물어 잘난 척 좀 하게 해다오!'

"정가문의 둘째 아들 때문이었소. 유달리 색심이 강했던 그자가 독수염라가 사랑하던 여인을 간살(姦殺)하였소. 물론 놈은 그 여인과 독수염라와의 관계를 모르고 한 짓이었지요. 이후 그 사실을 밝혀낸 독수염라가 정가문을 몰살시킨 것이오."

"오호, 그런 내막이 있었구나."

"강호 정세에 능통한 천면호가 그 사실을 모를 리 없소. 결국 독수염라와 함께 있는 한 결코 그런 짓을 저지를 수는 없소."

단화경이 할 말이 없다는 표정을 지었다.

"음, 좋다. 근데 굳이 그들을 이곳까지 끌어들이는 이유는 무엇이냐? 그냥 때려잡아서 고문이라도 하면 되지 않느냐? 손톱을 하나씩 뽑아버리면 다 불지 않을까? 내가 발톱을 맡으마!"

"하하하!"

기풍한이 껄껄거리며 웃었다.

사실 단화경의 말은 틀리지 않았다. 물론 독수염라의 무공이 고강하다고는 하나 질풍조가 두 사람을 체포하는 것은 그다지 어렵지 않았다.

"그들의 목적을 알아낼 것이오. 그들 스스로도 그것을 발설했다는 것조차 모르게."

"그게 어떻게 가능하냐?"

화노가 나지막이 말했다.

"천면호에게 심령제어술(心靈制御術)을 사용할 것이오."

"심령제어술?"

단화경은 처음 들어보는 말이었다.

심령제어술은 화노의 독문 무공 중 하나였다.

상대의 마음을 제압해 조종하는 것으로 섭혼술(攝魂術)이 사공이고 탈혼장(奪魂掌)이 마공이라면 심령제어술은 의술에 바탕을 둔 정공이었다.

태양혈(太陽穴)로 흐르는 상대의 내력을 제어해 상대의 마음을 읽어내는 무공 아닌 무공으로 그 수법에 당한 자는 깨어난 후에는 그 일이 있었는지조차 기억하지 못하는 신묘한 무공이었다. 다만 심령제어술은 상대의 내력을 이용하는 수법으로 일반인에게는 통하지 않고 오직 강호인에게만 효과가 있었다.

"두 사람 모두에게 심령제어술을 사용할 수 있다면 아무 문제가 없겠소만 문제는 독수염라요. 그의 무공 수위는 나의 심령제어술의 한계를 벗어나 있지요. 따라서 그에게는 사용할 수 없소. 결국 어떻게든 독수염라로부터 천면호를 떼어놓아야 하오. 딱 반 각의 시간만."

"그러니까 그 반 각을 벌기 위해 오늘의 이 일을 벌이는 거구나!"

그제야 대충 돌아가는 상황이 이해가 가는 단화경이었다.

"근데 그 시간을 어떻게 벌 것이냐? 놈들은 지난 사흘 동안 단 한 순간도 떨어지지 않았는데."

"가능할 것이오."

"어찌 확신하느냐?"

"이곳이 기루이기 때문이오."

단화경으로서는 도무지 이해할 수 없는 말이었다.

그때 곽철과 비영이 방 안으로 들어왔다.

"용이는 놈들이 오는가를 감시하고 있습니다."

"수고했다."

곽철의 손에는 아까 챙겨온 물건들이 들려 있었다.

곽철이 그것을 비영에게 건네주었다.

"자, 이건 네가 부탁한 것이다."

비영이 무복을 벗고 그것을 가슴에 묶어 고정시키려던 그때였다.

"잠깐."

곽철이 자신의 옷을 벗기 시작했다.

그리고 자신의 백풍비를 벗어 비영에게 건넸다.

"이것 먼저 입어라."

백풍비를 보관한 그 백풍비의(百風匕衣)는 어지간한 보의보다 더 안전한 옷이었다. 옷에 빽빽하게 꽂힌 백풍비가 일반 도검의 침입을 막아주기 때문이었다.

"한칼 맞는 기념으로 빌려준다."

비영이 묵묵히 곽철을 응시했다.

무인이 자신의 독문 무기를 건네는 마음이 어떤 마음이란 것을 비영은 잘 알고 있었다. 더구나 비도술을 쓰는 이가 비도를 건넨다는 것은 일반 도검을 쓰는 이에 비할 바가 아니었다.

비영이 고맙다는 말 한마디 없이 묵묵히 그것을 받아 입었다.

다시 백풍비의 위로 조심스럽게 멧돼지 고기를 대었고, 그 위에 피를 담은 가죽 주머니를 포갰다.

그리고 단단히 옷깃을 여미었다.

어울리지 않게도 곽철은 조금 걱정스런 얼굴이었다.

"안 내키겠지만 파락호 짓 하려면 욕부터 다부지게 해. 그리고 독수염라의 무공은 주로 아래에서 위로 베는 초식이 많다고 들었다. 좌수검이니까 이쪽에서 이쪽으로 그어 올라올 것이……."

곽철이 검을 그어 올리는 시늉까지 보탰다.

"걱정되냐?"

비영의 한마디에 곽철의 눈빛이 살짝 흔들렸다.

그러나 이내 단화경의 말투를 흉내 내며 손을 내저었다.

"일없다!"

그러자 단화경이 버럭 소리쳤다.

"이놈아, 그건 내 거다."

"헤헤, 풍류공자들끼리 좀 나눠 씁시다요."

"흠흠, 뭐, 그렇다면야."

단화경을 달래는 비기를 십이성 대성한 곽철이었다.

그때 다시 방문이 열렸다.

방 안으로 들어서는 두 여인의 모습에 모두 깜짝 놀랐다.

"이게 누구냐?"

그들은 바로 연화와 서린이었다.

그녀들은 무복을 벗고 기녀들이 입는 비단옷으로 갈아입은 상태였다.

저고리를 걸치고 치마를 입자 확실히 그녀들의 분위기는 달라 보였다.

특이한 점은 서린의 치마와는 달리 연화의 치마에는 자색의 제비꽃이 화사하게 수놓아져 있다는 것이었다.

"몰라보겠습니다."

기풍한의 감탄에 연화의 볼이 붉어졌다.

곽철이 서린의 볼을 양쪽으로 잡아당기며 말했다.

"죽인다!"

서린 역시 뭔가 어색한 듯 볼이 붉어져 있었다. 두 여인으로서는 참으로 오랜만에 입어보는 화려한 여인의 옷이었다.

"하지만 지금 감탄만 할 때가 아닙니다."

두 여인을 이리저리 훑어보던 곽철이 한숨을 푹푹 내쉬었다.

"지금 이 어설픈 여인네들이 기녀로 보이는 분!"

아무도 그 의견에 동조할 수 없었다.

무복을 벗음으로 서린의 풋풋한 순수함이 한껏 더 발산되고 있었고, 연화 역시 고귀하고 아름다운 자태를 내뿜고 있었다.

아무리 봐도 그녀들의 모습은 기녀와는 거리가 멀었다.

"어휴, 내가 못산다니까."

곽철이 후닥닥 달려나갔다.

잠시 후 다시 방으로 돌아온 곽철의 손에는 어느 기녀의 방에서 슬쩍했는지 화장 도구가 잔뜩 들려 있었다.

"둘 다 지금 너무 예쁩니다요. 녀석, 무슨 강호제일미 선발 대회에 나갈 작정이더냐?"

곽철이 서린의 화장을 다시 고쳐 주기 시작했다.

눈가에 더해지는 붉은 색조가 서서히 서린의 분위기를 바꾸기 시작했다.

"뭐 하십니까?"

곽철이 멀뚱하게 서 있는 기풍한을 돌아보았다.

연화의 화장을 고쳐 주라는 뜻임을 알고 기풍한이 머리를 긁적였다.

그 모습에 서린이 입을 가리고 소리없이 웃었고, 연화의 볼이 살짝 붉어졌다.

"시간 없습니다요. 곧 놈들이 들이닥칠 겁니다. 그냥 제가 하는 대로 따라만 하십시오."

"난 못한다."

"상대방 무공도 그 자리서 훔쳐 내시는 분이 뭔 엄살이십니까?"

"그건 그거고, 이건… 망치면 어떡하느냐?"

"지금은 좀 망쳐야 할 때입니다. 저 얼굴이 어디 사람 얼굴입니까? 하늘에서 뚝 떨어진 선녀지."

빈말이라도 너무나 기분 좋은 말이었고, 연화의 볼은 더욱 붉어졌다.

"조장님!"

결국 울며 겨자 먹기로 기풍한이 연화의 앞에 앉았다.

이어 곽철의 손놀림을 따라 연화의 화장을 고쳐 주기 시작했다. 사실 시간이 없기도 했지만 그 핑계 삼아 곽철이 의도적으로 기풍한을 골려주고 있음이 확실했다.

"화장은 감추는 것이 아니라 드러내는 것이지요. 얼굴의 약점을 감추는 것이 아니라 장점을 부각시키는. 화장이란 말에 담긴 뜻이 천명(天命)이란 것을 아는 여인이 몇이나 될까요? 화장은 곧 여인의 숙명이지요."

과연 풍류라면 둘째가라면 서러울 곽철의 손놀림은 보통이 아니었다. 늙은 기녀의 숙련된 화장술이 그의 손에서 재현되고 있었다.

그 모습을 잠시 지켜보던 기풍한이 붓질을 시작했다.

분명 처음 해보는 붓질이었음에도 제법 그럴듯하게 흉내를 내기 시작하는 기풍한이었다.

"잘하면서 그런다니까. 말 나온 김에 이쪽 계통으로 나가보시는 건 어떻습니까?"

"녀석!"

연화는 마음이 두근거려 자신의 얼굴을 매만져 주는 기풍한과 눈을 마주치지 못했다.

"긴장되십니까?"

"네."

그녀의 솔직한 대답에 기풍한이 문득 손길을 멈추었다.

"연습한 대로만 하면 됩니다."

"눈물이 안 나올까 걱정이 됩니다."

연화가 길게 심호흡을 하며 마음을 가라앉혔다.

이번 임무에 스스로 나서기를 자청한 연화를 기풍한은 말리지 않았다. 어차피 겪어야 할 일이라면 빨리 시작하는 것이 나으리란 생각 때문이었다.

기풍한은 알고 있었다.

강호에서 진정 강해지는 길은 기연을 얻는 것이 아니라 경험을 얻는 것이란 것을. 홀로 읽어내는 만 권의 무공 비급 두께보다 피부로 느끼고 경험한 실전에서의 초식 하나가 더욱 중요하다는 것을.

"단주님, 동료들을 믿으십시오."

"네."

자신을 바라보는 기풍한의 눈빛을 어떻게 표현해야 할까?

따스하면서도 왠지 어렵고 부드러우면서도 강인한, 그리고 두근거리는.

"최선을 다하겠어요. 절대 짐이 되지는 않겠어요."

그녀의 다부진 결심에 기풍한이 미소를 지어주었다.

옆에서 부지런히 손을 놀리던 곽철이 말했다.

"짐이 돼도 됩니다. 너무 철두철미하면 비인간적이잖아요? 실수도 하고, 뭐, 가끔 인질도 되고, 그러면서 크는 거지요. 으하하!"

연화의 입가에 한줄기 미소가 지어졌다.

곽철의 농담은 언제나 분위기를 바꾸는 힘이 있었다.

이윽고 화장이 끝나자 두 여인은 확실히 달라져 있었다.

순수함이 관능미로 바뀌었고 요사스런 색기마저 묻어나고 있었다.

화노가 작은 병을 연화에게 내밀었다.

"마시게. 잠시 내공을 흐트러뜨리는 신선폐(神仙廢)이네. 부작용이 없는 놈이니 걱정 마시게."

서린은 스스로 자신의 내력을 완전히 감출 수 있었지만 아직 연화에게는 무리였다.

연화가 망설이지 않고 그것을 마셨다.

과연 마시자마자 그 효능이 발휘되기 시작했다. 약효가 퍼져 나가면서 내공이 증발되듯이 사라지기 시작했다.

똑똑!

팔용의 커다란 얼굴이 창문에 불쑥 나타났다.

"옵니다!"

모두 자리에서 일어났다.

기풍한이 모두를 돌아보며 힘차게 말했다.

"자, 시작합니다."

*　　　*　　　*

술기운 탓인지 익지 않은 멧돼지 고기를 먹어서인지 천면호는 온몸이 간질간질해 옴을 느꼈다. 아랫도리가 근질근질한 것이 여인의 나긋나긋 뽀얀 살결이 떠올랐다.

혹시나 하는 마음에 몇 번이나 내력을 일주천해 보았지만 아무 이상이 없었다. 화노표 환락산의 중독을 알아내기에 천면호의 무공은 이 푼이 부족했다.

천면호는 술도 먹고 배도 부르니 이제 여자 생각이 나는구나 하고 대수롭지 않게 생각했다.

'그러고 보니 여인과 잠자리를 한 지도 오래되었군.'

시간이 흐를수록 그 욕망은 더욱 강해졌다.

그 욕망은 서협의 거리에 들어서면서 더욱 강해졌다.

신선루에 걸린 홍등이 그를 손짓해 부르는 듯 흔들리고 있었다.

'오호, 그자가 말한 신선루가 이곳이었구나.'

낮에 만났던 사냥꾼 놈이 이곳의 여인들이 끝내준다고 하였던가?

"한잔하고 갑시다."

독수염라가 뭐라 말하기도 전에 천면호가 성큼성큼 신선루를 향해 걸어 들어갔다.

독수염라는 억지로 그를 막지는 않았다. 지난 사흘 내내 오늘이 오기만을 기다리던 천면호였다. 그를 막았다간 앞으로의 여정 내내 그의 듣기 싫은 잔소리를 들어야 할 것이다.

독수염라가 힐끔 신선루를 올려다보았다.

들어서기를 망설이는 삭막한 그의 눈가가 가볍게 떨리고 있었다.

가볍게 한숨을 내쉰 독수염라가 신선루로 들어섰다.

"어서 옵셔!"

잽싸게 달려나온 점소이가 천면호의 눈치부터 살폈다.

가볍게 식사만 할 손님인지, 아니면 기녀를 불러 술판을 벌일 손님인지를, 천면호의 핏발 선 눈빛으로 단숨에 파악해 낸 점소이가 그들을 삼층으로 안내하기 시작했다.

그들이 점소이의 안내를 따라 삼층 복도로 막 올라왔을 때였다.

기녀 하나가 그들의 맞은편에서 걸어오고 있었다.

그녀의 치맛자락에 피어난 제비꽃.

그 문양이 확대되듯 커지면서 독수염라의 두 눈에 박혀들었다.

순간 독수염라의 발걸음이 딱 멈췄다.

그리고 자신을 스쳐 지나가는 여인의 모습을 멍하니 바라보았다.

이제는 잊었다고 생각한 오래전 그녀의 낭랑한 목소리가 머리 속에 울려 퍼지기 시작했다.

"오늘 사람 죽이고 온 날 아니지? 난 피 냄새 싫더라."

콧등을 찡그리던 그녀의 얼굴이 떠올랐다.

"호호, 오늘 내 생일인 것 기억했네? 어쩐 일이실까?"

그녀의 환한 미소도.

"야, 이 개새끼야! 떼먹을 게 없어 화대를 떼먹나!"

파락호들의 멱살을 잡고 악다구니를 치던 그녀의 모습도.

"제비꽃은 말야, 순수한 사랑을 뜻한대. 나야 볼장 다본 기녀 년이지만 좋아할 권리 정도는 있겠지? 그렇지?"

그녀의 눈물도.

그가 사랑했던 여인은 기녀였던 것이다.

언제나 변함없는 모습으로 자신을 대해주었던 그녀. 때론 친구처럼 때론 어머니처럼 자신을 다독여 주었던 그녀.

기루를 그만두라는 강요에도 사람은 팔자를 거역하고 살면 안 된다며 자신을 다독이던 그녀.

다시 그의 머리 속에 떠오른 하나의 장면.

침상에 누운 채 죽어 있는 그녀의 모습.

그녀의 치마에 새겨진 제비꽃이 붉게 물들어 있었다.

"으아아악!"

갑자기 그가 괴성을 내지르자 그에게 다가서던 점소이가 혼비백산 놀라 달아났다.

독수염라의 두 눈에서 무시무시한 살기가 흘러나왔다.

차츰 그 살기가 누그러지며 그가 안정을 되찾기 시작했다.

"휴우."

어차피 모두 지난 일이었다. 이제는 잊어야 할 과거일 뿐이었다.

이미 몸이 달아오를 대로 달아오른 천면호는 방 안으로 들어간 후였다.

독수염라가 그 뒤를 따라 방 안으로 들어섰다.

곧바로 푸짐한 술상이 차려졌다.

스르륵.

이어 조심스럽게 문이 열리고 기녀 둘이 방 안으로 들어왔다.

"인사 올립니다."

공손히 절을 하는 두 여인은 바로 연화와 서린이었다. 원래 들어오려고 했던 기녀 둘은 곽철에게 혼혈이 짚힌 채 옆의 빈 방에서 잠들어 있었다.

독수염라의 눈빛이 다시 무서워졌다.

"멈춰라."

자신의 옆 자리에 앉으려던 연화가 멈칫 멈추었다.

"넌 나가보거라."

연화가 눈을 내리깐 채 차분하게 말했다.

"소녀가 마음에 들지 않으십니까?"

독수염라는 묵묵히 술잔만 기울였다.

"다른 아이를 불러 드리겠습니다."

연화가 일어나 방을 나갔다.

그에 비해 천면호는 서린을 징그럽게 훑어보며 수작을 부리고 있었다.

"곱구나. 네 이름이 무엇이냐?"

서린은 그저 미소만 지을 뿐이었다.

"과묵한 아이구나. 으하하!"

옆 자리에 독수염라만 없었다면 벌써 달려들었을 그였다.

그놈의 명성이 무엇인지 천면호는 그야말로 이를 악물고 참고 있었다.

그러나 서린의 몸에서 나는 향긋한 분향은 더욱 그를 미치게 만들고 있었다.

결국 참지 못한 천면호가 독수염라에게 서린을 데리고 잠시 나가겠다고 말하려는 순간이었다.

"악!"

밖에서 여인의 비명 소리가 들렸다.

방금 전 밖으로 나갔던 연화의 목소리였다.

무엇인가 와장창 깨지는 소리에 이어 다시 한 사내의 악다구니가 들려왔다.

"야, 이년아, 네가 요즘 잘 나간다고 간덩이가 부었구나! 몸이 아파 쉬고 싶다고? 그럼 죽어라! 이년!"

목소리의 주인공은 바로 비영이었다.

"아악, 오라버니! 잘못했어요!"

독수염라의 표정이 순간 일그러졌다. 오라버니란 호칭으로 보아 놈은 기녀들의 피를 빨아먹고 사는 기둥서방 놈이 틀림없었다.

짝! 짝!

뺨을 맞는 소리가 이어졌고, 여인의 울음소리가 더욱 크게 들려왔다.

"흑흑흑!"

독수염라가 술을 벌컥 마셨다.

단 한시도 천면호에게서 떨어지지 말라는 무명노인의 명령이 그의 발목을 붙잡고 있었다.

짝!

"아아악!"

결국 그가 참지 못하고 자리를 박차고 일어났다.

"허허, 참으시오. 그 사람 성질도."

독수염라의 분노가 폭발하는 그 순간 천면호의 인내도 바닥을 드러냈다.

"도저히 못 참겠다."

독수염라가 방을 나서기가 무섭게 천면호가 와락 서린을 껴안으며 덮쳤다.

이미 천면호의 두 눈은 핏발이 곤두선 채 붉게 충혈되어 있었다.

스윽.

그때 소리없이 천장이 열렸다.

동시에 기풍한과 화노가 뛰어내렸다.

탁!

뛰어내리는 동작 그대로 화노가 천면호의 혈도를 짚어가기 시작했다.

탁. 탁. 탁.

화노의 재빠른 손은 천면호의 목을 시작으로 그의 온몸의 혈을 훑어가고 있었다.

천면호의 검은 눈동자가 뒤집어지면서 점차 사라지고 있었다.

서린이 그의 몸 아래에서 빠져나왔다.

우우웅.

기풍한과 서린이 손을 내밀어 문 쪽으로 하나의 방음벽을 만들기 시작했다.

화노의 손짓에 따라 천면호가 강시처럼 벌떡 일어났다.

천면호의 천령개(天靈蓋)에 손바닥을 올린 화노가 내력을 발출하기 시작했다.

우우우웅!

바야흐로 화노의 심령제어술이 시전된 것이다.

화노의 이마에서 땀이 흘러내리기 시작했다. 극도의 심력을 소모하는 일이었다.

이윽고 천면호를 완전히 지배한 화노의 질문이 시작되었다.

"너는 누구냐?"

"천면호 손비(孫飛)."

천면호의 목소리는 원래의 음성이 아니었다. 한마디 한마디가 따로 울리는 기괴한 목소리였다.

"네게 명령을 내린 사람은?"

"무명노인."

"그자는 누구냐?"

"묵룡천가."

밖을 살피던 기풍한의 표정이 굳어졌다.

'역시.'

화노의 물음이 계속 이어졌다.

"어디로 가는 중이냐?"

"낙양(洛陽)."

"목적은?"

"으으."

천면호가 몸을 부들부들 떨기 시작했다. 그 목적만은 결코 발설하지 못하도록 강력한 암시가 그에게 걸려 있었던 것이다.

그것은 화노나 기풍한으로서는 전혀 예상치 못한 일이었다.

"목적은?"

화노의 손이 부르르 떨리고 있었다.

"목적은……."

한편 밖으로 나온 독수염라의 눈에서는 불꽃이 일고 있었다.

저 멀리 복도 끝에서 연화의 머리채를 이리저리 흔들며 비영이 난동을 피우고 있었던 것이다.

독수염라가 서서히 그들 쪽으로 다가갔다.

몇몇 기녀와 손님들이 잠시 고개를 내밀었다가 이내 문을 닫아버렸다. 하루에도 몇 번씩이나 벌어지는 일이었기에 그저 무심한 반응들이었다.

"그만 해라!"

독수염라의 나지막한 경고에 비영이 고개를 돌렸다.

비영이 흠칫 놀라는 듯싶더니 이내 인상을 찌푸렸다.

싸늘한 인상이라면 독수염라와 능히 자웅을 겨룰 만한 그였다.

"이 외팔이 자식이!"

자신의 기도를 알아보지 못하는 비영의 모습에 독수염라는 가소롭다는 표정을 지을 뿐이었다. 이따위 파락호가 자신의 기도를 알아내는 것이 더욱 수상한 일이리라.

비영이 눈을 부라리며 검을 뽑아 들었다.

"뒤질래? 이 새끼! 꼴에 사내라고."

손을 내밀면 닿을 듯 가까이 다가간 독수염라가 가소롭다는 표정으로 비영을 쳐다보았다.

"저리 안 꺼져? 죽⋯⋯!"

쉬이잉!

바람을 가르는 독수염라의 검.

과연 곽철의 예상대로 아래에서 위로 단칼에 그어 올리는 수법이었다.

스걱!

살이 갈리는 섬뜩한 소리와 함께 비영의 가슴에서 피가 뿜어져 나왔다.

주루루룩!

바닥으로 흘러내리는 자신의 피를 멍하니 바라보던 비영이 그대로 고꾸라졌다.

"아아악!"

그 모습에 연화가 비명을 질렀다.

연화의 치마에 튄 핏물이 제비꽃을 붉게 물들이고 있었다.

그 모습에 독수염라가 다시 한 번 비영의 등에 검을 박아 넣으려는 순간 연화가 비영을 덮쳤다.

"안 돼!"

독수염라의 검이 아슬아슬하게 그녀의 등 위에서 멈췄다.

"으흐흑, 오라버니."

연화의 눈에서 눈물이 뚝뚝 떨어지고 있었다.

그 모습을 묵묵히 내려다보던 독수염라가 그대로 휙 돌아섰다.

뚜벅뚜벅.

독수염라가 복도 끝에서 다시 방으로 돌아오고 있었다.

한편, 방 안의 상황은 몹시 다급했다.

화노는 아직 대답을 얻어내지 못하고 있었다.

"목표는……."

"으으으……."

기풍한이 다급하게 돌아보며 말했다.

"그만 가야 합니다."

"한 번만 더……."

다시 밖을 내다보던 기풍한이 소리없이 도를 뽑아 들었다.

'틀렸다. 이미 늦었다.'

천면호에게 걸린 심령제어술을 풀고 천장으로 다시 날아올라 가 천장을 닫기에는 시간이 너무 촉박했다.

임무는 결국 실패였다.

'열, 아홉, 여덟, 일곱…….'

기풍한이 독수염라의 발걸음을 마음속으로 세며 자신의 기도를 감추었다.

이어 기풍한의 도가 소리없이 뽑혔다.

다시 그의 마음속으로 문이 열린 다음의 행동이 그려졌다.

문이 열리고 자신을 발견한 독수염라가 반사적으로 검을 뽑으며 베어오는 장면, 그의 검을 튕겨내며 가슴의 혈도를 찍어내는 장면이 연속해서 이어졌다.

'다섯, 넷, 셋…….'

기풍한이 단숨에 그를 제압하려고 마음먹는 그 순간이었다.

"멈춰요!"

비영을 안고 울고 있던 연화가 독수염라를 향해 소리쳤다.

독수염라가 발걸음을 멈췄다.

연화가 독수염라를 향해 달려왔다.

"왜? 왜! 죽이셨어요? 왜?"

연화가 악을 쓰며 독수염라를 향해 달려왔다.

탁탁.

독수염라의 등을 두드리며 연화가 더욱 크게 울기 시작했다.

죽은 척하고 있던 비영도, 사층의 계단에 숨어 대기하던 곽철도, 창문에 매달려 그 모습을 응시하던 팔용도, 몇 발짝 근처의 방 안에 있던 기풍한도 그야말로 간이 철렁 떨어지는 순간이었다.

연화의 그러한 행동은 예정에 없는 행동이었던 것이다.

"흑흑흑, 당신이 왜, 왜……."

연화가 바닥에 주저앉았다.

다행히 독수염라는 그녀에게 검을 휘두르지 않았다.

"그 꽃의 의미를 아느냐?"

연화의 치마에 새겨진 제비꽃을 내려다보며 독수염라가 나지막이 말했다.

눈물로 온통 화장이 얼룩진 연화가 고개를 흔들며 소리쳤다.

"모르오! 이따위 꽃이 무슨 의미가 있기에 살아 있는 사람보다 더 귀하단 말이오? 우리 오라버니, 살려내시오! 어흐흑!"

그녀의 울음소리를 뒤로하고 독수염라가 다시 방 안으로 들어왔다.

쫘앙!

거칠게 문이 열리는 순간 천장이 소리없이 닫혔다.

방 안의 풍경은 나갈 때와 다르지 않았다.

천면호의 술을 따르던 기녀가 깜짝 놀라 몸을 움츠리고 있었다.

반면 문이 열리는 소리에 천면호가 번쩍 정신을 차렸다.

'어? 뭐지?

자신이 뭘 하고 있었는지 기억하지 못하는 천면호였다.

머리가 텅 빈 듯 멍한 느낌이었다.

'내가 잠시 졸았나?

끓어오르던 열기도 이미 사라진 상태였다.

"그만 갑시다."

독수염라가 차갑게 한마디 툭 내뱉고는 등을 돌려 버렸다.

어리둥절한 얼굴로 천면호가 그 뒤를 따라 나갔다.

잠시 꿈을 꾼 것 같은 기분이 들었지만 변한 것은 아무것도 없었다.

그렇게 두 사람이 신선루를 걸어나갔다.

잠시 후 신선루의 지붕 위, 연화를 비롯한 질풍조원들이 지붕 위에 한 줄로 늘어선 채 저 멀리 걸어가는 천면호와 독수염라를 바라보고 있었다.

"그가 사랑했던 여인이 기녀였구나."

단화경은 이제야 모든 것을 알겠다는 표정이었다.

"정가문이 몰락할 때 그들의 시체 옆에 놓여 있던 것이 바로 제비꽃이었소."

"아!"

기풍한이 이번에는 연화를 바라보았다.

"괜찮습니까?"

연화는 그제야 긴장이 풀리는지 몸을 바르르 떨었다.

"네."

"위험했습니다."

"죄송해요."

곽철이 미소를 지으며 물었다.

"용감도 하셔라. 왜 그러셨대요?"

"그냥… 그 순간… 그래야 할 것 같다는 생각이 들었어요. 그 생각이 든 순간 저도 모르게……."

"오호! 재능 발견!"

곽철의 너스레에 모두 미소를 지었다. 물론 결과가 좋았기에 가능한 여유였다.

"단주님 덕분에 성공할 수 있었습니다."

기풍한에 이어 비영이 고개를 살짝 숙여 감사의 뜻을 전했다. 독수염라가 다시 그의 등을 찌르려 할 때 몸을 던져 막아준 것에 대한 감사였다. 비영의 성격상 임무를 위해 그 검을 피하지 않았을 것이기에 연화에 대한 고마움은 더욱 컸다.

연화는 처음으로 뭔가 큰일을 해냈다는 뿌듯함에 온몸에 전율이 일기 시작했다.

'이런 느낌이었나, 임무를 완수한다는 느낌이?'

묻기 대장 단화경이 다시 자신의 장기를 발휘했다.

"놈들의 목적을 알아냈느냐?"

기풍한이 고개를 끄덕였다.

"열흘 후 낙양에서 비무대회가 열립니다."

"비무대회?"

"네, 강호사대세가의 자제들이 해마다 무공을 겨루는 일종의 친선 비무대회이지요."

"아, 들어본 적이 있구나. 소룡지회(小龍之會)라 불리는 바로 그 비무대회가 아니더냐?"

"맞소. 바로 그 대회입니다."

"그럼 놈들이 그 대회에 참석하러 간다는 말이냐?"

그러자 곽철이 깔깔거렸다.

"늙은이들은 받아주지 않는 대회지요. '일없다' 되겠습니다요."

"이놈이!"

기풍한이 다시 담담하게 말했다.

"저들의 목적은 그 비무대회에 참가하는 사대세가의 자제들과 관련이 있소. 시간이 부족해 알아낸 것은 그것뿐이오."

"흐음, 그들을 한꺼번에 몰살이라도 시키려는 것일까, 아니면 납치라도 하려는 것일까?"

아직은 아무도 알 수 없는 일이었다.

"그 이유는… 우리가 밝혀내야지요. 그게 저희 일이니까요."

모두 말없이 멀어져 가는 천면호와 독수염라의 뒷모습을 응시하고 있었다.

"흐흐, 그 애송이들 중에는 분명 미인들도 있겠지?"

"바람둥이!"

"아, 매 소저가 보고 싶다!"

이리저리 장난을 치며 지붕 위를 뛰어다니는 그들을 보며 연화는 자신도 모르게 미소를 짓고 있었다.

영원히 변하지 않을 것 같은 그들의 우정에 자신도 함께하고 싶다는 욕심이 생겼고 질투가 났다.

그녀가 다시 고개를 돌리자 어떤 일이 있어도 자신들을 지켜줄 것 같은 든든한 기풍한과 화노, 그리고 서서히 그들과 동화되어 가기 시작하는 단화경이 서 있었다.

'이들과 함께라면!'

일급 음모가 아니라 특급, 초특급, 아니, 강호의 모든 음모가 닥쳐온다 해도 두렵지 않을 것 같았다.

오늘따라 밤하늘의 별들이 유난히 반짝이고 있었다.

연화가 손을 내밀어 흘러가는 한줄기 바람을 붙잡았다.

손 안에 들어온 바람은 그녀에게 용기를 내라고 속삭이기 시작했다

그녀가 화려한 야경 너머 어딘가에 있을 낙양을 바라보며 크게 소리
쳤다.

"자, 그럼 출발할까요?"

『일도양단』 3권으로 이어집니다